クトゥルー・ミュトス・ファイルズ
The Cthulhu Mythos Files

呪禁官シリーズ

地獄に堕ちた勇者ども

牧野修

創土社

目次

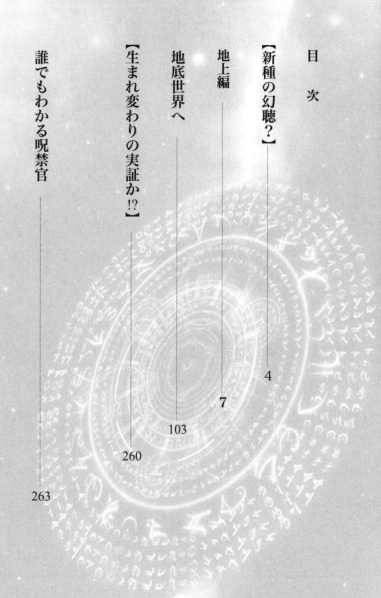

【新種の幻聴？】

精神科医学会会誌掲載《けいさい》のエッセイ「精神科医の独り言」より抜粋。

典型的《てんけいてき》な症例《しょうれい》の場合、最初は耳鳴《みみな》りから始まる。

耳鳴りはやがて、雑踏《ざっとう》から聞こえる人々のざわめきに似てくる。大きなパーティー会場に入ったような、あの騒々《そうぞう》しい人声のようなものらしい。じっと耳を澄ませると単語の断片が聞き取れるような気がする。聞き取れなくとも、そこに何か意味のある言葉が紛《まぎ》れていることに気がつく。そこから断片的《だんぺんてき》な単語をはっきりと聞き取れるようになるまであまり間がない。電波の弱いノイズだらけのラジオでも聞いているように、耳をそばだてていると、ノイズの中からいくつもの意味をくみ取れるようになる。

そこまでは普通の幻聴《げんちょう》とそれほど大きな違いはない。統合失調症《とうごうしっちょうしょう》や重度の鬱病《うつびょう》に薬物中毒と幻聴を引き起こす病気は多い。器質的にも心理的にも問題のない人間であっても、長時間無音状態に置かれたり、夜間の高速道路のような単調な環境にあると幻聴を聞くことがある。幻聴はそれほど特別な現象ではない。しかしわたしの患者たちの幻聴には大きな共通点があった。聞こえる一連の文章が、若干の違いはあるにしても同一の内容なのだ。それも「自分への悪口や噂話」というような妄想《もうそう》の類型としての共通点などではない。文章がそのまま一言一句同じなのだ。

それが以下の文章である。

親愛なる同胞諸君《どうほうしょくん》。皇子の末裔《まつえい》たちよ。準備が出来ましたか。しましたか。皇子が到着しますよ。迎えなさい。邪魔をするような地獄《じごく》の使者たちを消去するのが必要です。奴らを討《う》ちましょう。消しましょう。そして迎えなさい。皇子がやがて到着します。遥《はる》かなる油江洲より親愛なる皇子の末裔たちへ。これが通達です。

繰り返し聞こえる声を文章にしてもらうと、ほぼ全員がこの文章を書き出す。音で聞こえているのだけなら「どうほう」や「まつえい」等という言葉は聞き取りにくいだろうに、皆必ずこの漢字を書く。それは意味を伴って聞こえるのだそうだ。そして何よりおかしいのは、「油江洲」という見慣れぬ文字も必ず共通しており、しかもその読みは「ユゴス」なのだと全員が説明する。

この同じ幻聴を訴える患者たちがわたしの病院を訪れるようになったのは半年ほど前だ。それからその数は少しずつ増え、三カ月前にはほぼ毎日の様に幻聴を訴える患者が現れるようになった。それからも人数は増え続け、先月には毎日四、五人は訪れていた。まるで街の人間すべてが同じ幻聴を聞いているかのようだった。実際わたしは、これが幻聴などではなくラジオやテレビ、広報車などから本当に聞こえているのではないかと疑った。しかし家族や職場の同僚などが同じ音を聞いているということはなく、幻聴が聞こえている人間以外に、そんな音を聞いたという話は聞かない。同じ街にいてわたしも家族もそんな音を聞くことはなかった。

訪《おとず》れた患者には向精神薬《こうせいしんやく》などを処方することはほとんどなかった。それでも人に話すだけで安心するのか、二度三度と訪れるものは少なく、多くは一度診察を受けると二度と来ない。そして今月に入ってこの奇妙な幻聴を訴える患者は一人も出ていない。急に何もかも収束したようだ。

まるで『同じ音』が届いているような幻聴が聞こえることは珍しい。というより、普通に考えるのならあり得ない。現時点で、本当にそのような音が聞こえていたのだという可能性を捨てることは難しい。そのためにこうしてエッセイ上での発表となった。誰かが興味を持ってこの現象《げんしょう》を調べてくれれば嬉しいのだが。

地上編

§1　04：10

土岐《とき》は目覚める。

目覚める夢を見る。

夢の中で目が覚めるのは、小さな小さな子供の頃の土岐だ。

真夜中《まよなか》だ。部屋の中は薄暗い。窓の外はさらに暗い。

幼い土岐は闇《やみ》の向こうで薄ら笑いを浮かべている嫌らしい夜の怪物を想う。想えばそれは闇の向こうでまた笑う。

ああ、心細い、寂《さび》しい、怖い。

四歳の土岐は夜に怯《おび》えて震《ふる》える。

繰り返し助けを呼ぶ。

そして扉が開くのだ。差し込む光は神の光明《こうみょう》。

そして光を背に姉がそこに立っている。

姉はベッドの端《はし》に腰《こし》を掛け、身体を捻《ひね》って土岐の身体を抱きしめる。

自身の涙と二人の汗が温気《うんき》となって、暖かく湿っている。その時乳のにおいを感じたような気がしたが、それはあり得ない。

その頃姉は八歳。乳臭い年齢ではないし、もちろん母乳が出る年齢でもない。乳のにおいは、土岐にとってたったひとつの母の記憶なのだ。土岐の夢の中ではいつも姉と母が重なっていた。

抱きしめ抱きしめられ、土岐はお姉ちゃんお姉ちゃんと叫びながら目を覚ました。今度こそ本当に。

まだ涙で濡《ぬ》れている目を指でこする。

泣きはらした瞼《まぶた》がぶよぶよと膨《ふく》れ気持ちが悪い。

大事な日なのに。

呟き、土岐はベッドから降りた。狭い部屋に家具らしきものはこのベッドだけだ。一人暮らしが長いが、生活というものを欠片《かけら》も感じさせない部屋だった。

皮を剥《は》ぐように寝間着《ねまき》代わりのTシャツを脱ぎ捨てた。均整の取れた身体に筋肉が目立つ。赤く染《そ》めた長い髪をくるくると巻き上げて、熱いシャワーを浴びた。

両親が離婚し、姉妹は幼い頃から父親に育てられた。父親は小さな運送会社のトラック運転手だった。幼い姉妹を育てるために必死になって働いていた。そのため父親は家を留守《るす》にすることが多く、土岐は実質姉に育てられたようなものだ。夢の中だけではなく、姉は本当に母親の役目を果たしていたのだ。

姉に関しては良い思い出しかない。

父親が交通事故で亡くなり、姉妹揃《そろ》って施設《しせつ》に預けられてからも、気弱《きよわ》な土岐はいつも姉にかばわれ生き延びてきた。

施設はキリスト教系のもので、姉はそこで宗教に目覚めた。幼い少女がそのまま受け入れるには、あまりにも現実は厳しすぎた。そんな時人は、不幸に意味を求め、絶対的な救《すく》いを必要とする。

中学を卒業し施設を追い出されてからも、姉妹はいくつもの宗教団体を渡り歩いた。彼女たちは生きる手段として出家《しゅっけ》を利用したのだ。

愛らしい姉妹はどこの施設でも大人たちに可愛《かわい》がられた。その中には生活を保証する代わりに身体を要求する外道《げどう》たちもいた。何の力もない二人には否応《いやおう》もない。せめてもの想いで姉が盾《たて》となり、どんどん女らしい身体になっていく土岐を怪物たちから守ってきた。

そのため姉は人を怨《うら》みこの世を憎み、やがて「腐《くさ》った世界を一度業火《ごうか》で焼き払うべき」と考えるようになっていた。そして考えを同じくする結社へと参加していった。

少女らしい潔癖《けっぺき》な世界観が、彼女たちをより過激な思想へと追いやり、やがて姉はテロリスト集団である非合法結社へとたどり着いた。

しかし姉は、彼女なりの世界との闘争に、妹を決して巻き込もうとはしなかった。そしてとうとう土岐の前から姿を消してしまったのだった。

土岐が姉の消息《しょうそく》を知ったのは、テレビの報道でだった。

浴室を出てバスタオルで丁寧《ていねい》に水滴《すいてき》を拭《ふ》き取る。その間もずっと姿見を見ている。筋肉の状態をチェックしているのだ。

整理ダンスの上に、姉妹で近くの遊園地へ行ったときの写真が飾られていた。通りすがりのカップルにカメラを預け、撮ってもらった写真だった。二人ともこれ以上ないほど楽しげに笑っていた。

それをじっと見詰め、土岐は低く呟《つぶや》く。

「お姉ちゃん、見てて。今度こそやってやるから」

全裸《ぜんら》の土岐は、大きなチューブを手に取ると、中身を絞《しぼ》り出した。掌《てのひら》に半透明のゼリーが山盛《やまも》りになる。それを全身に塗《ぬ》り始めた。長い髪から足先まで、塗り残すことなく平均的に伸ばしていく。三本のチューブを空《から》にして、ようやく全身に塗り終わった。それから壁に取り付けた何本もの大きな紫外線灯《しがいせんとう》のスイッチを入れた。

目を閉じ、自らゆっくりと回転しながら全身に紫外線を浴びる。すると身体中に細かな文字が浮き上がってきた。引っ掻《か》き傷のようなそれは、無数のヘキサグラムや魔法円となる。そしてその幾何学的な図形の隙間《すきま》が、儀式魔術の為の言語――テーベのアルファベットで埋められていく。紫外線でゼリーが硬化し、予《あらかじ》めプログラムされた護符《タリズマン》が塗布面《とふめん》に描かれているのだ
これが、バイトで溜《た》め込んだ金で手に入れた霊

的防衛用システムタトゥー『ＨＯＯ－ＩＣＨＩ』だ。

人体へ魔術的な記号を印刷《プリント》してくれる施設はどこにでもある。二日酔いに効《き》く護符や疲労《ひろう》回復のお守り《アミュレット》なら、コンビニのシステムタトゥーマシンで皮膚にプリントしてくれる。五分もあれば充分だ。だが複雑で本格的なものになると、呪文《じゅもん》の内容によって呪禁局《じゅきんきょく》への届け出が必要になる。

その際、対人効果の大きな魔術や、破壊活動などに使われる可能性のある攻撃魔術などは、非合法でなかったとしても拒絶されることが多い。

彼女が今ここで全身に印刷したのは、呪禁局公式の霊的攻撃をキャンセルする、完全に非合法《ひごうほう》な霊的防衛システムだった。

ゆっくりと紫外線灯の前で身体を五周回転させる。

それからもう一度シャワーを浴び、余計なゼリーを洗い流した。


真っ赤な髪は紫外線で硬化したゼリーがぬめぬめと輝き、まるでイチゴジャムのようだ。長い髪は後頭部で固く縛り、ポニーテールにしてある。そうすると垂《た》れ目がぎゅっと吊り上がり、きつい顔になるからだ。

その顔を確認してから、防刃《ぼうじん》加工したジャンプスーツを着込み、ベルトを締《し》めた。ベルトにぶら下がっているのはケースに入ったククリナイフだ。くの字に曲がった特徴的《とくちょうてき》な刀身《とうしん》は優《ゆう》に八十センチはある。ナイフとは名ばかりで、ほとんど刀だ。

その上からフード付きのコートを羽織《はお》った。これには防刃加工がされているだけではなく、裏地には霊的防衛の為のサンスクリット語の真言《マントラ》がびっしりと描かれていた。

玄関で本格的なコンバットブーツを履《は》く。

「復讐《ふくしゅう》の大魔神ヴィーラバドラよ。我を守り祝福したまえ。その業火で邪《よこしま》なる敵を焼き払い給《たま》え」

頭を下げマントラを唱《とな》えながら、しっかりと靴《くつ》紐《ひも》を締めて立ち上がった。ここまでの一連の行為はすべて、戦闘へ向かうための儀式のようなものだ。

必ず殺す。

何があってもあいつを殺す。

物騒《ぶっそう》な独り言を言いながら、土岐は安アパートから出て行った。

§2 06:40

気持ちの好《い》い朝だった。

夏の終わりの澄《す》んだ青空が広がる。

動けば汗ばむ日射《ひざ》しの中、風は冷たく爽《さわ》やかだ。

祝福された一日の始まりを誰もが感じるその朝。

その黒い人影《ひとかげ》は洗い立てのシャツに落ちた一点の血痕《けっこん》にも似て不吉《ふきつ》だった。

それは重い黒革《くろかわ》のロングコートを着た男だった。かなりの長身だ。気難《きむずか》しい顔でまっすぐ前を見て歩いている。急ぐでもなくゆっくりするでもない。冬まではまだ間があるこの季節に不釣《ふつ》り合いな服装だが、これは呪禁官の制服なのだ。が、制服着用は義務ではない。任務内容によって上司から指示があったときだけは着用しなければならないが、それ以外は個人の判断に任されている。いつもいつもこんな規則通りの重装備《じゅうそうび》で出掛《でか》ける必要はないのだ。

しかしこの男が職務中にこの外套《がいとう》を脱ぐことは決してなかった。呪禁官の象徴でもあるこの制服は彼の誇《ほこ》りなのだ。そして呪禁官である事が彼の生活のすべてだった。彼は呪禁官として生き、いずれ呪禁官として死ぬのだと思っていた。

この男の名は葉車《ギア》俊彦。真面目《まじめ》で杓子定規《しゃくしじょうぎ》。

そして本気で正義を信じ守ろうとしている男。それが呪禁官ギアだ。

彼にとって呪禁官は天職《てんしょく》だったのだ。

呪禁官とは何か。それは魔術や呪術、かつてオカルトと呼ばれたものがすべて物理的な力を得るようになったことに端《たん》を発する。たとえばある種の呪文を唱えることで、人は水の上を歩くことが出来る。修行など必要ない。誰でも同じ術式で呪文を唱えればいつでも何度でもそれが可能なのだ。それはもう奇蹟《きせき》でも超常現象《ちょうじょうげんしょう》でもなく、単なる技術だった。

かくして魔術は最新の技術革新となり、オカルト技術の開発研究を専門とする工業魔術師《インダストリアル・マジシャン》が誕《たん》生《じょう》した。

火薬や原子力の例を出すまでもなく、技術革新は未来の希望を生むと同時に悲惨《ひさん》な諍《いさか》いも生む。世界中で魔術を使ったオカルト犯罪が問題となり、それを取り締まるための機関がつくられた。そして日本で創設されたのが呪禁局だ。そこでオカルト犯罪専門に捜査《そうさ》する者たちが呪禁局特別捜査官、通称呪禁官と呼ばれる。

その呪禁官の理想を体現するような人間がギアだった。彼は規律《きりつ》を重んじ不正を許さない。どこから見ても立派な人間だったが、だからみんなが彼を尊敬してくれるというものでもない。

逆に融通《ゆうずう》の利かない彼は陰で笑われ疎《うと》まれることの方が多かった。しかしそのような風評など彼自身は欠片も気にしていなかった。半袖《はんそで》のTシャツ一枚の者までいる初夏の街を、革のロングコートで歩くことをまったく気に掛けていないように。

目指《めざ》すは彼も勤務経験のある古い呪禁局支部だ。貸しビルの一階につくられた小さな事務所だが、ビルの老朽化《ろうきゅうか》のため取り壊《こわ》しが決定していた。公的な極秘資料などもあり、引越作業は呪禁官立ち会いの下《もと》で行わねばならない。引っ越し作業そのものはほとんど終わっていた。資料などは最初に運び出されている。が、滅多《めった》にはないのだが、霊的な障害事故《しょうがいじこ》が起こる可能性もあるので、最後の最後、お祓《はら》いを済ませるまで呪禁官が一人立ち会わねばならない。

ただただ一日ぼんやりと過ごすだけの、この仕事がギアに回ってきた。他の誰かなら携帯ゲーム機などを持って私服で来る。が、彼はおそらくこの制服姿でイギリス近衛兵《このえへい》のように今日一日中立って見張っているだろう。

旧呪禁局支部の周囲《しゅうい》は夜の街だ。夕方が近づくと騒がしくも物騒な繁華街《はんかがい》になるが、陽の照っている今は閑散《かんさん》としている。街自体が捨て置かれたゴミのように薄汚れていた。うっすら乾いた唾《つば》のようなニオイがする。夜も昼も、あまりまともな人間は立ち寄らない区画だった。

見渡す限り誰もいない。街は静まりかえり、ギア自身の足音だけが目立つ。だから頭上から落下するそれの気配が、ギアには墜落《ついらく》する航空機並みに感じられた。

一歩背後《はいご》に下がる。

宙《そら》から降ってきたのは大きなククリナイフを持った女だ。

すでにギアは彼女の背後へと逃れている。

女は宙空で身体をひねり　強引にギアへと頭を向ける。

「ギィイイイアアアアアアッ！」

女は吠えた。

獣のように俊敏《しゅんびん》な身のこなしだったが、しかしギアには通用しなかった。

何より不意打ちにすらなっていなかった。

歩道沿いのアーケードの上で気配《けはい》を殺し待っていた努力もすべて無駄だった。

だが女は強気だった。

「もらったあああ！」

奇声を上げ振り下ろしたククリナイフの切っ先は、ギアの鼻先を掠《かす》めて路面に打ち下ろされた。

危ないところだった、わけではない。

女が得物《えもの》を伸ばしてぎりぎり届かないところへと逃れたのだ。

女も只者《ただもの》ではない。

刃先は路面を打つ寸前で止まった。

止まったはずだった。

が、すかさずギアが刀身を踏みつける。

慌てて女は柄《つか》から手を放そうとした。

離れようとする女の顔へとギアの手が伸びる。

避ける間がなかった。

女の額に、人差し指と中指を伸ばした指先が触れた。それは簡略化されているが刀印《とういん》――刀を象徴する印相《ムドラー》だ。

指を伸ばす寸前にギアの口から、子供がふざけて唇《くちびる》を慣らすような音が漏れた。その刹那《せつな》に、ノウマクサンマンダに始まる百二十六文字の真言《マントラ》を瞬時に唱えたのだ。呪禁官が使う圧縮呪詛詠唱術《あっしゅくじゅそえいしょうじゅつ》だった。

女の気配を感じその剣を踏みつけるまでのわずかな瞬間に、ギアは霊縛法《れいばくほう》、いわゆる不動金縛りの法の術式を行ったのだ。

霊縛法は霊的存在の動きを止めるだけでなく、人間の動きをも停止させる。

が、女はぴょんと背後へと飛び退いた。

そして「バァカ」と笑った。霊的防衛用システムタトゥーが彼女を守ったのだ。

「同じ手に二度も引っ掛かるわけないだろう」

女が言い終わるまでに、ギアは再び間合いを縮《ちぢ》めていた。

決して女が油断していたわけではない。

圧倒的に反射速度が違うのだ。

気づけば女は腕を取られ、路面に不自然な姿勢で押しつけられていた。

頬がコンクリートの路面に擦《こす》られる。

笑みはとうに消えていた。

「クソ！　殺せ」

女は汚くギアを罵《ののし》った。

ひとしきり知っている限りの罵倒語《ばとうご》を叫び続け、言うこともなくなると今度はめそめそと泣き出した。

「もういいよ。わかったよ。殺せよ。姉さんと一緒のところに送ってくれよ」

「それは申し訳なく思っている」

ギアがそれに答えた。

「笑わせるな」

女は歪《ゆが》んだ唇で唾を吐く。

「そんな言葉を信じられると思うか。それぐらいのことで許されるのなら悪魔でも天国へ行けるぞ」

「許されることはない。俺は大勢の人間を殺している。ほとんどが闇に魂《たましい》を売り、人ではなくなった者たちだがな。おまえの姉は身体に呪符を埋め込み、既《すで》に人間ではなかった」

「だから殺されても仕方がないと」

「それでも殺される謂《い》われはない」

ギアは女を見つめる。見られている方が恥じ入るほどまっすぐな目だ。

「たとえ法的にどうであってもな。だから俺は報復《ほうふく》されて当然だ。おまえがそれを望むなら、いつでも今日のように俺を襲えばいい。だが俺は今死ぬ気はない。まだ俺を必要とする人々がいるからな。黙って殺されはしない。抗《あらが》う。

しかしお前は若い。いずれ俺が殺される時がくるだろう。いや、おまえに限らず、俺に怨みを持っているものは山ほどいる。いずれ俺はそんな者の手で殺される。それが呪禁官の運命だ。ベッドで死ねるとは思っていない」

「うるさい、うるさい、うるさいぃぃいいいい！」

大声で叫ぶ女から、ギアの手が離れた。

毛を刈《か》り取《と》られた羊のように跳《は》ね起き、女は落ちたククリナイフに手を伸ばした。

間に合わなかった。

ギアは柄を持ち上げ、路面に当てた刃先を支点にしてそれを蹴《け》折《お》った。まるで枯れ枝でも折るように簡単に。

女の気配が消えた。

見上げたが誰もいない。

捨て台詞《ぜりふ》一つ残さず逃げたのだ。

ギアは苦笑しながら折れたククリナイフを拾った。呪禁局に持って行くと少しややこしいことになるので、業者に渡して処分するつもりだった。

女の正体は知っている。今まで二度襲撃され、追い返した。それなりに工夫《くふう》しているのか、最初はインド武術で使われる特殊な短剣《カッタラム》、次は恐ろしく長く柔軟で、ベルト代わりに腰に巻ける金属の長剣《ウールミ》と、武器を取り替え攻撃してきた。いずれもギアは歯牙《しが》にも掛けなかったのだが。だからといってギアはそのまま放置するようなタイプではない。彼女がいったい何者なのかを調べた。呪禁局の情報検索システムは優秀だ。すぐにどんな人物で、どうしてギアを狙っているのかがわかった。

彼女は佐々木土岐、佐々木終《おわり》の妹だった。

佐々木終は大量の逮捕者を出した指定非合法魔術結社《アラディアの鉄槌《てっつい》》に所属していた魔女だ。指定非合法魔術結社は、それに参加していること自体が逮捕《たいほ》の理由となる。

最も過激な魔術結社といわれた《アラディアの鉄槌》は、首領相川螺旋香《あいかわねじか》に率いられ、この世を終わらせるための大規模なテロを行った。まだ記憶に新しい悲惨な事件だった。ギアたちの活躍《かつやく》で世界壊滅《かいめつ》にまでは至らなかったが、《アラディアの鉄槌》は強制解散命令が出て消滅《しょうめつ》した。

その時ギアたちを襲った魔女集団の一人が土岐の姉、終だ。《アラディアの鉄槌》の中で終は身体に呪符を埋め込み、不可逆的妖物化対象者となっていた。

要するに二度と人間に戻れない怪物になっていたと言うことだ。

不可逆的妖物化対象者は人であって人でない。実質的には霊的処置を施した時点で死者扱いとなる。従って司法を経《へ》ず、呪禁官の判断だけでそれの罪状を決定できた。もちろん死罪を下すことも自由だ。

その時ギアが本当に佐々木終を殺したのかどうかはわからない。何しろ五千人もの不可逆的妖物化対象者が魔女となってテロに加担《かたん》したのだ。その中の一人が誰に殺されたのかなど、誰にもわからない。

だがメディアはギアと彼の相棒である龍頭麗華《りゅうずれいか》だけを大々的に取り上げ、まるで二人がすべての魔女を相手にしたかのような報道がされていた。その後で死罪となった魔女たちの名前が告《つ》げられれば、誰であれギアか龍頭が殺したのだと思うだろう。

そしてギアを襲った土岐に姉を殺したのかと問われ、ギアは「殺したかも知れない」と答えた。殺していないとは言い切れなかったからだ。それを告白と取り、土岐はギアを付け狙うようになった。

ギアが誤解を解く気にもならないのは、それもまた運命であり報《むく》いなのだと信じているからだ。

短い地下道を抜けて、ギアは空を見上げた。

晴天の空を背景に、黒々と巨人のようなビル群が見えた。

呪禁局の入った雑居ビルはもう目の前だった。

§3　07：09

雑居ビルの正面玄関は閉ざされていた。

裏口に回ると、白髪の男がトイレ並みに狭い警備員室に座っていた。

「スーさん、おはよう」

ギアが挨拶《あいさつ》をすると、男は敬礼して見せた。本名は知らない。いつもフリスクのスースーする匂いをさせているからスーさんと呼ばれているのだと聞いていた。実際今も彼が口を開くとミントのニオイがぷんぷんする。

満面の笑顔だ。くしゃりと顔が崩《くず》れ、目も口も皺《しわ》に埋もれていた。警備の仕事は体力仕事でもある。それを考えれば、いくら何でも六十歳前後だろう。だが、八十歳を超えていると言われても納得の老け《ふ》顔だ。

「もう、残っているところは葉車さんのところの引越業者だけですね。重要なものは全部運び出したみたいですよ。他のところはからっぽだ。私も今週一杯でお役御免《やくごめん》ですよ。葉車さんも大変ですね。もう危険なものは全部運び出したんでしょ。規則で立たせておくだけなら、わたしたちみたいな警備員を雇《やと》えば良いのに」

「これも仕事だから」

「ご苦労様です」

頭を下げるスーさんに会釈《えしゃく》して、ギアは警備室を後にした。

電力を節約しているのか、廊下は薄暗い。良く見ると三つおきに電灯《でんとう》が消されている。

エレベーターで五階へと上がる。五階と六階がフロア全体呪禁局のものだ。

扉が開くと、そこに呪禁官の同僚が立っていた。Tシャツにジーンズの私服だ。夜勤明けの脂《あぶら》の浮いた顔で大あくびをして、涙を拭《ぬぐ》いながらギアに言った。

「ほんとに制服なんだな」

「当たり前だ。そうしない神田がおかしい」

同期で呪禁官となった同僚は苦笑した。

「確かにな。じゃあ、後は頼むぞ」

「了解」

神田が溜《た》め息《いき》をついた。

「このまま家に戻ってぐっすり寝たいよ」

「寝ればいいじゃないか。今日はもう非番だろう。まだ何かあるのか」

「あっちゃあ、やっぱりギアには連絡がいってないか」

勤勉で真面目、融通の利かないギアは、呪禁局内部の不正を暴《あば》いて以来、身内からも煙《けむ》たがられていた。日常的に仲間はずれにされることがある。当人は爪《つめ》の先ほども気にしていなかったのだが。

何も言わぬギアを見て、神田は声を潜《ひそ》めた。

「聞かなかったことにしてくれるか」

ギアは黙って頷《うなず》く。

「どうやら百葉箱の方で動きがあったようだ。何かが始まっているらしくて待機《たいき》命令が出ていたんだ。俺は夜勤に回ったが、連絡があったらすぐに出動できるようにしておけと言われている」

「そんなことなら俺に連絡があっても良さそうなもんだがな」

「あそこで緊急出動命令が出るってことは、何かをしくじったってことだ。つまり呪禁局の責任問題だ。そんなところにおまえを送りたくないわな」

「そうなのか」

「まあ、ある程度何が起こったのか上の方でわかるまで、あんたに首を突っ込んで欲しくないんだろうさ。とはいえ、いざとなったら呼ぶわけだがな。んで、呼ばれたら行くんだろう」

「当然だ」

再び男は苦笑した。

「俺なら絶対気がつかない振りをするけどな。馬鹿馬鹿しい、故意《こい》に仕事を外されて、困ったからって呼ばれても……まったく理解出来ないって顔だよな」

ギアは頷く。

「ま、おまえはずっとそのままなんだろうな。俺が出世《しゅっせ》したら、おまえの居場所をつくってやるから、それまでは辞めるな」

今度はギアが苦笑する番だった。

「ありがとう」

頭を下げるギアを見て、神田は頭を掻いた。

「じゃあ、もう行くぞ」

「帰ってぐっすり眠れることを祈ってるよ」


エレベーターに乗り込み、神田は階下《かいか》へと消えた。

エレベーター脇《わき》にソファーが置かれてある。ここで座るように用意されている物だ。が、ギアはその横に仁王《におう》立ちだ。

「今日もよろしくお願いします」

言いながら近づいてきたのは現場のリーダーだ。初日にギアは何度もこの男からソファーを勧《すす》められた。どうやら呪禁官という職業に興味を持っているようで、何かと話し掛けてくる。邪険《じゃけん》にするわけでもないが、職務中のギアはまず無駄話《むだばなし》というものをしない。それでもリーダーはたびたびやってきて世間話《せけんばなし》をしていく。

そのためギアは、このがっしりした体つきの男が最近家を建てたばかりである事や、二人の子持ちで、その子供の養育費を稼《かせ》ぐために必死なのだということまで知っている。その子供の写真も奥さんの写真と一緒に見せられた。

この日も暇《ひま》を見つけては近くに来て、小学校に入った長男がいかに可愛いか力説していった。昼休みに入るまで、そんないつもと変わらない平和な時間が過ぎていった。

§4　11：40

大きく『東京隠秘《いんぴ》商事』と横書きされたコンパクトカーが猛スピードで国道を走っていた。脂汗《あぶらあせ》を滴《したた》らせながら必死になって運転しているのは猿顔の中年男だ。狭《せま》い額《ひたい》が汗でてらてら光っている。

「警察はなにしてんだ。くそ、なんでこんなことに。いい加減にしろよ。どうして俺がこんなことになるんだよ」

ぶつぶつと絶え間なく呟いている。踏み抜くのではないかと思えるほど力を込めてアクセルを踏み込んでいた。

フロントガラスの隅《すみ》に心霊写真のように顔が浮かんでいる。

「呪禁局の支所はまだか」

男が問うと、青白い顔の男が妙に滑舌《かつぜつ》良く答える。

——一〇〇メートル先の交差点を右折して下さい。

フロントガラスに埋め込まれた呪符で発動する、道案内のための車載《しゃさい》精霊だ。

「後どれぐらい掛かるんだ」

顔に変わって地図が浮かぶ。目的地が赤く点滅《てんめつ》していた。画面が微妙に歪んでおり、見ていると眩暈《めまい》を起こしそうになる。

——七分です。

車載精霊が言った。

――後七分です。七分です。七分ですよ。七分です。

繰り返しながら、画像は水に滲《にじ》むように薄れていく。

「おいおい、勘弁してくれよ。なんだよ、中古の精霊呪符なんか買うんじゃなかったよ。どうせ会社が金を出すんだから高級品買ったら良かったよ。いやいや、よく考えたら中古で値切って買って領収書は新品の値段で書いてもらったんだった。とはいえ差額は飲み屋で一瞬で消えたもんなあ、って言ってる場合か？　言ってる場合じゃないよな」

その通りだった。

車載精霊にすっかり気を取られていた。

――右折して下さい。

その声を聞いたとき、男はほとんど速度を落とさず、交差点に突っ込んでいた。

慌《あわ》ててハンドルを切る。

曲がりきれず後輪《こうりん》がスリップした。

遠心力で片側のタイヤが浮く。

そして対向車線から直進してきた車の鼻先を掠《かす》め、ごろりとコンパクトカーは横転《おうてん》した。

急ブレーキの音に悲鳴が重なる。

死んだ虫のように黒い腹を見せて、車は歩道に乗り上げた。

野次馬《やじうま》が恐る恐る遠巻きに集まりだす頃、横転した車のドアを開けて男が這《は》いずり出てきた。その手には大きなトランクを持っていた。

「もうすぐだ」

男は呟きながら立ち上がる。

「もうすぐ呪禁局に到着だ」

遠くの方から悲鳴にも遠吠《とおぼ》えにも聞こえる奇妙な声が聞こえてきた。

「来た。もう来やがったよ」

トランクを引きずり、男は道路に飛び出した。

両手を広げて道を塞《ふさ》ぐ。

けたたましいブレーキ音をたてて車が停まった。ほとんどバンパーが男の身体に触《ふ》れていた。真っ黒のステーションワゴンだ。

するするとサイドウインドウが開き、若い男が顔を出した。

「退《ど》け！　轢《ひ》くぞ、馬鹿」

口を歪めて罵った。

だが男も必死だ。

「頼む、乗せていってくれ。すぐそこの呪禁局支局までなんだ。頼む、お願いだ」

扉《とびら》が開いた。真っ先に怒号《どごう》が聞こえた。

「この糞虫《くそむし》がぁ！」

怒鳴りながら若い男が半身を表に出したときだ。

「乗せてやれ」

奥から嗄《しゃが》れた声が聞こえた。

若い男の顔から怒りが一瞬で消える。そして運転席から下りてくると、無言で男を後部座席に押し込んだ。

「さあ、行こうか」

そう言ったのは車椅子《くるまいす》に乗った中年の男だ。喉《のど》をやすりでこすったような声だ。広い後部座席は、車椅子のまま乗れるように改造されていた。

「ありがとうございます」

男はぺこぺこと頭を下げ、名刺《めいし》を取りだして渡した。

中年男は尊大な態度でそれを受け取る。

「東京隠秘商事営業部係長、角田恒彦《かどたつねひこ》さん」

読み上げてニヤリと笑った。

鬼のような笑顔だ。

まるで金属ブラシのような眉毛《まゆげ》の下には、憤怒の仁王像じみた巨大な目玉をぎょろつかせている。

「呪禁局の出入り業者か」

「あっ、そうです」

「わたしはコービス。ミスカトニック図書管理委員会の人間だ」

オカルト関係の稀覯本《きこうぼん》を扱う図書館は公立私立を問わず多数存在する。ミスカトニック図書館はその中でも桁外れの蔵書数を誇っていた。蔵書数を公表していないので正確な数はわからないが、おそらく世界一であろうと噂されていた。

「あっ、私どもも何度かお世話になっておりますよ。参考資料に幾度か魔術書を閲覧《えつらん》させていただきました」

コーブスは角田の言葉にまったく興味を示さない。

「今から呪禁局に向かうんだな」

「ええ、そうですけど」

巨大な目玉で角田を睨《にら》みつけた。

角田は地獄で罪状を読み上げられるような気分になり身をすくめる。

背広《せびろ》は埃《ほこり》だらけ。髪はぐしゃぐしゃ。膝《ひざ》は何かで引っかけたのか大きく破れている。本人は気づいていなかったが、額が切れ血が流れていた。

そんな恰好《かっこう》で呪禁局へ向かおうというのだ。理由を問いただされても何の不思議もない。だがそんな事は一言も訊ねず、コービスは言った。

「連れて行ってやるから、こちらの頼みも聞いて欲しい」

「頼み、ですか」

角田の顔に不安が滲む。そうなるとますます猿に似る。

「通用門から入ると、右側に警備員室がある」

「はあ……」

「そこにいる警備員に話し掛けて、部屋から外に連れ出して欲しいんだ」

「は……」

「簡単なことだろう。イヤならここで降ろしてもいいんだが」

「あっ、わかりました。やりますやります」

「やらせていただきます、だろう」

助手席に座る男がそう言った。よほど長身なのだろう。頭頂部《とうちょうぶ》が天井《てんじょう》に支《つか》えそうだ。

「あっ、はい。やらせていただきます」

角田は慌ててそう言った。

§5　11：53

正午《しょうご》を前にして、この町にも人がちらほらと現れてきた。だが皆が皆生気なく、ふらふらと幽鬼《ゆうき》のように気怠《けだる》そうに行き交《か》う。死者たちの町だと説明されたら鵜呑《うの》みにしてもおかしくない。

その幽鬼たちの間を、隻眼《せきがん》の女が車椅子を押して進む。後ろに控《ひか》えているのはチンピラ然としたた若い男と、電柱と見間違うほどひょろりと背の高い男だ。

「湿気《しけ》た街だ」

コービスは呟いた。

「ここで間違いないんだろうな」

「あのビルです」

長身の男が、正面のビルを指差した。

「さっさと片付けて帰りましょうよ」

少年と言っていいだろう若い男が、唇を尖《とが》らせる。ただでさえ幼い顔がさらに幼く見えた。

「だいたい、こんな仕事、ボスが出てくるほどのもんじゃないでしょう」

「確かにおまえたちがきちんと仕事を済ませてくれたなら、俺もこんなところに出てくる必要はなかったんだ」

若い男は黙って俯《うつむ》いた。

「さあ、角田君。さっさとビルに入れ」

「あの、正面玄関が閉じてますけど」

「だから裏口から入れと言わなかったか」

「仰《おっしゃ》いました。覚えておりますよ。それじゃあ、ちょっとお先に」

角田は小走《こば》しりに呪禁局支部のあるビルへと向かった。

「ローズ」

コービスが言うと、隻眼の女は車椅子を押した。裏口から角田が入っていくのが見えた。

「上手《うま》くやりますかね」

若い男が言う。

「おまえよりはな」

言われて若い男はまた俯いた。

ゆっくりと、車椅子は裏口へと近づく。扉の前で止まると、背の高い男がわずかに扉を開いて中を覗《のぞ》き、コービスを見て頷いた。

「行くぞ」

コービスが言うと同時に背の高い男が扉を大きく開いた。

先頭を切ったのが若い男だ。

続けて長身の男。

最後に車椅子が突入した。

そこにスーさんがいた。角田は彼を部屋から出すのに成功したのだ。

スーさんは警備員室に戻り本部に通じる非常ボタンを押すべきか、それともこの場から今すぐ逃げ出すべきか迷った。

結論を出すまでは一瞬だったが、既に遅かった。何をする間もなく若い男と長身の男がスーさんを捕《と》らえた。腕をひねって床に身体を押さえつける。

「もう行きますよ。行っていいっすよね」

そう言う角田をコービスは手で追い払った。角田は一目散《いちもくさん》に廊下《ろうか》を走って行く。

「ようやく捕《つか》まえた」

コービスは言った。

「許して下さい。お願いします。許して下さい」

涙声でスーさんは訴えた。

「なあ、俺がそんなに簡単に欺《だま》されると思ってるのか」

「滅相《めっそう》もございません」

「だからその態度を言ってるんだ。『セラエノ完本』をちらつかせて、よりによってミスカトニック図書管理委員会を相手に詐欺《さぎ》を働こうなんて肝の据わった人間が、俺たちが出てきたぐらいで震えながら土下座《どげざ》する？」

コービスは鼻で笑った。

「そんな猿芝居で欺せると思ったのか」

「コービスさん、それは買いかぶりですよ。ミスカトニック特殊稀覯本部隊ホラーズの中でも特に有名な、悪魔のコービス部隊が出てきて震え上がらない人間はいませんよ」

「それはお世辞《せじ》のつもりか」

「滅相もありません」

ボスは舌打ちをした。

「白々《しらじら》しい演技はもうたくさんだ。とにかく金をどこにやったのかを言ってもらおうか。目の前に金を出してくれたら信用してやるよ」

「いや、だからですね、どこにもやってないというかですね、だいたい何か勘違いされてるんですよ。『セラエノ完本』は本当にあるんですよ。ちょっと手違いで手に入るのが遅れただけで」

コービスが若い男に目配《めくば》せした。

若い男はジャングルブーツで俯せになったスーさんの後頭部をグイと踏みつけた。

ぐうぅ、と声が漏《も》れる。老人相手に少しの手加減もない。

「両目を刳《く》り貫《ぬ》いたら、少しは口も軽くなるのかもしれんな」

コービスが言った。

車椅子の後ろの立っているローズの顔から血の気が失せた。だがスーさんはあまり気にしていないようだ。

「だから聞いて下さいよ。『セラエノ完本』はもう手に入ったんですよ。今それを渡しますから」

「外に連れ出せ」

コービスが言う。

若い男がスーさんの腕を取って立ち上がらせた。床で押しつぶされた鼻が真っ赤になっている。演技なのかどうなのか、足元がやたらふらついていた。

「もっと力を入れろよ。自分で歩けるだろうが」

腕を持った若い男にほとんど身体を預けているのだ。
二、三歩進んで、がくりと膝をついた。
腕から手が離れた。

くたびれた老人にしか見えないスーさんが、その瞬間出口へ向かって獣の素早《すばや》さで猛ダッシュした。

「ベリエル！」

若い男が叫んだ。

彼の着ているTシャツの下から、肉色の塊《かたまり》が飛び出した。

バスケットボールほどもある何かが、恐ろしいほどの素早さで地を這う。

それはいきなりスーさんの背に飛びついた。

一抱えほどある肉色の塊には、逞《たく》ましい両腕がついていた。

その腕がスーさんの首を締め上げていた。

「そこまでだ、爺《じい》さん」

そういった長身の男が、その手から金属の球体を放った。

振動音とともに滑《すべ》るように宙を飛んだその球は、

逃げようとするスーさんの前に回り込んで空中で停止した。

ソフトボールほどの輝く銀の球だ。

球体の両脇から、ぎざぎざの刃が飛び出ていた。おそらく背の高い男が命じれば、次の瞬間球体はその刃先をスーさんの額に埋めるだろう。

「わかったわかった」

喉を絞められながらも、スーさんは必死になってそう言った。

スーさんにとっては一生に一度、命を懸《か》けた勝負の日だったかもしれないが、コービスたちにとっては、退屈《たいくつ》ですらある日常《にちじょう》茶飯《さはん》だった。その瞬間までは。

まず裏口の扉が弾けるように開いた。

同時に奇声を上げて人がなだれ込んできた。

五人、十人ではない。

狭い廊下に人の群れが濁流《だくりゅう》となって押し寄せたのだ。

その場にいる誰も予想していないことだった。いや、こんなことは予想など不可能だ。

集まった人間は様々だ。

サラリーマン風の中年男がいる。毛羽《けば》だったジャージ姿の太った女がいる。学生服の少年がいる。何故か下半身裸の若い男がいた。ランドセルを背負《せお》った子供がいる。濡れたエプロンをした主婦らしき女がいる。下着姿の老人がいる。町に住むあらゆる人間を無作為に選び出して集めたようだ。

ただ一つ、共通点があった。彼ら彼女らは皆真っ赤な布で目隠しをしていたのだ。

それが悲鳴とも獣の遠吠えともつかない声で叫びながら、廊下を押し進む。

それをさらに異様に見せているのがそれらの動きだ。

コンテンポラリーダンスのように見えなくもない。四肢《しし》がそれぞれ別の生き物になったかのように独立した動きをしている。良く見れば、それが決して人ではあり得ない動きをしているのがわかる。

しかも素早い。

スーさんは確かに只者ではなかったようだ。

異変を察知したと同時に走り出していた。

唖然《あぜん》とする若い男の脇をすり抜け、振り向きもせず逃げる。

長身の男は、彼の武器である金属の球を引き上げようとしたが、無駄だった。

大量の人の中へ球が消える。

背の高い男の意志なのか、それとも自立的に動いているのか、金属球はガリガリと音を立て、何人かの手足を切断し腹を裂《さ》いた。

おそらくある程度の人数までなら、そしてそれらが人並みに恐怖を感じるのなら、この金属球は大いに威力《いりょく》を発揮できただろう。もしかしたら暴走を食い止めることも可能だったかもしれない。

しかしこの群れを成している人々は、誰一人として死を怖れてはいなかった。腕を切られ指を切断されてもまったく動じず球を掴《つか》もうとする。

身体ごとのし掛かってくる。

疲れることのない球は、ざくざくと肉を切り骨を断《た》つ。それでも上から新しい肉体がのし掛かってくる。

その球を最後まで操《あやつ》ろうと立ち止まっていたのが讐《あだ》となった。背の高い男は逃げ遅れ、たちまち人の群れへと呑《の》まれてしまった。為《な》す術もなく押し倒され、何十人もの人間がそれを敷物《しきもの》のように踏む。肋骨《ろっこつ》が、鎖骨《さこつ》が、脆《もろ》い骨から折れ、砕かれ、内臓が押し潰《つぶ》されていく。

若い男も何も出来ぬまま群れに巻き込まれてし

まった。彼の相棒であり、彼の身体から生まれた動く肉腫《にくしゅ》を残し、彼は瞬《またた》く間に圧死した。

慌てて主人の元へと這い寄ろうとした動く肉腫は、若い男へと逞しい腕を伸ばしながら虫のように押し潰された。

隻眼の女は彼らとは違い、いち早く車椅子を押して逃げ出していた。そのままなら逃げ切れたかもしれない。

が、コービスは彼女に命じた。

「ローズ、止まれ。奴らの方へ俺を向けろ」

「ボス、まさか」

「ああ、それしかないだろう」

「無茶です、ボス。逃げましょう」

「先におまえから始末《しまつ》されたいか」

ローズは立ち止まり、車椅子を後ろへと反転させた。

コービスが嗄れ声で叫ぶ。

「マキウ・マキナ！」

どん、と地響きがした。

何も知らなければ地震だと思っただろう。

そして閃光《せんこう》とともに雷鳴が響《ひび》いた。

室内でだ。

その雷鳴が鳴り止まぬまま、天井から大粒《おおつぶ》の水滴がシャワーのように落ちてきた。

室内で雨が降り始めたのだ。

並みの雨ではない。豪雨だ。

そしてそれは、ただの雨ではなかった。

じゅうじゅうと肉の焼ける音がする。

水滴の落ちた部分が、白煙《はくえん》を立ち上らせながら溶けているのだ。

その勢いも凄《すさ》まじい。

大量の人間が湯を掛けた砂糖菓子のようにみるみる溶けていく。

これで阻止《そし》できる。

コービスがそう思ったのも無理はない。

まともな人間相手なら無敵の魔術だろう。が、なだれ込んできた者たちはまともな人間などではなかった。

自らの身体が溶けて流れ、内臓がはみ出し崩れ落ちても、なおも前に進もうとするのだ。溶けて血肉《ちにく》の泥《どろ》となった上を歩き、溶けた蝋細工《ろうざいく》のように崩れ落ちた肉を掻き分け、後ろから次々に押し寄せてくる。

「ボス、逃げましょう」

ローズがそう言った時だ。

チーズのように溶けた肉の山から、肉汁《にくじる》を撥《は》ね上げて飛び出してきたものがあった。

男女の区別もつかない。

ヌルヌルした肉の塊は、かろうじて人の姿を保っていた。

ほとんどの指が溶け癒着《ゆちゃく》したその手には、大きな出刃包丁《でばぼうちょう》が握られていた。

あっと思った時にはそれはコービスの真正面に跳んできた。

着地の勢いを借りて腕を振り下ろす。

逃れる間などなかった。

コービスは出刃包丁が自らの頭へと叩きつけられるのをじっと見ていた。

包丁は、頭蓋《ずがい》を割り、脳へと突き立った。

眼球《がんきゅう》がぐるりと裏返る。

ローズは車椅子を置いて、逃げ出した。

長々とした悲鳴が遠くへと消えていく。

雨は降り止んでいた。

人の群れは次から次へと狭い廊下を進んでくる。

それを阻止する物はもう何もなかった。

§6　12：03

昼休みに入る直前に、引越業者のみんなはぞろぞろと部屋から出ていった。見回せば、扉の開いたロッカーや捨て置かれた椅子やテーブル。床に積まれたガラクタの山。ほとんど廃墟《はいきょ》だ。

がらんとした部屋に残されたギアは、それでも一人直立不動だった。食事をする気もない。前回がそうだったように、引き継《つ》ぎの呪禁官が来るまでは何も食べはしないだろう。丸一日の絶食など苦でもなかった。そのストイックさは、嘲笑《ちょうしょう》の対象であることの方が多い。が、ギアには何のためらいも迷いもなかった。

「宮殿前《きゅうでんまえ》の衛兵かよ」

大声でそう言いながら階段を駆け上ってきた女が言った。Tシャツに迷彩《めいさい》パンツとジャングルブーツという、サバイバルゲーム帰りのような恰好だ。白いシャツを押し破りそうな巨大な乳房《ちぶさ》がなければ男女の区別もつかない。

「龍頭か」

ギアは呟いた。

「何だよ。迷惑そうな顔だなあ」

普段呪禁官は二人一組で捜査に出る。龍頭はギアの後輩であり相棒だった。呪禁官きっての武闘《ぶとう》派であり、最強にして世界で最も凶暴な女だろう。暴力への躊躇《ちゅうちょ》なさは、同僚たちからも怖《おそ》れられていた。馬鹿がつくほど真面目なギアと共通点は皆無なのだが、どういうわけか会ったときから相性《あいしょう》が合った。問題児二人にチームを組ませたのは、半ば悪意からだが、そんなことをまったく気にしないことでも二人は共通していた。

ニヤニヤ笑いながら近づいてきた龍頭は、ギアの横に立つと「これこれ」と言いながらその目の前で綺麗《きれい》に包装《ほうそう》された紙箱を揺らせた。

「良い匂いだろう。カツサンド、一緒に食べよう」

「いらない」

「えっ、ダイエット？」

ギアは静かに首を横に振る。

「じゃあ、私が食べているところを黙って見てなさい」

龍頭はソファーに腰を降ろすと、包装紙をばりばりと破った。揚《あ》げたてのカツとソースの匂いが濃厚《のうこう》に漂《ただよ》う。

龍頭は紙箱の蓋《ふた》を取り、カツサンドを摘《つ》まみ出すと、勢いよく噛《か》みついた。まるで飢《う》えたサメだ。さくさくと音を立ててカツを咀嚼《そしゃく》し呑み込む。

一息ついてミネラルウォーターのペットボトルを取りだしてきた。それをこれ以上ないほど幸せそうな顔で喉を鳴らして飲む。飲み干す。

大きく息を継いで「美味《うま》いなあ」と呟いた。言わずとも、龍頭を見ていれば充分わかる。

「これ、このカツサンド知ってる？　有名なんだよ。並んで買ってきたんだから。はいこれ」

ギアにもペットボトルを渡す。

「制服はどうした」

ソファーに深く腰を降ろした龍頭を見下ろし、ギアは言った。

キョトンとしている龍頭を見て、もう一度丁寧に説明する。

「呪禁官の外套を何故着てこない」

「……あのさあ、わたしは休み。休日。わかるかなあ。知ってる？　休日には休んでいいって」

「遊びに来たのか」

「陣中《じんちゅう》見舞いってやつでしょう。相棒のことを思ってのことだよ」

「百葉箱で何かあったとか、聞いてないか」

「えっ、何かあったの」

初めて聞いたという顔だ。

「おまえも知らされていないのか」

「また仲間はずれだよ、まったく」

言葉とは裏腹《うらはら》にそれほど怒っている様子はない。

ただただ目の前のカツサンドに集中しているようだ。

「食べないの？」

「訊《き》くほども残ってないぞ」

「じゃあ、遠慮なくいただきます」

剣を呑む大道芸《だいどうげい》のように、するするとカツサンドは口の中へと消えた。

「おまえは平和だなあ」

心底《しんそこ》うらやましそうにギアが言った。

「なんで私だけが平和。その時は世間も平和でしょう」

「ならいいんだがな」

ちん、と間の抜けた音を立ててエレベーターの扉が開いた。

中から背広姿の男が飛び出てきた。

フロアへと一歩踏み出すとほぼ同時に、龍頭が男の腕を取り床へと押さえつけた。

背広は埃だらけ。額からは血が流れている。不審者であることは間違いない。

「痛い痛い痛い」

言いながら男は龍頭の手をタップした。

「頼むよ、この女を何とかしてくれ」

龍頭が何か言ったのだが、口の中にまだサンドイッチが残っていて何を言っているのかわからない。

「誰だ」

ギアが言う。

「ほら、これ」

胸ポケットから男が出してきたのは名刺だった。

そこには「東京隠秘商事営業部係長、角田恒彦」

と書かれてあった。

「東京隠秘商事……ああ、こいつの」

背に手を回すと、外套の下から一振りの杖を取りだした。濃い青に塗られた金属製の杖《ロッド》だ。握りはなく、全体に天使の名が浮き彫りされている。

「最近参入してきた出入り業者だね。錫杖《しゃくじょう》が一《いっ》斉《せい》にこの杖《ロッド》に変更された。これはきみの会社の製品なんだろう」

「そうそう、そうだよ。呪禁局で扱う魔術道具の半分は俺のところの商品になったんだよ。これも企業努力の賜物《たまもの》だよなあ。このままなら間違いなく残りもいずれは……どうでもいいが腕を放してくれよ。痛いよ」

涙目《なみだめ》で男はギアに訴《うった》えた。直接龍頭に言わないのは、話が通じないと思っているからだろう。

「龍頭」

ギアに言われ、龍頭はようやく角田から離れた。

ほとんど猛犬の扱いだ。

「もうさんざんだよ」

肩をぐるぐると回して、あいてててて、クソ野郎どもが、と悪態《あくたい》をつく。それから龍頭を見て「あんたのことをいってるんじゃないからな」と付け加える。それからポケットを探って言う。

「あっ、煙草《たばこ》車内に置いてきたよ。くそ、あんたたち、どっちか煙草持ってないか。いやいやいやいやいや、落ち着いている場合じゃなかったんだ。で、他に呪禁官はいないのか」

角田はがらんとした部屋の中を見回した。

「っちゅうか、ここ呪禁局だよな」

「取り壊しが決まってて引っ越し中だ」

ギアに言われ、男はあからさまに肩を落とした。

「……じゃあ、まさか呪禁官はあんたたち二人だけ」

「文句ある？」

龍頭が睨む。

「文句はないが、すぐに助けを呼んでくれ。奴らがすぐに来る」

「奴らって」と龍頭。

「良くわからんよ。だからそんなことを言ってる場合じゃ――」

声が聞こえた。

何頭もの獣が吠えているような、あるいは野太《のぶと》い悲鳴のような大勢の声が。

角田は小さく悲鳴を上げて、ギアの背後に回った。

階段を駆け上ってくる足音が聞こえた。

「龍頭」

ギアが、持っていた杖《ロッド》を龍頭に投げた。

自身はまとめて置かれていた引っ越しのゴミの中から、金属パイプを取り出し手にした。

二人が部屋の入り口へと向き得物を構えたところに、転《ころ》がるようにして飛び込んできたのは隻眼の女だった。

「助けて」

女は震える声でそう言った。

「そいつは違う」

言ったのは角田だ。

「そいつはミスカトニック図書管理委員会の人間だ」

腰でも抜かしたのか、女は這って部屋へと入り込んできた。

「助けて、お願い、助けて」

這う女に手を貸そうと龍頭が前に出たとき、奇声を上げながら太った中年の男が入ってきた。その目は赤い布で覆われている。そしてスニーカーとズボンの裾《すそ》が肉汁でべたべたに汚れていた。

龍頭が女に手を伸ばしたところから、太った男までかなりの距離があった。少なくともひと跳びで到着する距離ではない。

ところが男が入って来たとき、既に龍頭は男の前に立っていた。

誰も龍頭が移動するところを見ていない。見ることは決して出来ないのだ。

身を延べた。

そのように説明されるこれは、もう体術ではない。

魔術だった。

龍頭が得意とする縮地法《しゅくちほう》と呼ばれるものがそれだった。瞬時にして間合いを縮める体捌《たいさば》きを古武術では縮地法といい、龍頭にしても入り口はそれだった。稽古《けいこ》を重ねるごとに間合いを縮める時間が秒刻みで短くなっていった。それがある日とうとう一線を越え、移動速度がゼロになった。その時点で体術は魔術へと移行したのだ。しかも移動できる距離は日々延びている。呪禁官としての鍛錬《たんれん》と経験がその力を伸ばしているのだ。

男の横に立った龍頭は、杖を背後から首筋に打ち当てた。

いわゆる当身《あてみ》、急所を強打することで瞬時に相手の動きを封じる技だ。

太った男は泥人形のようにその場にぐしゃりと崩れ落ちた。失神したのだ。

「ドアを閉めろ!」

角田が叫ぶのと同時に、群れとなって人が押し入ってきた。

が、ギアと龍頭の動きは神懸《かみが》かっていた。扉付近の人間を弾《はじ》き飛ばし、入ろうとする者たちは蹴り出し、扉に挟まり閉じるのを妨《さまた》げるものは中へと引き入れ、わずか二十人足らずを部屋に入れた段階で扉は閉じられていた。

いざという時のことを考えて支局の扉は分厚《ぶあつ》く頑丈《がんじょう》に出来ている。その三重の錠《じょう》が掛かっていた。

部屋へと飛び込んだ性別も年齢も体格もバラバラな人間たちは、たかだか二十名あまりでは二人の敵ではなかった。龍頭の見事な杖術《じょうじゅつ》は一撃で相手を気絶させ、ギアは右手の二本の指だけで次々に霊縛法を仕掛けていく。

痛みも恐れも感じない二十人あまりの人間が、ギアと龍頭によってバタバタと倒れていく。

気がつけば浜に打ち上げられた魚のように、赤い目隠しの人間たちが横たわっていた。二人は明らかに手加減していた。一人として外傷はなく、命を失ってもいない。ただ気を失っているだけだ。

「さてと」

ギアは座り込んで震えている角田に言った。

「説明してもらおうか」

「だから良くはわからないんだって。だがまあ、おそらくはこれを奪いに来たんだとは思うが」

足元に引き寄せていたトランクを、角田は見た。

「中身は」

ギアが訊ねた。

「極秘」

「どこへ運ぶ」

「極秘」

そう言ってギアと龍頭の様子を伺う。二人はただじっと角田を見ていた。沈黙に耐えられなかったのか、角田は自ら話し始めた。

「……〈呪禁局第七準世界観測所〉を知ってるか」

「百葉箱《ひゃくようばこ》のことか」

ギアが言った。

「ああ、そう呼ばれているらしいな。そこにこいつを届ける予定だ」

トランクをポンと叩く。

「中身が知りたいか」

返事はない。

「ええい、もう仕方がないなあ。俺が見せたことは内緒にしてくれ。ほら」

いくつもある錠を開き、男はそっとトランクを開いた。

うおっ、と声を上げたのは龍頭だった。

そこには、緩衝材《かんしょうざい》に埋もれた三歳ほどの幼児が、胎児《たいじ》のような姿勢で眠っていた。

「酷《ひど》いことをする」

龍頭は慌てて幼児を抱き上げようとした。止めようとした角田を片手で撥ね除ける。

「違う違う。それは人間じゃないんだ」

角田は龍頭の肩に手を掛けたが、間に合わなかった。

龍頭は幼児を抱き上げていた。

腕の中でそれは目を開いた。丸く柔《やわ》らかな頬《ほほ》を、龍頭は指でつついた。それは桃の果実のような濡れた唇を開いて、言った。

「ママ」

「ああああああ、ダメだダメだ」

角田は頭を抱えた。

「か、かわいい」

龍頭が蕩《とろ》けるような顔でそう言った。

「ほらみろ、ややこしいことになってきたぞ。手放さなくなったらどうするんだよ」

「あれは何だ」

よしよしと腕の中の幼児をあやす龍頭を見てギアが訊ねた。

「人ではないんだろう」

「あれは、うちが開発した人工供犠体《サクリファイサー》なんだよな」

「人じゃないのか」

抱いたそれの顔を見ながら龍頭は言った。

「人じゃない。あくまで魔術道具だ。一から十まで魔術で造られている」

「人工供犠体ということは、何かの生《い》け贄《にえ》に使うのか」

ギアが言う。

「その通りだ。これはそれだけのために造られているんだ。それ以上育つこともないし、世話《せわ》をしたところで十日も保たない。だから精巧《せいこう》な人形だと考えてくれ。しかし、まいったなあ」

角田は龍頭を顎で差した。

「人工供犠体は強烈なかわいさが一つの特徴なんだ。あの女、命に替えてあれを守ろうとするぞ。まいったなあ。あれはつまり何度も言うが生け贄なわけだよ。生け贄ってものがどういうものかわかるだろう。だから可愛いなんて思ったら駄目なんだよ」

「じゃあ何で可愛く作る」

「かわいさも生け贄の要素なんだよ。本当は可愛いというよりも、保護欲をそそる形態《けいたい》にすることで子供としての信号を発している、というようなことらしいがな。とにかくあれはそのためだけに造られた供犠《くぎ》なんだ」

「あんな供犠を運ばなければならないような何が百葉箱で起こっているのだ」

「それは俺の知ったことじゃない。だがあれを捧《ささ》げないと、この世が終わってしまうと脅《おど》されてきた。だからとにかく商品を届けなければならないんだ。それが俺の仕事だからな」

「ハードボイルドなこったな」

龍頭が嫌味《いやみ》を言う。

「で、それがどうしてこうなった」

ギアが訊ねる。

「本社の地下駐車場で襲われた。町中の人間が襲ってきたのかと思ったよ。何十何百という人間が襲ってきたんだ。もうダメだと思ったよ。こうして生きているのが奇蹟だ」

「一体こいつらは何者《なにもの》なんだ。心当たりはないのか」

ギアが床に横たわった人間を見て言った。

「おそらく《プルートの息子》だ。数日前から何度も〈呪禁局第七準世界観測所〉に脅迫《きょうはく》が来ていたらしい。うちの会社にも複数回脅迫電話があったそうだ」

「《プルートの息子》というと、冥王星《めいおうせい》を主神《しゅしん》とする非合法結社だな。だがそんなもの、とっくに消滅したと思ったが」

ギアが訊ねる。

「昔からあったカルト教団と同じかどうかは知らないが、脅迫があったのは間違いない。ついでに狙ったのはこいつだよ」

龍頭の抱く人工供犠体を指差した。

「これも間違いない。渡せと言われたからな」

扉が激しく蹴られる。殴《なぐ》られる。何か堅く重いものがぶつけられる。

何度も何度も執拗《しつよう》にそれは続いた。

「いい加減にしてくれよ」

耳を押さえうんざりした顔で角田は呟き、ギアを見た。

「なあ、あんたらが凄《すご》いってことは良くわかったが、それでも応援を要請《ようせい》した方が良くないか。このままじゃあ、ここから一生《いっしょう》出られないぞ」

「俺たちがここを出るのはそれほど難しくはない。窓から出ればいいんだ。ここは五階だ。たいした高さじゃない」

言いながらギアは部屋の奥に行く。ロッカーや戸棚の中を探り、まずはロープの束《たば》を探し出した。組紐《くみひも》タイプのもので、主に懸垂降下《ラペリング》に使うためのロープだ。近くには手袋やカラビナなど、必要なものが固めて置いてあった。これだけあれば五階から降りることなど階段を駆け下りることと大差《たいさ》ない。

「で、あんた誰だ」

龍頭はそう言って、部屋の隅で膝を抱《かか》えている隻眼の女を見た。

「あいつはミスカトニック図書管理委員会の人間だと言ってたが」

ギアが言う。

「その通りです。ミスカトニック図書管理委員会に所属する特殊稀覯本部隊ホラーズのローズといいます」

「魔術を学んでいるのか」

ギアが訊《たず》ねるとローズは小さく頷いた。

「特殊稀覯本部隊ホラーズのことは聞いた事がある。クトゥルー系の魔術師は特殊すぎて良くわからないがな。《アラディアの鉄槌》も魔女宗《しゅう》の中ではクトゥルー系だった。魔術も西洋魔術の体系には含まれていなかったりするからな」

「さすがに本職。よくご存じですね」

ローズは嬉《うれ》しそうに言う。

「ケネス・グラントなんかはラヴクラフトがオカルティストだと断言していますし、当時の秘密結社との関係を噂《うわさ》するものもたくさんいます。しかしラヴクラフトそのものは、C・A・スミス宛の書簡で自分はオカルティズムに詳しくないと述べています。それはおそらく嘘じゃないでしょう。創作としての神話を描いている自覚が、というか誇りがあったんじゃないでしょうか。とはいえ、たとえばブラヴァツキーの著作からの影響は間違いなくあるでしょうし、無意識に魔術はすり込まれていたとも言えるのではないでしょうかね。作中にも神智学という単語は出てきますから、あながち『ネクロノミコン』のネタ本が『ドジアンの書』だというのも間違っていないかもしれません。ですが、今では本物の『ネクロノミコン』も存在しているわけですし――」

さっきまでの怯えた態度とは違って、ローズは嬉々《きき》としてラブクラフトと魔術の関係を評し始めた。

そういう人間をギアは呪禁官養成所でたくさん見てきた。要するにオカルトマニアなのだ。技術としてのオカルト以上に、オカルトそのものに惹《ひ》かれてしまった人間。たいていそういう人間は呪禁官になる前に挫折《ざせつ》する。この時代、魔術は座学ではないのだ。

「それで、どうして悪名《あくめい》高いホラーズの人間がここにいる」

延々と喋《しゃべ》り続けるローズを制して、ギアは訊ねた。

「ミスカトニック図書館に稀覯本を売ると言って、金だけだまし取った奴がいたのです」

「それは根性のある奴だな」

楽しそうに龍頭が言う。特殊稀覯本部隊ホラーズはミスカトニック図書管理委員会が独自に所有している調査組織だ。稀覯本を入手するためには違法合法を問わないことで有名だ。

「ところがそんな根性のある人間に見えなかったんで、油断してしまって何度か逃げられたんです。それをここまで追い詰め、今度こそ間違いないと思っていたら、こいつらが」

床に転がっている人間を見た。

「じゃあ、その詐欺師はこのビルに逃げ込んだのか」

「逃げ込んだんじゃなくて、ここにいることがわかって我々が来たのです」

「引越業者か何かに紛れていたのか」

「警備員です」

「警備員って……スーさん？」

「ああ、ここではそう名乗っていたらしいけど、末井達夫《まついたつお》が本名《ほんみょう》です」

「で、結局捕まえたのか」

「だから、邪魔が入ってまた逃げられました。でも出入り口はこいつらに塞がれていたはずだから、まだビルの中にいるでしょうね」

「で、ホラーズはまさか君だけで来ていたわけじゃないだろう」

「みんな死んだんです。ボスも、仲間たちもみんな」

「君だけが助かった」

「そうですよ。えっ？　何か疑《うたが》ってますか。私はボスの秘書ですよ。車椅子を押す係です。まさかこんなことになるなんて」

「スーさんは探してきてやる。とりあえずおまえはみんなとここを出るんだ。龍頭、おまえはみんなを連れてここから出ろ。あの窓から下に降りれば正面玄関だ。そこから……おい、龍頭、聞いてるか」

「えっ、何が」

抱いた供犠体から目が離れない。だらしない笑みが浮かびっぱなしだ。

「ほら、こうなっちゃうんですって」

角田が言った。

「ラペリングの経験者はいるか」

角田が目を逸《そ》らした。ローズも、何を言っているのかさっぱりわからないという顔だ。

「龍頭、ローズと一緒に降りろ。ロープも金具もそこにある」

「キョウギちゃんも連れて行くよ」

「誰だ、それ」

「この子だよ」

勝手に名前をつけていた。

「下に降りたら駐車場に行け。《霊柩車《れいきゅうしゃ》》が停めてある」

《霊柩車》というのは霊的防御処理《れいてきぼうぎょしょり》が施《ほどこ》された

呪禁官部隊用の遊撃車《ゆうげきしゃ》のことだ。黒塗りの大きなワンボックスカーなのでつけられた渾名だ。

「それに乗って待機していてくれ。五分でいい。五分で俺が来なければ先に百葉箱へ行け。その間に本局に連絡。現状を報告するんだ。ついでに引っ越し業者が昼飯《ひるめし》を終えて戻ってこないように連絡しろ。聞いてるのか」

ずっと供犠体の相手をしている龍頭を見て、ギアが語気《ごき》を荒《あら》げる。

「聞いてるよ。キョウギちゃん、びっくりしましたねえ。おじさん怖いですねえ」

溜め息をついてギアは角田を向く。

「君は一人で降りろ。ラペリングの仕方は教えてやるから」

「俺ひとりで？」

ギアが頷く。

「降りたら龍頭たちと一緒に百葉箱まで行ってほしい」

えっ、と角田はギアを見る。

「君が一緒に行かないと人工供犠の使い方がわからないからな。会社の代表として最後まで面倒見てくれ。しくじったら会社の責任になるぞ」

「だよなあ。いえいえ、俺も最初からそのつもりでしたから、やりましょう。やりますよ。やる男ですよ」

どんっ、とひときわ大きな音が聞こえた。

角田がびくりと身体を震わせる。

叩《たた》く音は途切《とぎ》れることなく聞こえていた。そう簡単に扉は壊れないだろうが、気持ちのいいものではない。

龍頭が腰回りを支えるようロープを巻いている間に、ローズを背中合わせに荷物として固定する。

全部仕上がると、カーテンを裂いて赤ん坊を抱く袋をつくり、前に供犠体を抱いた。

二人を支えられるようにロープの端を窓枠《まどわく》近くの柱に巻く。

「さあ、行け」

大きく窓を開いた。

乾いた冷たい風が吹き込んできた。

龍頭は後ろにローズ、前に供犠体を抱き、玄関から一歩踏み出す気楽さで外へと飛び出した。

その姿が階下へと消える寸前、ひっ、と隻眼の女が声を漏らした。

ギアはその間に、荷造りでもするように角田をロープで結ぶ。

「いいか、こっちの手がブレーキの役割をする。こちらの手がガイドだ。外に出たら壁側を向いて足をつける」

何しろ初めてのラペリングだ。一度で覚えられるものではないが、覚えたかどうかを確認する暇もない。


「落ち着いてゆっくりやれば大丈夫」

そう言うと、何の覚悟も出来ていないままの角田を窓から外へと追い出した。

角田は悲鳴を上げる余裕すらなかった。

がちがちに強《こわ》ばりながらも、慎重《しんちょう》に時間を掛け、ロープを伝《つた》いゆっくりと降下していく。下では先に到着した龍頭がロープを押さえていた。

最後まで見ずに、ギアはまた捜し物を始めた。

がらくたの山からそれはすぐに見つかった。筆と墨汁《ぼくじゅう》、そして白いコピー用紙だ。

それから龍頭が持ってきたペットボトルのミネラルウォーターを口に含み、東に向いて霧状《きりじょう》に噴《ふ》く。

「赫赫陽陽《かくかくようよう》、日出東方《ひのでとうほう》、勅書此符《ちょくしょしふ》」

素早く呪文を唱え、急急如律令勅《きゅうきゅうじょりつれいちょく》と締めると、紙に墨汁をつけた筆で、絵とも文字ともつかないものを書いていく。

かなりの略式《りゃくしき》で多くの過程を省《はぶ》いているが、これは張天師符《ちょうてんしふ》という道教の霊符なのだ。あらゆる怪異を沈める力を持つとされている。

同じ霊符を三枚書くと、鉄パイプにも筆で奇妙な図形を描いた。南岳衡山真形図《なんがくこうざんしんぎょうず》という道教の霊符で、百魔鬼神《ひゃくまきしん》を退《しりぞ》ける力を持っている。

そこまで準備してから、ギアは扉の三つの錠を解いた。

思い切り良く扉を開け、鉄パイプを一振りする。

そこにいた人達が、断ち切られたように左右に分かれる。人間離れしたその動作を見ていると、蜘蛛《くも》の子が蠢《うごめ》いているようだ。

ギアは部屋から一歩出ると、扉の外に一枚張天符を貼り後ろ手で閉じた。

そして残りの二枚を前に掲《かか》げ、エレベーターへと近づいた。

油断《ゆだん》なく鉄パイプを構えている。

時折ギアへと大きく踏み出す者もいたが、それは鉄パイプを叩きつけるところりと昏倒《こんとう》した。南岳衡山真形図の効果は抜群《ばつぐん》だった。

幸いエレベーターは五階で停まっていた。

残り二枚の霊符をエレベーターの扉に貼り、開くと鉄パイプで牽制《けんせい》しながら乗り込んだ。

ローズは階段で上ってきた。ということはエレベーターは角田が来たときのまま五階で停まっていたのだろう。

そうなるとスーさんはエレベーターを使用していないことになる。では階段を使ってどこにいったのか。暴徒が狙っていたのはあくまであの幼児であるなら、五階までの階段は埋まっているが、それ以外のフロアで脇に逸れれば追ってこなかったはずだ。五階はこの状態だから、スーさんがいるのは一階から四階までの間。一階や二階なら窓からあっさりと逃げ出しているはず。もう手遅れだ。無事で逃げ出したのならそれでいい。それ以上の責任はないとギアは判断した。

残りは三階か四階。虱《しらみ》潰《つぶ》しに回っても良いが、ミスカトニック図書管理委員会にちょっかいを出す肝《きも》の据《す》わった人間なら、階段を離れれば奴らが追ってこないことにすぐ気がつく。判断を誤《あやま》らないなら、三階へ逃れた時点でどこかに隠れたのではないか。

そこまで考え三階のボタンを押した。時計を確認する。今頃《霊柩車》に乗り込んでいるはずだ。

扉が開く。

今から五分で駐車場まで行かねばならない。

「スーさん！」

ギアは大声で呼んだ。

奴らはおそらく何らかの方法で供犠体の位置を知る。そして猟犬《りょうけん》のように追う。そう、もしかしたらニオイかもしれない。あの部屋から供犠体が退出したのに部屋の前に屯《たむろ》していた。それならしばらくは、霊符が効力を示している間は大丈夫。どれだけ大声を出そうと、奴らの邪魔をしない限り攻撃しにはこないだろう。

「スーさん、俺だ。ギアだ。何があったかは知らないが、とにかくここを出よう。あんた一人では逃げられない状況だ。約束する。あんたが逃げ出すのに手を貸す。それ以外あんたに手を出さない。俺は嘘をつかない」

「知ってるよ」

後ろから声がした。

「あんたは嘘をつかない。哀《かな》しいなあ」

「哀しくない。辛《つら》くもない。さあ、行くぞ。エレベーターで二階へ。西側の手近な部屋に入って窓から外に出る。後は好きにしろ」

「ありがとう。あんたのことは忘れないよ」

「礼は逃げ切ってからだ」

§7　12：37

「後一分」

時計を見ながら角田が言った。しきりに貧乏揺《びんぼう》すりをしている。

駐車場から何の妨害もなく外に出て、県道沿いに停めてある。

《霊柩車》の中は広い。運転席と助手席の二人を入れて十二人乗りだ。後部に二列、五人掛けのシートが向かい合っている。

今運転席に乗っているのは龍頭。助手席には供犠体を抱いた角田。そして後部座席には、何を思ったのか逃げようとしなかったローズが一人でぽつんと座っている。手持ち無沙汰なのか眼帯の位置を何度も何度も変えている。

「時間になったら出るぞ。すぐに出るぞ。後四十五秒」

苛立《いらだ》った口調《くちょう》で角田が言う。

「あれは《プルートの息子》じゃない」

ローズは嬉しそうに呟いた。誰に言っているのでもない。独《ひと》り言だ。

「《プルートの息子》は馬鹿みたいな西洋占星術カルトだもの。冥王星って死の世界の星なんでしょ、ぐらいの思い込みでできた新興《しんこう》カルトで、あっという間につぶれたわ。あれはそんなものとは全く違う。あいつらは本物のバケモノよ」

「でもな、その名前で〈呪禁局第七準世界観測所〉にもうちの会社にも、何度も脅迫電話があったんだから」

身体を捻り、子供のように助手席から後ろを覗き込んで角田が言った。

「どんな脅迫があったの」

「〈呪禁局第七準世界観測所〉には、実験内容を呪禁局に報告するなとか、それは我々に任せろとか、わけのわからないものだったらしい。うちの会社には人工供犠体の制作依頼があってから、〈呪禁局第七準世界観測所〉に手を出すなっていう脅迫電話が頻繁《ひんぱん》にあった。だからどう考えても今回のことは《プルートの息子》の仕業でしょう。それともあんた何か知ってるのか」

「あいつらは何かに乗っ取られていた。それもあれだけの人数いるのだから、半端《はんぱ》ない影響力のある魔法を使っている。ただの非合法カルトじゃできないでしょう。《プルートの息子》なんて弱小も弱小、教義も中途半端の出来損《できそこ》ない。この時代に、有効な魔法がろくにない宗派に人が集まるわけがない。最盛《さいせい》期《き》でも信仰者が三十人を超えたことはないはずよ」

「あんた、詳しいなあ」

感心して龍頭はそう言った。

「もちろんですよ。私はミスカトニック図書管理委員会の人間ですよ。当然じゃないですか」

とローズは胸を張る。

「で、あいつらは赤い布で目を塞いでいた。何のために塞いでいるかというと、普通考えたら瞑想《めいそう》のために知覚《ちかく》を遮断《しゃだん》しているということになりますよね」

「あ、あっ、そうだな」

龍頭が適当な相づちを打った。

「視覚を塞ぐことでそれ以外の感覚を高める。私にしても片目を塞がれた分、他の感覚器がそれをカバーしてるみたいだし。嗅覚《きゅうかく》、聴覚《ちょうかく》、触覚《しょっかく》。もしかしたら味覚《みかく》かもしれない」

鼻、耳、皮膚《ひふ》と指さし、最後は舌をだらりと伸ばした。爛《ただ》れたように赤く長い舌だった。

「次にどうして《プルートの息子》などというマイナーなカルトの名を使ったか。ただの偶然かもしれない。冥王星を名乗るなんて、中学生男子のセンスだからね。ある意味ありふれてますよ。でもそうじゃない。きっとこれには意味があるのよ。それは――」

「後二十秒だ。準備していてくれよ」

言った角田を龍頭は睨み付ける。

「あんたに言われなくても解ってるよ。で、なんであいつらは《プルートの息子》を名乗っている」

「奴らが狙っているのはそこの人工供犠体なんだよね。で、それは百葉箱の発注なんでしょ。そうなんでしょ」

窓から首を出して辺りを見回しながら、角田はそうだと気のない返事をした。

「百葉箱ってことはつまり、観測対象は準世界――」

「おい、もう時間だ。発車してくれ」

苛立ちを隠すことなく角田が言った。

「おまえに言われなくても……」

龍頭が口を閉ざした。

聞こえない何かに耳を澄ませる。

「来た」

ぼそりと呟きエンジンを掛けた。

バックミラーで再び確認する。

横道から二人の人物が現れた。

豆粒ほどのそれが駆け寄ってくる。

全速力で走ってくるのはスーさんだ。老人とは思えないしっかりとした走りだ。その後ろからギアが来る。

ローズが後部ドアを開いた。

ギアの数十メートル後ろから赤い目隠しをした老若男女の群れが現れた。

奇声を上げて二人を追ってくる。

身体を歪め、斜めになり、首を振り、腕を回し、中には四つん這いになって這うものまでいた。まるで異形《いぎょう》の獣だ。

奇妙な動きにもかかわらず、速い。

そのままではすぐにギアに追いつくだろう。

だがそうはならなかった。

ギアは背後を振り向き、ばっと紙片を撒《ま》いた。花吹雪《はなふぶき》のように風に飛ぶ小さな紙きれは、どれも人の形に切り取られていた。

紙片が地に辿《たど》り着く寸前、ギアは背後に唾を吐いた。

と、舞い上がった紙片が、ぽんと弾けるように膨れあがり、白い人となって地に落ちた。露出過多な写真のように、白い人の輪郭《りんかく》は光に溶け滲んでいた。

足先が路面に着くと同時にそれは走り出す。

不可視の弓から放たれた白い矢だ。

その数が十、二十、四十、と倍々で増え、増えながら飛ぶように駆《か》ける。


その先に迫るのは赤い目隠しをした百を超える異形の群れ。これを作り出したのは剪紙成兵術《せんしせいへいじゅつ》と呼ばれる呪法だ。正式に術式を行うと、紙片を武装した兵士団に変えることも出来る強大な力を持った呪法なのだ。本来は禹歩《うほ》と呼ばれる特殊な歩行術をする必要があるのだが、それは省略《しょうりゃく》した。ギアであればこそであって、誰でも省略してよいものではない。

真正面から二つの群れが衝突《しょうとつ》した。

波頭《はとう》が砕けるのに似て、白く泡立《あわだ》つように両者が弾ける。

砂塵《さじん》が舞い上がりすべてを包み込んだ。

砂埃《すなぼこり》に閉ざされ何も見えない。

が、ギアも結果を見届けるつもりなどない。

その騒動を尻目《しりめ》に《霊柩車》へと走る。

止まることなく駆け寄り、開いた扉へスーさんを投げ込むと、自分も後部座席に飛び込んだ。

「行け！」

ギアが怒鳴る直前、すでに《霊柩車》は走り出していた。

「末井達夫、みっけ」

正面に座ったローズは、歪んだ笑みを浮かべて言った。

スーさんが顔を背ける。

「さて、『セラエノ完本』をどこにやったか教えてもらえるでしょうか。ついでに金の隠し場所も。『セラエノ完本』は本物なんですよね。『断章《だんしょう》』の方ってことないですよね」

他のメンバーといたときのおどおどした態度とは口調が一変していた。

「あんたそんな人間だったか？」

「相手によって態度を変えるのよ。当然でしょ。それで返事は」

「……もちろん『セラエノ完本』は本物ですよ」

「どこに隠したんですか」

「それはちょっと……」

「なあ、ギア」

大声で話を始めたのは龍頭だ。

「こいつらみんな連れて百葉箱に行くのか」

「あの化け物たちに追いつかれないところまで逃げたらスーさんとローズには降りてもらう」

「ちょっと待って」

言ったのはローズだ。

「私は連れて行ってもらうわよ」

何故か命令口調だ。

「なんであんたを連れて行かなきゃならないんだよ」

龍頭に睨まれても臆《おく》することがない。

「今このタイミングで百葉箱を見に行かないでどうするのよ。百葉箱は今のこのオカルト社会が誕生した根本的な謎に関わる観測実験を続けているのよ。しかも第七準世界観測所では自己生成する呪詛プログラムに取り組んでいると聞いているわ。そこで何かが起こったわけでしょ。その内容がわかるなら、悪魔に魂を売り渡しても構わないわ」

「悪魔と売買したいなら、ここ以外のどこかでやってくれ。龍頭、ワンブロック先の交差点でこの二人を下ろす」

「了解」

「ちょ、ちょっと待ってよ。百葉箱で何かがあったんでしょ。その解明にわたしは絶対に役に立つわ」

「どんなことが起こったかも解らないのにか」

「そんなことは問題じゃないわよ。わたしはもともと天才とか神童とか呼ばれて養成所を首席で卒業し、呪禁局開発部に二年勤務した経験があるの」

「なんで辞めた」

言ったのはスーさんだ。

「そんな優秀な人材がどうして呪禁局を辞めた」

「うるさいよ、爺さん。ミスカトニック図書管理委員会の方が高給で雇ってくれたからだよ」

「次の信号を越えたら停めてくれ。二人を下ろすから」

ギアは言った。

「あのさあ、話を聞いてた?」

「聞いて理解した上での処置だ。文句があるなら最寄《もよ》りの呪禁局に苦情を言え。あ、そこで路肩《ろかた》に寄せろ」

「そんなつもりなら、こっちも最後の手段に出るよ」

ローズはギアを睨んだ。が、ギアは路上で鳩《はと》と目が合ったほども気に留めていない。

「わかった。じゃあ、こうだ」

目を見開きローズは顔面に力を込めた。

あっという間に顔面全体が紅潮する。

と、充血した眼球から涙のように一筋血が流れた。

ごろごろと喉が鳴る。

詰まった下水のような汚《きたな》らしい音だ。

がくりとローズの顎《あご》が落ちた。

考えられないほど大きく口が開く。

奥歯まで露出《ろしゅつ》し、赤く長い舌の奥、食道までが丸見えだ。

とたんに口腔の奥から灰色の臓器のような何かが飛び出した。

臓器のような、ではない。

臓器そのものだ。

おそらく腸の一部。

それが蛇のように口から飛び出ると、隣に座っていたスーさんの首に巻き付いた。

「わだしの腸が、ごのじじいののどをひねりぎる――」

最後まで言わせず、ギアは伸ばした二本の指でローズの額を突いた。

肩についた埃を取る気楽さだった。

それだけでローズは、芯《しん》でもぬかれたようにぐにゃりと頽《くずお》れた。何かを恥じたのか、腸はするすると腹の中へ戻っていく。

「さあ、いくぞ」

ギアはぐったりしたローズの身体を肩に担《かつ》ぎ、《霊柩車》を下りた。

「何をしてる。スーさんも行くぞ」

「すまないなあ。いろいろと世話になったよ」

扉から外に出ると、ギアに向かって頭を下げた。

その時、ギアの背後から首筋に湿った息を吹きかけられたような気配があった。

それを殺意と察したのは実戦経験の賜物だ。

その瞬間にそれが誰で、その小柄《こがら》な女性がナイフでギアの脇腹を狙っていることまで、すべてギアは感じ取っていた。

「覚悟！」

聞き覚えのある声はその後から聞こえた。

土岐だ。

ジャンプスーツを着込んだ土岐はククリナイフに代わってタイガーナイフ――インドの武術カラリパヤットではカッタラムと呼ばれる特殊な短剣を持っていた。

二股《ふたまた》になった柄の間に渡した棒を掴んで持つ。掴んだ拳の延長上に両刃《りょうば》の剣《つるぎ》がついており、突きと同じ動作で攻撃するのだ。

二股の柄は籠手《こて》となって手を守る。

土岐はそれを両手に持っていた。

その身体は宙にある。

全身をバネに自《みずか》らが矢となり、ギアの背を狙って飛んだのだ。

その刃先は背後から脇腹を狙う。

肋骨を避け内臓を貫《つらぬ》くべく、精確な軌道《きどう》を描いていた。

が、左右から突き込まれた刃先は、虚《むな》しく宙を突いてクロスした。

そこにギアはもういない。

土岐は宙で身体をひねり、猫のように着地して顔を上げた。

半身になって腰を低く落とす。

前に突きだした拳の先でカッタラムがぎらぎらと輝いていた。

必殺の一撃はまたもやあっさりと躱《かわ》されたのだ。

「ちょっと待った」

肩に担いだローズを道路に降ろす。

それを黙って見ている土岐ではない。

大きく踏み込み、右手のカッタラムを顎へと突き上げる。

わずかな動きでその刃を逃れたところに左の

カッタラムが襲った。

どう考えても避けようのないタイミングだった。

だがギアはそれもわずかな差で避けると、その手を取って背後にひねった。

「くそっ！」

声を上げ、土岐は固められた関節を無視して体を捌《さば》く。

厭《いや》な音がして関節が外れた。

手首がおかしな方向へと曲がる。

舌打ちしてギアは手を放した。

「甘いんだよ」

吐き捨てるように言って、背後へと跳ぶ。大きく間合いが開いた。

餅《もち》を引っ張ったように手首が伸びる。だらりと垂れたその手を掴むと、苦痛に耐え、ぐいと関節を嵌《は》め込んだ。

そして痛みを怒りへと転換するようにギアを睨んだ。

「今はまずいんだ」

溜め息混じりにギアは言った。

「いつでも来いといった癖に！」

叫び、再び踏み込んできた。

右で突く。

左で薙《な》ぐ。

顎、脇腹、腿《もも》、と次々に刃を繰り出してくる。

ギアに時間があれば、何とでもいなすことが出来ただろう。

だが今は最悪のタイミングだった。

案の定、悲鳴とも咆吼《ほうこう》ともつかない声が聞こえてきた。

群れが追いついてきたのだ。

「話を聞け。危険なんだよ。すぐに逃げろ。スーさんも何を見ているんだ。その女を抱えて逃げろ」

奇声はどんどん大きくなる。

すぐに追いつかれるだろう。

人型の紙はさっき投げた分で終わっている。呪禁局事務所に残されていた魔除《まよ》けの撫物《なでもの》を掴んできたのだ。今からそんなものを一から創り出す余裕はない。

とうとう土埃とともに押し寄せてくる赤い目隠しの群れが見えてきた。

速い。

迷っている暇はなかった。

土岐が奇声に気をやるのを感じた。

不安感から生じるわずかな呼吸の乱れも。

刹那、彼女の緊張がわずかに削《そ》がれる。

油断、と呼べるようなものではない。

が、ギアはそれを逃さない。

同時に大きく一歩踏み込んだ。

間合いに入った。

土岐がそのことに気づいた時には、ギアの拳がその顎を突き上げていた。

脳震盪《のうしんとう》を起こさせる原始的な方法だ。

金縛りを封じるタトゥーは施されたままだろう。

そう考えての窮余《きゅうよ》の策だ。

余計な駆け引きをしている間がなかった。

そして土岐も、ただ殴られるままだったわけではない。

わずかに遅れて突きだされたカッタラムは、ギアの両脇腹に突き立っていた。

おそらく何らかの呪法を施術した刃なのだろう。

あり得ない力で防刃《ぼうじん》の外套を突き抜いていた。

が、その刃先はギアの皮一枚裂いただけで終わった。

意識を失った土岐にはそれ以上刃を押し入れることが出来なかったのだ。わずかな判断のずれがギアの命を救った。

一秒の百分の一の駆け引きにギアは賭《か》けたのだ。

土岐は大きく仰《の》け反り、まったく無防備に真後ろへと倒れる。

その背を支え彼女を抱えると、開いたままの扉から後部座席に投げ込んだ。

見ればスーさんがローズを抱き上げようと苦戦していた。

これもまた考えている間はなかった。

「スーさん、車に戻れ」

言うとローズを抱え上げ、これも後部座席に投げ入れる。

続けて駆け込むスーさんを中に押し入れ、ようやく自らも乗り込んだ。

「走れ！」

龍頭に叫ぶ。

先頭を走っていた赤い目隠しの女が、身体をねじり奇妙な動作でジャンプした。

ルーフを転がりフロントガラスを滑り降りるとボンネットに落ちた。

その時タイヤを鳴らし、《霊柩車》は急発進した。

どこかにしがみつこうとして失敗し、女はボンネットから転がり落ちた。

脚を折っていたらしく、立ち上がろうとして亀のように転倒した。

それを踏みつけ踏みにじりながら赤い目隠しの群れは《霊柩車》を追った。

§8　13：20

《霊柩車》の後部座席は、思いがけない乗客たちによって賑《にぎ》わっていた。

「なあ、どうしても俺がいかなきゃならないのかなあ」

泣きそうな声を上げたのは角田だ。

「最後までつき合え。それがおまえの仕事だ」

そう言ったギアを恨《うら》めしそうな目で角田は睨む。

「第一もう途中で降りる時間なんてないよ」

そう言ったのは運転席の龍頭だ。

「後五分もあれば到着だ。停めている暇はないね」

「どこに行こうとしている」

首を揉《も》みながら土岐は言った。

ついさっき目覚めたところだ。武器は取り上げられている。

「〈呪禁局第七準世界観測所〉へ向かっている」

答えたのはギアだ。

「なんで私まで連れて行かれなきゃならないんだよ」

「成り行きだ」

ギアは言った。確かにその通りだろうが、誰もその答えでは納得しないだろう。

「第七準世界観測所に着いたら全員そこで降ろす。下車したらすぐに走って逃げろ」

「俺も？」

笑顔で訊ねたのは角田だ。

「おまえはあの人工供犠体を連れて一緒に百葉箱に入るんだ」

角田が肩を落とした。

「俺は帰って良いのか」

訊ねたのはスーさんだ。

「自由にしろ」

ガッツポーズを取ったスーさんの腕をローズが掴んだのだ。

「自由にはならないよ」

「だって葉車さんが」

「『セラエノ完本』のことを聞き出す前に私があんたを手放すと思ってるの」

「だから、それは置いてある場所を教えてやるからさあ」

「じゃあ、今すぐ教えろ。金のありかも教えろ」

「言ったら解放してくれるかい」

「その場所まで一緒に行ってもらうよ。あんたの言うことが嘘かどうかわからないんだからね。というわけで、あんたは私と一緒に百葉箱に行くの」

「何でだよ。俺は関係ないだろう」

「あの化け物どもの手に渡るのと、私と一緒にいるのはどっちがいい」

「……それは、まあ、あんたかな」

「何でおまえたちを百葉箱に連れて行かねばならないんだ」

ギアが話に割って入った。

「だから言ってるでしょ。今百葉箱で起こっていることや、襲ってきた連中のことを知りたかったら、専門家である私が必要なのよ」

「おまえは何の専門家なんだ」

「何を言っているんですか。説明しましたよね。私はミスカトニック図書管理委員会の人間なんですよ。しかも特殊稀覯本部隊ホラーズのメンバー。専門はクトゥルー系の魔術ですよ。あなたたち呪禁官でも、そっちの方はまだ良くわかっていないでしょ」

それは嘘ではなかった。多くの魔術呪術は呪禁局で研究されていたが、クトゥルー系の魔術が研究対象となったのはごく最近のことなのだ。

ミスカトニック図書館は図書館と名付けられているが、クトゥルー系魔術の研究組織の名である。ここにはアメリカに籍を置くミスカトニック大学付属の図書館の蔵書が、そのまま持ち込まれていると言われている。

本家であるミスカトニック大学は研究所の事故によってほぼ壊滅状態になり、当時から魔術先進国であった日本に設置されていた稀覯本別館へ、大半の蔵書を運び込んだのだ。

とはいえ、ここで本格的なクトゥルー系魔術研究が始まったのも五年ほど前だ。だがそれでも、門外不出とされている文献がここに大量に保存されており、それの閲覧が許されていない限り、日本でのクトゥルー魔術研究はこのミスカトニック図書館を抜きにして考えることは出来ない。

呪禁局としては再三《さいさん》閲覧を求めたが、出てきたのはほんの一部の蔵書だけ、それも何カ所も黒く塗りつぶされたコピー版だった。

提出させるべく呪禁庁からの指導や有形無形《ゆうけいむけい》の圧力もかけたのだが、そのような圧力など歯牙にも掛けなかった。ミスカトニック図書館は外国公館として指定されており、施設内部に日本国の法律は適用されないのだ。結局呪禁庁も閲覧を泣く泣く諦《あきら》めた。

つまりクトゥルー魔術研究に関し、ミスカトニック図書館は呪禁局以上に進んでいるということになる。ローズもその施設の職員なのだ。それなりの知識を持っていてもおかしくない。

「今回のことについても、奴らが何者で何をしようとしているか、あなたたちにわかる？」

尊大と言ってもいい態度でローズは周囲を見回した。

「人工供犠体を奪いに来たんだろう。それぐらい聞かなくてもわかる」

そう言った角田を睨みつけてローズは言った。

「人工供犠体を何に使うのかあなたは聞かされているの」

「それは、まあ……聞いてないけどな」

「じゃあ、奪いに来た連中が何者かは？」

「《プルートの息子》だろう」

角田が即答する。

「その名を使ってはいますが、かつてあったカルト教団とは違うはずです。じゃあ、なんでそんな名前をつけたんだって話をさっきしかけたでしょう」

「覚えてねぇよ」

面倒そうに角田は言った。

「じゃあ、今〈呪禁局第七準世界観測所〉で何が起こっていると思いますか」

「あんたにそれがわかるのか」

「人工供犠体、つまり生け贄を必要としているわけですよね。生け贄は、何かに捧げられるために存在しています。まあ、普通考えたら『神』に捧げるものでしょうね。その神が何かを知るためには、まず〈呪禁局第七準世界観測所〉が何の観測研究をしているところなのかを理解していなければなりません」

ローズは得意げに〈呪禁局第七準世界観測所〉の目的を話し始めた。

そこで観測されている準世界とは何か。


現在霊体の存在は公式に確認されている。それは特定の個人の記憶を持っており、その個人の個性も備えている。つまり幽霊と呼んで良いものだろう。だがその幽霊たちが死後の世界を証明することはなかった。霊は呪的な手続きを取れば現れ、消える。が、その霊がどこからか来てどこかへと還《かえ》っているという確証はない。召喚《しょうかん》したときに誕生し、その後消滅しているだけかもしれないのだ。霊と同様に天使や悪魔といった存在も正しく呪法を使えば召喚されるが、これもそれらが天国や地獄から来ているという証明はされていない。

オカルト的な事象に関しては「どのように起こるのか」だけが研究の対象となり、「何故起こるのか」を究明しないことがオカルト研究の基本だ。

そのため絶対神《ぜったいしん》の存在と並んで研究者の間で研究対象から外されているのが準世界の存在証明だ。

準世界というのは、魔術が存在する世界であるなら当然あるはずの天国や地獄、霊界などの異世界の総称だ。

しかし天使を召喚できるのなら、天使を生み出した場所、天国もまたその時点で誕生しているのではないか。現実には存在していなくても、魔術世界を成立させる要因が、そういった準世界をもその瞬間に創造させているのではないか。その仮説を元に準世界の観測を試みているのが、百葉箱と呼ばれる準世界観測所なのだ。

「で、その準世界観測所の中でクトゥルー関係の準世界を観測しているのが第七準世界観測所、今から行こうとしている場所なの」

ローズは誇らしげにそう言うと角田たちを見回した。彼女が期待した反応がなかったのだろう。

「えっ、これ凄くないですか。ねえ、凄いですよね」

ピンと来ていないのだろう。角田が首を捻る。

「これ、我々のいるこの世界の根底《こんてい》に関わる問題なのよ。世界の秘密がここから解かれているかもしれないよ」

興奮して喋るローズをぼんやりと見ていた角田が言った。

「で、なんでこいつをそこに持って行かなきゃならないわけだよ」

抱いた人工供犠体の身体を、あやしてでもいるようにぽんぽんと叩いた。

「あくまで噂ですが、その第七観測所では冥王星を観測対象としているらしいのです」

「冥王星……なるほど。それで『冥王星の息子《プルート》』がでてくるわけか」

角田が言う。

「そう、そういうことです」

ローズは嬉しそうだ。

「しかし冥王星は架空のものでもなんでもないだ

ろう」

ギアが言った。

「その通りです。冥王星そのものは現実に存在します。ですが第七観測所で観測されているのはクトゥルー神話の中で語られる冥王星、ユゴス星です」

「それは……存在しているのか」

「おそらく観測されたんじゃないのかなあ。我々ミスカトニック図書管理委員会はいくつかの案件の報告を受け、確認もしています。それなりの推論も仮説もありますが、確実なエビデンスがあるわけではありませんでした。それを観測した。それだけじゃなく、ユゴス星からなんらかの干渉があった。おそらく邪神かその眷属《けんぞく》が現れたんですよ。それは呪禁局では手に負えないような代物《しろもの》だった。だから生け贄を捧げて帰ってもらおうとしている。ところが既にユゴス星からの干渉で、百葉箱の近隣の住人があの異形の群れ、《プルートの息子》となっていた。奴らはユゴス星からの干渉を維持するために、その男が抱いている生け贄を奪い取ろうとした。だいたいそんなところだと思いますよ」

「詳しいことは向こうで聞くよ」

前を向いたまま龍頭は言った。

「ほら、もう到着だ」

小さな丘の上に二階建てのこぢんまりした建物が見えた。一見すると近代的な美術館のようだ。

〈呪禁局第七準世界観測所〉のプレートを横に、建物へと進む。舗装された道はゆっくりと弧《こ》を描くスロープへと続いていた。

《霊柩車》はそこで停まった。

「さあ、下りろ」

ギアが言うと後部のドアがスライドした。

「下りない」

そう言ったのはローズだ。

「説明したでしょ。わたしは下りないの」

「じゃあ、わたしはここで失礼しますね」

言ったスーさんの腕をローズが掴んだ。

「俺はここで帰ってもいいいんじゃないのかなぁ」

言いながら角田が立ち上がった。

「おまえは駄目だ。さあ、人工供犠体をトランクに詰めろ」

「それは可哀想だよ。わたしが抱いて連れて行くから、ね」

龍頭が身体をひねって後部座席に手を伸ばす。

「はいよ」

早速手渡そうとする角田の肩を掴んだのはギアだ。

「勝手なことを——」

するなと言い終わる前に、土岐が座った姿勢から予備動作なく蹴りを放った。

鉛の鉄芯が入ったコンバットブーツの爪先が狙ったのはギアの喉だ。

しかし重い音がしてへこんだのは《霊柩車側面》の分厚い鋼板《こうはん》だ。

わずかに体を躱したのだ。

槍のように伸ばした脚をギアは抱え込んでいた。

関節を固めねじるようにして土岐を床に倒す。

「馬鹿者！」

怒鳴るギアに、今度は拳を叩きつける。

脚を取られ床に押しつけられている。その無理な姿勢からの拳だが、それでもギアの肩に当たり鈍い音を立てた。

その間にスーさんが車から降りようとしていた。

その肩に手を掛けたのは角田だ。

先に出ようとするスーさんを押しのける。

「龍頭、ドアロックだ！」

がたん、と音がして後部座席の扉が閉じるとロックされた。

その間にも土岐は連続して突きを入れ、動く方の脚でギアの顔を狙う。

狭い後部座席で、四人の男女が一斉に動き出した。

身体の大きなギアは身動きが取れない。

土岐はスーさんの胸倉を掴んで、その身体を楯にして執拗に攻撃を続ける。

スーさんが払いのけられると、途中で助手席へと逃げだそうとした角田の身体をギアへと蹴り飛ばした。

その身体を受け止めるギアへ、土岐は豹《ひょう》のように飛び掛かった。

伸ばした手の先は刀印に似るが、まっすぐ伸ばしたのは中指で、人差し指は添えるように曲げている。

その中指がギアの胸を指す。


インド武術で中指は死の神に喩《たと》えられる。中指で突くのはマルマンと呼ばれ、人の身体に存在する急所だ。これはインド武術カラリパヤットの中でも南派やタミル武術で使われる拳法で、針打ちと呼ばれる。

中指でマルマンを貫通し、相手を即死させることも可能なのだ。

だが死の中指は、ギアには届かなかった。

爪がギアに触れる瞬間、掌底《しょうてい》がその手を払ったからだ。

「そこまでだ」

そう言うとギアは拳で顎を狙った。

そこまでは土岐もギアの手を読んでいた。

真横にいるローズの髪を掴み、その顔を楯にしたのだ。

ギアの拳は寸前で止まる。

と、ローズが大口を開いた。

汚らしい音と共に、腸が薄汚い蛇となって飛び出した。

反射的にかっとなったのだろう。

それは一直線にギアの喉へと絡みつく。

動く腸と、執拗に掴み掛かり拳を突き出してくる土岐をあしらいながら、ギアはまずスーさんの額を剣印で押さえ霊縛法を掛けた。

石像のようにスーさんは横たわった。

続けて逃げだそうとばたつく角田の額を押さえる。これもまた非常口を示す絵文字《ピクトグラム》のような姿勢で動かなくなった。

次にローズへと取りかかろうとしたときだった。

「来た！」

龍頭だ。

遠くから聞き慣れたあの悲鳴じみた声が聞こえる。

もう追いつかれたのだ。

車が急発進した。

角田がソファーに残した人工供犠体が、座席から転げ落ちそうになる。

「ギア、赤ちゃん！」

バックミラーで見た龍頭が叫んだ。

ギアは土岐とローズの相手で、瞬時には動きが取れない。

と、ギアの首に絡まっていたローズの腸が、するするとほどけた。そして腕を伸ばすギアよりも早く、動く腸は人工供犠体に巻き付き、床にそっと降ろした。

その間にギアは仰向けに倒した土岐の上に跨《また》がっていた。

「いい加減にしろ！」

龍頭がびくりとするほどの大声でギアは怒鳴った。

平手で土岐の頬を叩く。

攻撃ではない。

叱《しか》ったのだ。

「これ以上遊びにつき合う気はない」

土岐は不服そうな顔でギアを睨む。

その手を掴んで立たせると、ギアは座席に座らせた。

下唇を噛んで俯いている。

その大きな目が、見る間に潤《うる》んでぽろぽろと涙がこぼれ落ちた。

ギアは頭を抱えた。龍頭に助けを求めようと見たが、残念ながら運転に集中しているようだった。

その間にも《霊柩車》はスロープをぐるぐると回転しながら地下へと下りていく。

結局誰一人として降ろすことなく地下一階の駐車場へと着いた。

入り口に警備員の詰め所がある。車が停まるのも待たずギアは飛び降り詰め所に入った。

誰もいない。警備員室は二十四時間誰かが入っていることになっているのに。

だがその意味を考えている間はない。

駐車場入り口を閉ざなければプルートの息子たちが入ってくるのだ。

電動シャッターのスイッチを探し出し、押した。

ゆっくりとシャッターが下りてきた。

あとわずかのところで甲高い咆吼が聞こえてきた。

奴らが追いついて来たのだ。

三十センチもない隙間から、ぬっ、と頭が突き出た。

頭頂部が薄くなっている中年男性の頭だ。

男はワニのような姿勢でその隙間を這いくぐってくる。

凄い勢いだった。

腹を床に着け身体を左右に揺する。それだけで水面を進むように床を滑って来る。

そして腹這いの姿勢から、急に跳ねた。

考えられない無理な姿勢からのジャンプだった。

そのアクロバッティックな動きに惑《まど》わされることなく、ギアは空中で正確にそれの額を突いた。

同時に真言《マントラ》を唱える。

滑空《かっくう》するその姿のまま、男は硬直して落下する。

顔面を激しく打ちつけたが、霊縛法の力でその身体はぴくりとも動かなかった。

§9　14：09

駐車場は広い。テニスコートが優に二つは入る。

そこに止まっている大半の車が《霊柩車》——呪禁官部隊仕様の真っ黒なワンボックスカーだ。

そして人の気配はまったくない。


霊縛法で動きを封じていた角田やローズの術を解きながらギアは言った。

「県支局の呪禁官が大勢ここに来ていた。それは間違いない。みんなはどこに行ったんだ」

「本局に連絡を入れたけど、定期連絡は入っているので問題なしということだ」

タイヤ止めに腰を降ろし、龍頭が言った。口調は真剣だが、どこかにやけている。視線はその腕に抱いた人工供犠体に向いたままだ。

「百葉箱へ送り込んだ部隊に連絡しろと言ってみたか」

「当然。なかなか連絡をしなかったけど、しつこく言ってたら一応無線連絡をしたみたい。無事だって返事だったそうよ。わかりまちたか。きみにはちょっとむずかしいでちゅか」

最後の部分は当然人工供犠体に向けて喋っている。

目覚めると同時に、ふわあ、と音を立てて大きく息を吸った角田が、いきなり逃げだそうとした。

「どこに行く」

肩を掴んでギアは言った。

「どこって、逃げるんだよ、っていうか、ここどこ」

「目的地だ。百葉箱の駐車場だ」

「ああ、そうだったそうだった」

普通は霊縛法で動けなくなっても意識はしっかりしている。ここがどこであるか見失うことなどない。角田はただ気が動転しているだけなのだ。

「龍頭、霊柩車から外套を出して着ておけ。それから錫杖も」

「錫杖じゃないですよ。ロッドですよ、ロッド。チタン製で軽く頑丈。一級工業魔術師が丁寧に一品一品聖別しているんですよ」

角田が自社製品をここぞとばかりに売り込む。

「何でもいい。とにかく敵に備えて呪禁官の装備をしておけ。外套には銀貨もセットされているから必ず――」

言い終わる前に龍頭は《霊柩車》に飛び込み、外套を肩に掛けて出てきた。背にはホルスターがベルトで吊られており、そこにロッドを差し込んである。外套を着ていても下から引き抜けるようになっていた。ロッドは聖別された一メートルあまりの金属の棒だ。西洋魔術には欠かすことの出来ない霊的武器の一つなのだ。

そしてその腕には相変わらず「天使の」と称されるだろう笑みを浮かべた人工供犠体が抱えられている。

「他に武器はないよ。いつものことだけど」

呪禁官の捜査対象はあくまで魔術であり、その時に携帯できる武器は呪具だけだ。たとえ捕らえる相手が銃を持っていようと、呪禁官はロッド一本で相手をしなければならない。要するに銃が出てくるような事件は警察の担当だということだ。

しかしだからといって、相手がきちんと分類通りにやってきたりはしない。

「袖に腕を通せ。ボタンを留めろ」

生活指導の教師のようにギアが言うと、龍頭はハイハイと言いながら片手で器用にボタンを掛けていった。

「あれ、大丈夫なのか」

角田が車の入ってきた通路を指差す。

シャッターがガシャガシャと音を立てていた。

防火耐震の頑丈なものだ。それが波打ち、たわんでいる。

「あまり長持ちはしないかもしれないな」

ギアは正直に言う。

「じゃあどうすんだよ」

角田は今にも泣き出しそうな顔だ。

シャッターが壊されて、ここで戦うとしたら……。

ギアは辺りを見回して考える。

いつもの相棒である龍頭は一人で戦える。ローズも土岐も戦えるかもしれないが、龍頭ほど信頼は出来ない。大量に敵が押し寄せたら終わりだ。スーさんは戦力外。そして営業マンの角田は完全に素人《しろうと》だ。

この者たちをどうやってここから脱出させるか、考えあぐねていた。

ギア一人ならまだしも、シャッター側から全員が出ていくのは不可能だろう。

それなら、ギアは駐車場の奥を見た。シャッターで閉ざされた出入り口を別にしたら、そこにある扉しかこの駐車場から出て行けるところはない。

「どっちにしてもこの騒動が準世界からの干渉で

起こっているなら、事態を収めるにはこいつを指定の場所で使うしかないはず」

そう言って人工供犠体を指差すローズを、龍頭は睨みつけた。

「どこで誰に渡すことになっていた」

ギアは角田に訊ねた。

「とりあえず地下三階の事務局で担当者に渡すことになってたけど」

「行くぞ」

声を掛け、ギアは駐車場奥の扉へと向かった。

〈呪禁局第七準世界観測所〉はかなり特殊な構造になっている。地上階への入り口は、一階部分にある正面玄関と関係者入り口の二つだけだ。この地下駐車場から建物に入るには一度外に出る必要がある。

地上に見えている二階建ての建造物は完全に来客用なのだ。そこでは準世界観測所がどのような仕事をしているのか。どのような成果を得ているのかが、たくさんの展示物で構成されており、部外者の見学も自由に出来る。実際土日は家族連れで賑わったりもする。

しかし本当の準世界観測は地下二階から下で行われている。準世界観測はまだ始まったばかり。謎だらけの分野であり、実験がどのような結果をもたらすのかも予測不能な部分が多い。

そのため、不測の事故で呪的汚染《おせん》を引き起こした場合、それを拡大させないために実験施設はすべて隔離《かくり》できる地下に設けられている。地上階と地階は完全に切り離されているのだ。

地下実験室に入るにはこの駐車場から入るしかない。そして駐車場から地階へと続く扉はたった一カ所しかなかった。

ギアがその扉に近づいたときだ。

地震でも起こったかのように、全員の視界が揺れた。

現実に地面が揺れていないことはそこにいる誰もが直観的にわかっていた。

眩暈に似た感覚だった。

そしてギアは見た。

瞬きの瞬間にそれはギアの面前に現れたのだ。

甲殻類を思わせる堅い甲羅に包まれていた。だが世界最大の陸生甲殻類ヤシガニでも肢を広げて一メートルあまり。今ギアの目の前にいる生物は全長三メートル近い。

疣《いぼ》状の突起が全身をびっしりと覆っている。体節は三つに分かれ、四対の肢には鋭い杭のような爪がついていた。

棘《とげ》だらけの肢が、ピンヒールシューズのように床をコツコツと叩いている。

蟹《かに》や蝦《えび》に似ていなくもないが、だからといってこれを茹《ゆ》でて食べてみようとする人間はまずいないだろう。

それは肉質の四枚の翼を持っていた。

不器用な人間がでたらめに取り付けたような非対称の翼は、それぞれ勝手に羽ばたいていた。

そして何より頭だ。

楕円形《だえんけい》の頭に目も鼻も口もない。繊毛《せんもう》のような短い触手が渦を巻いているだけだ。

育ち損なったワラビか蠢く苔《こけ》だった。

それは口などないのに、やたら耳障《みみざわ》りな音で鳴いた。

「ミ＝ゴウ……」

そう呟いたのはローズだ。

棘だらけの脚がゆっくりと動き、それはギアたちを見回した。

鋭く尖った肢先が床に当たり、かつりかつりと音がする。

堅い殻に包まれた巨体が揺れる。

「早く仕留《しと》めないと、奴らは仲間を呼ぶよ」

言い終わると同時に、ローズは桃色の腸を鞭のように伸ばした。

が、それはミ＝ゴウを掠りもしなかった。

当たる寸前にまたぐらりと空間が歪み、腸の鞭はミ＝ゴウの身体を通り抜けたのだ。

続いて放たれたのは龍頭のもつ銀貨だった。五《ご》芒星《ぼうせい》といくつかのエノク語が刻印された呪禁官のための魔術武器だ。

聖別されたこの銀貨は、魔術的存在には圧倒的な力を発揮する。

ただし当たれば、だ。

銀貨はミ＝ゴウの身体を突き抜け、後ろにあった《霊柩車》に穴を開けた。

ロッドを手に、ギアは大きく一歩踏み出した。

無造作《むぞうさ》に突き出したそのロッドもまた、ミ＝ゴウを突き抜ける。

ミ＝ゴウは三対の肢で身体を固定し、頭をもたげて上体を屹立《きつりつ》させた。

自由になった二本を腕のように前に突き出す。

まるでムカデがケンタウロスの真似をしているようだ。

前肢の鋭く尖った爪がギアを襲う。

ロッドで受ける。

払う。

払って突く。

教科書に載るような理想的な攻防だった。

が、ギアのロッドはどれもこれもミ＝ゴウを通り抜けるだけだ。

ミ＝ゴウはスイッチを切り替えるように実体と虚像を行き来する。

実体になった瞬間を狙った入魂《にゅうこん》の一撃を、しかしミ＝ゴウはあっさりと躱した。

思わず前のめりになるギアを、間断《かんだん》をおかず左右の爪が突く。

鋭い爪が防刃の外套を貫く。

日本刀で突いても傷一つつかない外套に穴が空いた。さすがに身体にまで傷はついていないが、それにしてもあり得ない切れ味だった。単なる物理的な力ではないだろう。なんらかの呪的な力が込められているのだ。しかもその呪的な力は、外套に施された霊的防衛をも破ったことになる。

ギアにはこの怪物が持つ霊的な力の実体が把握できていなかった。魔術は技術だ。だが魔術戦となると単なる技術力の差だけでは勝てない。相手の魔術に対する知識と深い洞察《どうさつ》とが勝敗を分ける。

クトゥルー関係の魔術はベテラン呪禁官にとっても未知の部分が多い研究途上の魔術だ。ギアにしてもミ＝ゴウと出会ったのは初めてだった。劣《れっ》勢《せい》とはいえ、ここまで対等に戦えているのはギアが優れた魔術戦士であればこそだ。とはいえそれにも限界がある。

一歩退くギアに、ミ＝ゴウが連続して左右から突いてきた。

速い。

動きそのものを目で追える速さではない。

攻守の手順《アルゴリズム》と方法を把握することで、その動きを予測し、初めてついていくことが出来る。

どのように速い動きにも、やがて慣れ、身体も動くようになる。それは脳が相手の動きを解析して先を読み、身体を動かせているからだ。幾度となく魔術戦を経験して鍛えた実戦の勘が、初めて出会う怪物との戦いを可能にしている。

二本の爪がフェイントをまじえ、思わぬ角度からギアを狙った。

それをロッドで避けながら、ギアは次の一手を読もうとしていた。

ミ＝ゴウは攻撃の時、その刹那のみ実体化している。ほとんどの時間、その肉体は虚像でしかない。隙を突いて攻撃したつもりでも、その手はミ＝ゴウをすり抜けてしまう。

つまり敵が攻撃したときだけが、こちらからも攻撃できるチャンスとなる。

ギアの意図を察し、龍頭が戦いに加わった。

攻撃の手は倍になった。

常人では五秒と保《も》たない猛攻だ。

が、もとよりミ＝ゴウは人ではない。

平然とそれを受け、さらに倍する速度で攻撃を仕掛けてきた。

五度に一度はギアか龍頭が爪に傷つけられた。

外套の傷は数を増し、深くなっていく。

その攻防はあまりにも高速で行われ、土岐とローズには手の出しようがなかった。

ギアが龍頭を見る。

いわゆるアイコンタクトだ。

龍頭は即座にそれを理解した。

大きく一歩、二歩、飛び退《すさ》りミ＝ゴウの間合いから離れると、そこからさらに数歩後退する。

完全に戦線から離脱したように見えた。

それがどれだけミ＝ゴウの気を引いたのかはわからないが、ギアは同じタイミングで短い触手《しょくしゅ》で覆《おお》われた楕円の頭部を正拳《せいけん》で突いた。

頭を叩きつぶすはずの拳は、しかし頭をすり抜け向こう側に突き出た。

ミ＝ゴウは身体をずらし腕から逃れると、同時に左右の爪で両脇腹を襲う。

ギアは左脇を狙った腕を、両手で掴んだ。

同時に繰り出されたもう片方の爪は避けられない。

爪は深々と脇腹に突き立った。

とうとう外套を突き破ったのだ。

その時にはしっかりと握りしめたはずの腕が幻

影と化していた。

指はただ空を掴む。

身を切り骨を断つ策が破れたかに見えた。

が、ギアがミ＝ゴウの腕を掴んだその瞬間。

怪物が絶好の好機にもう片方の爪を脇腹へと突き立てようとしたその時。

龍頭はすでにミ＝ゴウの間合いに入っていた。

決して一挙動では近づけない距離にいたのだ。

それが瞬きする間もなくそこまで飛んだ。

縮地法——龍頭が得意とする、一瞬で長距離を移動する古武術の技だった。

その時脇腹を貫いた爪も腕も実体化していた。

顔のない頭部が、その瞬間明らかに焦りを見せた。

龍頭の手刀が、脇腹を刺し貫いた肢へと振り下ろされる。

分厚い樫《かし》の板を叩き割る龍頭の手刀だ。


固いキチン質の皮を裂き、あっさりと肢を断ち切った。

土気色《つちけいろ》のスポンジのような肉が剥き出しになる。

ガラスを掻く声でミ＝ゴウは鳴いた。

ギアが肢の断面にロッドを押し当て、ずぶずぶと突き刺す。

その半ばですでに肢は虚像へと変じようとしていた。

それでも遅かった。

ギアはロッドに指を当て、高速で呪文を唱え終えていた。

禁術——獣や人、武器までをも自在に操る中国の呪法だ。

その中でも毒虫を自在に操る禁術の呪文が唱えられた。その呪力は霊的媒体であるロッドを通し、ミ＝ゴウの内部へと注がれる。

霊縛法では動きを止められなかったミ＝ゴウが、

電池切れの玩具のように動かなくなった。

その効果がいつまで続くかわからない。

すぐに龍頭が動いた。

楕円の頭を片手で押さえ、細い首筋に手刀を叩き込んだ。

同時に掴んだ頭を捻る。

首が一瞬でねじ切れた。

一瞬遅れて断面から膿《うみ》のような黄色い粘液《ねんえき》が噴き出した。

龍頭は毟《むし》り取った頭を床に投げ捨てる。

ミ＝ゴウは二、三歩進み、ぐしゃりと崩れ落ちた。

途端にその姿は、焼けた鉄板に落としたバターのように溶けていく。

「すごい……」

うっとりとした顔でそう言ったのは土岐だった。

息も乱さぬ龍頭に駆け寄ると腕を掴み、「その力、欲しいです」と切実な顔で言った。

「なんだこいつ」

龍頭が言う。

「俺の命を狙っているんだ」

ギアが言う。

「私に力を貸して下さい」

土岐は真剣な顔で龍頭に言った。

「こいつ馬鹿なの？」

龍頭が言うと、ギアはゆっくり頷いた。

「わたしを困った子供扱いするな」

土岐はそう言ってギアに凄んで見せた。が、どうにも凄味とはほど遠い。

――わたしをこどもあつかいするなや。

声がした。土岐ではない。棒読みの子供の朗読のようだ。

――わしのじゃまをするなや。

また声がした。

どうやら声は、口もないミ＝ゴウの頭部からしているようだ。声がする度に繊毛じみた触手がざわざわと蠢く。

――じゃまするとたいへんだぞ。たいへんだぞ。

数名の声が幾重にも重なった。

まるで幼稚園のお遊戯だ。

そしてゆらりと視界が揺れた。

滲む墨のように、黒い影が現れた。

床に寝かされた人工供犠体の真上だった。

それが何かを考える以前に龍頭は動いた。身を延べる。

消え、現れた龍頭は人工供犠体の上に覆い被さる。

その上で凝《こご》った黒墨がミ＝ゴウに変じる。

人工供犠体を捕らえるはずだった長い六本の肢が龍頭を抱えた。

肉質の羽が羽ばたく。

羽はその巨体に比べると極端に小さい。しかも朽《く》ち葉《ば》のようにあちこちが裂け、穴が空いている。そんなもので飛べるはずはないのだが、ミ＝ゴウは龍頭の身体を抱いて中空へと浮かんだ。

八本の肢は鋼鉄の箍《たが》となって龍頭を締め付けた。

離せ、と怒鳴る声だけ残し、水に溶けるようにミ＝ゴウと龍頭の姿が消えた。

間髪入れず放った銀貨は、薄れゆくミ＝ゴウの肉体を通り過ぎた。

それと入れ替わりに新たなミ＝ゴウたちが現れた。

一体や二体ではない。四体六体十体と次々に実体化していく。

ギアは龍頭に変わって人工供犠体を抱き上げ、怒鳴った。

「あそこの扉へ走れ！」

駐車場から地階へと繋がるスチールの扉を指差

した。

みんなが一斉に走り出した。

ギアが最後尾だ。

もう無理だ無理、という泣き言を言うスーさんの背中を叩き、走れ走れと号令をかける。

そして背後へと向けて銀貨を放った。

弾くときに、素早く禁術の呪文を唱えた。急場しのぎだが、それでもミ＝ゴウの動きを止めることが出来る。虚像をすり抜けても、その虚像はしばらくはその場から動かない。

ギアは間断なく背後へ銀貨を飛ばした。

当たればしばらく動かない。

ちょっと目を離せば動き出している。

まるでだるまさんが転んだをしているようなものだ。

「角田ぁあああ」

ギアが叫んだ。

「扉を開けろぉおおお！」

はいはいはいと言いながら、角田は首から提《さ》げたＩＤカードを手にした。

鋼鉄製の大きな扉の横には、テンキーがついたコントロールパネルがある。

角田はまずパネルのスリットにＩＤカードを潜《くぐ》らせた。

緑の小さなランプが点灯した。

「東京隠秘商事営業部の角田恒彦です。扉を開けて下さい」

息を切らせながら、それでも精一杯滑舌良く角田は言った。

「許可コードを押して下さい」

機械的な合成音がそれに答えた。

「速くしてくれ」

ギアが言った。

手にした銀貨を弾き飛ばしている。

弾幕と言えるだけの量と速度だ。

銀貨は物理的な力を超えた速度で、正確にミ＝ゴウたちを捕らえていく。当たれば動きは止まるが、それも十数秒の間だ。一枚で稼げる時間はしれている。何より手持ちの銀貨にも限りはある。

角田は必死になってパネルの数字を押す。焦りすぎて何度かしくじっていた。それでさらに焦《あせ》り、まともに指一つ動かなくなっている。伸ばした人差し指を反対の手でしっかりと押さえて押していく。

冷や汗が顎から滴る。

それでもようやく許可コードを無事押せたようだ。

機械錠が音を立てて開き、スチールの重い扉がスライドしていく。全開すれば《霊柩車》がそのまま入る事が可能だろう。

「速く入れ」

ギアに急かされるまでもなく角田が駆け込み、ローズが、土岐が、そしてスーさんが扉を潜《くぐ》った。

「今だ、閉じろ」

角田に怒鳴る。

これまたギアに言われる前から閉じようとしていたのか、言い終わる前に扉は閉じていく。

ぎりぎりまでミ＝ゴウの動きを食い止め、ギアは扉のわずかの隙間をすり抜けた。

扉が重々しい音を立てて閉じる。

なんらかの霊的防衛が成されていたのだろうか。ミ＝ゴウはそれ以上追ってこなかった。

§10　14：40

五人が入ったのは、がらんとした金属製の部屋だ。

壁に階数が記されたパネルがあった。車両ごと運び込める大きなエレベーターなのだ。

角田はすたすたとパネルの前に行き、三階のボタンを押した。押してから言い訳するようにギアに言う。

「地下三階に行きます。そこで担当者に商品を引き渡すことになっています」

「引き渡す相手と連絡は取れるのか」

角田は無言で首を捻った。

「とにかく抱いていろ。決して離すな」

ギアは人工供犠体を角田に渡した。

エレベーターは静かに下へと降りていく。

そして地下二階で停まった。

駐車場が地下一階なので、一階分降りただけだ。

角田は改めて地下三階のボタンを何度も何度も連続して押した。

階段を使おう。ギアがそう提案しかけたとき、再びエレベーターは動き始めた。

今度は間違いなく地下三階で停まった。

開いた扉から全員が外に出た。

「ここは確か職員のレストランとか喫茶室とか、もちろん事務局もありますね。職員がいるはず。そうそう、警備員室があるはずだよ。俺も何回か昼飯をここで食ったことが……あそこには呪禁官が常駐してるはずだし……あっ、あの人そうじゃないですか」

廊下の向こうから歩いてくるのは、ギアたちと同じ黒い革の外套を着た男だ。

「神田……」

ギアが呟く。

それは夜勤明けで百葉箱に向かった同僚だった。

「やあ、みんな、げんきかい。ぼくはげんきだよ」

その声に感情はない。

顔もまるで仮面の様だ。

神田は背筋を伸ばし、ゆっくりとギアたちの方へと歩いてきた。頭の上に水の入ったコップでも載せているような、奇妙な歩き方だ。

「神田、何をされた」

近づきながらギアは言う。その手にロッドを握っている。が、緊張は見えない。ご近所の知り合いとすれ違う気楽さで近づく。

「ぼくはげんきだよ」

神田は言う。

「きみはどうだい。おれがしゅっせしたら、おまえのいばしょをつくってやるよ。おれがしゅっせしたら」

心のこもらぬ声で同じことを繰り返す。

「もういい」

いたたまれなくなったのだろう。ギアは人差し指と中指で作られた刀印で神田の額を突いた。子供が唇を鳴らすような音が聞こえる。高速で詠唱される霊縛法の真言《マントラ》だ。

それが何を意味しているか、本来の神田なら充分理解しているはずだ。

なのに神田はただ棒のように立っているだけだった。それどころか、突き出された指を確認するかのように顔を前に出してきた。

指先が額に当たる。

押された分、額が後退した。

額から上がずれているのだ。

さすがのギアも、一歩後退った。

それに合わせて神田が前に出る。

がたりと身体が揺れ、頭頂部はさらに大きくずれて床に落ちた。

頭髪が床に拡がり、上になった断面が露になっている。まるで押し潰された巨大なウニだ。

神田の頭は端を切り落とした瓜《うり》のようだった。

ぎこちなく神田が動く度に、その中がちらちらと見えた。そこには何もなかった。あるのは桃色の空洞《くうどう》だけだ。

「おれがしゅっせしたあら」

不鮮明な声で喋りながら脳を失った男が近づいてくる。

「もう止めろと言ってるだろう」

あまりにも冒涜的《ぼうとくてき》に見えたのだろう。ギアにしては珍しく、怒りにまかせて神田の首筋《くびすじ》をロッドで殴打《おうだ》した。

前のめりになった神田は、しかし倒れはしなかった。

首を突き出した奇妙な姿勢で、「やめろよ」と呟くと、顎が外れるほどの大口を開いた。

白濁した唾液が溢れ落ちる。

そのまま前のめりに、ふらりと一歩踏み込んできた。

足が絡《から》まり転《こ》けたかのように見えた。

が次の瞬間、神田は毒蛇《どくへび》のようにギアの喉に噛みつこうとした。

唾液の尾を引き、剥き出しの歯がギアの喉笛《のどぶえ》を狙う。

しかし、その時ギアの姿はそこになかった。

神田が空を噛む。

かつんと歯が鳴った。

あまりの勢いに、前歯が欠けて飛ぶ。

ギアはその時大きく飛び退りながら、自ら親指の腹を噛み切っていた。

滴る血でコンクリートの路面に不動明王《ふどうみょうおう》を意味する梵字《ぼんじ》《カンマーン》を描く。

描きながら不動行者加護真言《ふどうぎょうじゃかごしんごん》の圧縮詠唱をする。

それらすべてを、神田から逃れ地に伏せた時点で終えていた。

逃げるギアを追って間合いを縮める神田の前で、血で描いた《カンマーン》から真っ赤な炎が吹き上がった。不動明王による護摩修法《ごましゅほう》が成立したのだ。すかさずギアはベルトに下げた革ケースから消し炭《ずみ》のようなものを取りだして炎に投げ入れた。

燃え上がる炎に触れた神田の足が止まる。それでも酔漢《すいかん》じみたぐにゃぐにゃした動きをしながら、神田はギアの首を、腹を、指を食いちぎろうと歯噛みする。

その足を払い、首を掴み不動明王の炎へ顔を押しつけた。

「ナウボ・マケイジンバラヤ・オンキマボウシキャヤ・ソワカ」

伎芸天《ぎげいてん》の真言を繰り返す。

すぐに神田は炎に顔を乗せたまま動かなくなった。

かなり簡略化されているが、死霊を自在に操れる鬼神現身成就秘法《きしんげんしんじょうじゅひほう》を執《と》り行ったのだ。

消し炭のようなものは、人の細胞《さいぼう》を培養《ばいよう》して作り出した肉を炭になるまで焼いたものだ。これも東京隠秘商事が販売する呪具の一つだ。

炎はもう消えていた。神田は火傷一つしていない。すべてが儀式によって描かれたもので、実体はない。が、彼が額から頭を切断され、脳を失っているのは現実だ。神田が生き返ることはもうないだろう。

「一体ここで何が行われているんだ」

誰に言うとなくギアは呟いた。

「それは残り滓《かす》よ」

そう言ったのはローズだ。

「本人は今宇宙旅行の真っ最中のはず。といっても頭蓋から抜き取った脳髄《のうずい》だけが宇宙を飛んでるんでしょうけど」

「ユゴス星へか」

そう言ったギアの顔を、ローズは不思議そうに見詰めた。

「呪禁局はクトゥルーを無視しているのかと思っていたわ」

「一通りは学ぶ。だが、ユゴス星は実在しているのか。それともそれは実在する冥王星のことなのか」

「向かったのはユゴス星よ。そしてそのユゴス星はつい最近ここで創世《そうせい》された」

「どういうことだ」

「私もその辺りを詳しく知りたいから、こうして一緒に来ているのよ」

「ミ＝ゴウは龍頭をどこに連れて行ったのかわかるか」

ギアは質問を重ねた。

「さあね、どこか知らない空間に捨てたんじゃない。それでないなら、今の男みたいに脳みそ取りだして」

「龍頭は、そんなへまはしない」

ギアは確信を持ってそう言った。

「そうだそうだ」

相槌を打ったのは土岐だった。

「あれだけの達人が失敗をするわけがない」

よほど龍頭の戦いぶりに感服したのだろう。

「へまをして連れ去られたのに」

薄ら笑いを浮かべてローズは言う。

「あの赤ん坊を救うために最善の処置をした結果よ」

顔を真っ赤にして土岐は言った。

「私もあれが単純な失敗だとは思っていない」

ギアが付け加えた。

「それはどうもすみませんでした」

ローズはぺこりと頭を下げてみせた。

「ミスカトニック図書管理委員会ではいくつかのユゴス星関連の事件報告に基づき、ある仮説を提示しているわ。ユゴス星は、《輝くトラペゾヘドロン》という特殊な鉱物を採掘、精錬することで知られているの。邪神召喚を初めとして様々な力を発揮《はっき》する鉱物なんですが、これを使うと人類の記憶を結晶化《けっしょうか》できるみたいなんですよ」

わかりますか、という顔で周囲を見回し、小馬鹿にしたような薄笑いを浮かべる。

「出来るだけ簡単に説明しますから、我慢して下さいね。ええと、ミ＝ゴウを使って誘拐《ゆうかい》された人間が、脳を取り出されて発見されるのはよくあることです」

「よくあるのか」

ギアが呟く。

「脳は缶に詰められユゴスに送られるわけですが、《輝くトラペゾヘドロン》を使うと、脳の中に残されたその人間の記憶を、結晶化して保存することが出来るんですよ。そして結晶化した記憶を次々に繋いでいくことで人類の集合知、一つの生命体としての人類を作ろうとしている。簡単に言うと、人類の脳で巨大なコンピュータを作ろうとしているということです」

あからさまに「わからないだろうなあ」という顔でみんなを見回す。

「で、あの、わしはいつ帰してもらえるんだろうね」

スーさんが口を挟んだが、誰もそれには答えなかった。まあ、そりゃそうだろうね、と諦め顔でスーさんは口を塞ぐ。

「角田はどこに行った」

ギアの問いに答えるように、角田が走ってきた。必死の形相で、たいへんだたいへんだと繰り返している。

「えらいことになってるぞ」

角田は子供のようにギアの外套を掴んで言った。

「早く、早くこっちに」

ギアを引っ張る。

「あのおかしな男が出てきた時に、事務局の方を見てこようと思ったんだが……」

全員が冷たい目で角田を見ていた。

「……はいはい、そうですよ。逃げたんですよ。怖かったからね。でもね、それで酷いものを、ほら、ここだよ」

事務局のプレートが掲げられた扉を、ギアは開いた。開く前から臭いでわかっていた。ローズとスーさんは近づこうともしない。

事務机が並んだオフィスだ。

それぞれのテーブルにデスクトップのパソコンが置かれてある。

しかし何よりもこの部屋を占めているのは、生《なま》臭《ぐさ》い血の臭《にお》いと、裂けた臓物《ぞうもつ》から流れ出した糞便《ふんべん》の臭いだ。平然と中に入ったのはギアだけだ。それに続いて土岐がハンカチで鼻を押さえて中に入り、数秒で廊下に飛び出して嘔吐していた。

「みんな死んでるだろ」

開いた扉の向こうで角田が言った。

「おまえの担当者はいたのか」

「そんなとこまで見てないよ」

角田がそう言うと、ギアは手招《てまね》きした。

「ええ、ちょっと待ってよ」

ギアはじっと角田を見ている。

「はいはい、わかりましたよ」

ハンカチで鼻と口を抑えながら中に入ってきた。

そこかしこに死体が転がっていた。ほとんどが喉か、あるいは腹を裂かれている。

「あっ、いたいた。この男です」

床に膝を突き、机にもたれている。床が血みどろでなければ疲れて眠っているように見えなくもない。良く見ると首が頸動脈《けいどうみゃく》ごと大きく噛み切られていた。

「もう出ていいだろう。っちゅうか、こいつが死んでる時点でもう俺必要ないよね」

言いながらすでに小走りで出口に向かっている。

それに続いてギアも部屋を出てきた。

「死んでいるのは職員ばかりだ。呪禁官の姿はない」

「呪禁官は別口の使い道があるのよ。さっきの男みたいに。死体はどう、頭を切りとられたりしてない？」

「ない。みんな噛み殺されている」

「なるほどね。じゃあ、そのために呪禁官は使われたのかも。脳がなくても運動神経とか魔術への対応力とかは継承《けいしょう》されるんだろうね」

「奴らは一体何がしたいんだ」

珍しくギアは苛立ちを露に言った。

「それはまだ誰にもわからないいんじゃないかな。いや、もしかしたらここの職員たちなら」


ローズは角田の腕を掴んで言った。

「あんたの担当者って、どれだけここでやってることを知ってる？」

「ただの仕入れ担当だよ。それでもまあ、俺よりは色々知ってただろうけどな。確か課長だから」

「じゃあ、その担当者にちょっと尋ねてみますか」

「訊ねるって？　死んでんだってば」

「死んでいるからといって話をできないわけじゃない」

「いや、そりゃ出来ないだろうさ」

角田は困惑《こんわく》顔だ。

「死者蘇生《そせい》術を学んだのか」

訊ねたのはギアだ。ローズは頷きにやりと笑う。

「呪禁官の前では言いにくいけどね」

死者蘇生術は違法行為なのだ。

しまった、という顔をしてみせるが、何もかもわかった上での発言だろう。

眉間に皺を寄せギアは言った。ローズが舌打ちする。

「何を言ってるの」

異議を唱えたのは土岐だった。

「この状況で新しい情報がどれだけ大事かって子供でもわかるでしょうが。死者から話を聞き出すことぐらいが何だっていうのよ。何のための魔術よ。何のための呪禁官よ。馬鹿じゃないの。法律がどうだってのよ」

「法律は無視できない。ルールは守る。当然のことじゃないのか」

「当然のことじゃない！」

ほとんど身体が密着する距離でギアを見上げ、土岐は怒鳴った。

「ルールを破れないなんて、そんなのただの臆《おく》病《びょう》者よ。ルールは人の作ったものよ。それなら過《あやま》ちもあるでしょう。作り替えなければならないとき

「ほんとか」

そう言ったのはスーさんだ。

「ホントに死者を蘇らせることが出来るのか」

掴み掛かる勢いでスーさんがローズに詰め寄った。気圧されながらローズは答えた。

「本当に生き返るわけじゃないよ。生前の記憶さえ残っていれば質疑応答《しつぎおうとう》ぐらいはできるっていう程度だからね」

「それでも死んだものを生き返らせるわけだ。やっぱりか。やっぱりそうだったか。噂は本当だったんだ。ミスカトニック図書館を運営する人間なら禁断の手法に手を出していると思ったのは間違いじゃなかった。それならあいつらの言うことも嘘じゃないだろう」

ぶつぶつとスーさんは独り言を続ける。

「死者再生は犯罪だ。行うことも研究することもな」

もあるに決まってるじゃない。それに異を唱えられないのは単なる臆病者なのよ！」

唾を撒き散らして土岐は言いつのった。

ギアは目を閉じ考え込んだ。

「わかったわかった」

間に入ってきたのはローズだ。

「じゃあ、あんたは何も見なかった聞かなかったってことにしてたらどうかしら。後で片がついてから私を捕まえてくれたらいいよ。逃げたりしないから。こんな面白い状況なんだから。新しい魔術の可能性が目の前に広がってるんだよ。私はとにかく職員の話が聞きたいのよ。もっと下の階に行けば研究員だっているだろうしね。ここで何が行われていたのかを知ることは、あんたにとっても損な話じゃないでしょう」

「なるほど。確かに一理ある」

ギアは目を開き、言った。

「しかし見逃すことはどうしても出来ない。私はそれを見ているし聞いている。それでも邪魔をする気はないし、協力もする。だから私も同罪だ。すべては私の責任で死体蘇生術を許可する」

「なんだかこういうところが腹立つわあ。なんでそう偉そうに言うかなあ」

土岐が小声で呟く。

とりあえず今のところは許しておいてやる、という顔で睨んでからギアは言った。

「で、さっきの遺体をここまで運んでくれれば良いんだな」

ローズが頷くとさっさと部屋の中へと入り、担当者の死体を肩に担いで戻ってきた。それを床に寝かせると、ローズはその横にしゃがみ込んで鼻歌を歌い始めた。楽しくて仕方ないのだ。

胸ポケットに差してあった三色ボールペンの先で傷口をつつき、少し開いてみる。一人で納得し頷き、血のついた先端を己《おのれ》の服で拭って言った。

「確かに喉が噛み切られてるわね。もしかしたらこのフロアの死体の大半は、さっきの呪禁官がやったのかもしれないなあ」

「本当に蘇らせることは出来るのか」

訊ねたのはスーさんだ。

「私はホラーズの人間よ。死体蘇生の力はホラーズで学んだわ。ハーバート・ウエスト法よ。仮初《かりそ》めの生を与えるだけで、きちんと生活できるようになるってことじゃないけどね。じゃあやってみましょうか」

ローズの顔がにやけている。今から違法魔術を使う人間には見えない。ただひたすら楽しそうだ。

まずポケットから出してきたのは、スチールの筆箱《ふでばこ》のようなものだ。

蓋を開くと、中に入っていたのは小さな注射器と、色とりどりの液体が入った小さなガラス瓶だった。ローズは淡く緑に発光する液体の瓶を手にした。

その口は薄いゴムで蓋がされている。ローズはそのゴムに注射針を挿《さ》し入れ、シリンダーを引いた。緑の液体が吸い上げられる。ほんのわずかな量だ。

ローズは嬉しそうにその注射器を手にすると、死んだ男の裂けた首筋に針を挿し入れた。

燐光《りんこう》を放つ薬液に躍るように赤い血が入り込み、薬液と共に再び身体の中へと消えていく。

「終わり」

そう言うとローズは注射器と残った薬液を仕舞《しま》い込んだ。五分も掛かっていない。

立ち上がって死体から離れる。

「それだけか」

言ったのはギアだ。

「これだけ。今のが私の魔法よ。あなたも呪禁官ならわかるでしょ。魔術は延々と呪文を唱えるものばかりじゃないってこと。すぐに結果が出るわ」

待つほどもなかった。

右手がびくんと跳ねた。

電流を流されたカエルの足のようだ。

次は左手が、また右手が、やがて両腕がバタバタと床を打つ。

ぎゅるぎゅるぎゅる、とおかしな音をたて口から息が漏れた。

腐乱《ふらん》死体を溝《どぶ》の中に叩き込んだような悪臭がひろがる。

だが集中して見ているからか、ローズは表情一つ変わらない。

男の上体がバネ仕掛けのように跳ね起きた。

L字型のその姿勢のまま、全身が激しく痙攣《けいれん》した。その振動で紙相撲《かみずもう》の力士《りきし》のように男の身体が移動する。

「生き返った、のか？」

スーさんが呟いた。

「そうだよ。イッツアライブってところね」

ローズが映画『フランケンシュタイン』の有名な台詞《セリフ》を言う。

やがて痙攣が止まり、男は子供のように尻をぺたんと床に着け脚をまっすぐ伸ばして座っている。

土気色の顔に生気《せいき》はない。

目は固く閉じたままだ。

喉に絡んだ咳をする。

一度始まると止まらない。

音だけ聞いていると苦しそうだが、表情が変わるわけでもない。

ようやく咳が治まると、白く濁《にご》った目を開き周囲を見回した。

「さあ、質問するから、きちんと答えてね」

ローズが猫なで声で蘇った男に言うと、どうぞ始めてくださいと促した。

「ああ、あの人工供犠体を連れてきました。ええと東京隠秘商事営業部係長の角田恒彦です」

自己紹介を始めた角田を押しのけてギアが質問をする。

「人工供犠体はどのように使う予定だったのか教えてくれ」

訊ねたのはギアだ。

「それは生け贄だ」

老人のような掠れ声でそれは言った。

「捧げるのだ、《門》にな。《門》は生け贄を喰えばすぐに静まる。門は開くのに生け贄を求め閉じるのに生け贄を求める。そういうものなのだ」

「何が起こった。何があって君たちは死ななければならなかった」

「我々が観測することで、《門》の向こうにユゴス星を生んでしまった。それはユゴス星という一つの意志だ。ユゴス星がミ＝ゴウを生み、ユゴス星の意志を守るように命じた。そして資源を求めて地下へと世界を拡げていった。世界が拡《ひろ》がる度に《門》は沈んでいった。ユゴス星の意志が拡大するにつれ、《門》はそれまでに観測されていた地獄や地下の大空洞などの異世界＝準世界を生みながら、我々の手を逃れてどんどん地下へと潜っていく。やがては広大な地獄が、地球の空洞が、膨張したそれら虚構《きょこう》世界がこの世を呑み込んでしまうだろう。地下の先端に存在する《門》に生け贄を投げ入れなければな。だから呪禁局に連絡をいれたのだが」

「《門》とは何だ」

「それもまた観測によって生まれた仮想の穴だ。当初《門》を仮想するためにヨグ＝ソトースの力を使う実験が試みられたが、うまくいかなかった。結果的には最初に準世界を観測することで勝手に通路が生まれ、《門》が誕生した。それが百葉箱で行われた実験のすべてだ」

「この建物はどうなったんだ」

「ミ＝ゴウに襲われ、地域住民や職員は意識を乗っ取られた。支配されなかった者が呪禁局に救助を求めたが、やってきた呪禁官たちも《門》の生み出した世界へと囚《とら》われてしまった。そうでないものはミ＝ゴウに襲われ、脳髄を抜き取られた。ユゴス星の意志に目的などない。敵と味方を判別し、彼らの理屈で処理する。ただそれだけだ。ユゴス星は今となっては、そういう観測されたものたちの集合体となってしまった。そして《門》はこうしている間にもどんどん地下へと沈んでいく。おそらく積層する世界が自らの重みで地下へと沈んでいくのだろう。最深部の霊的防衛力が高かったことも、影響を与えているかもしれない。とにかく《門》は地下へと沈み、準世界は地下へと増殖していく。頼む、地下へ潜れ。潜ってその先端に存在する《門》に供犠を投げ入れてくれぇええ。なげいれてくでぇええええ」

急激に力を失い、男は背後に倒れた。後頭部を床に打ち付けた音が響く。頭蓋の中で何かあったようなイヤな音だった。

それで終わりだった。

男は元の遺体へと戻った。

「わかったようでわからん」

ギアは溜め息をついた。呪禁官になるためには多くのオカルト知識を必要とする。だが、そういったものとはまたちょっと異なった話だった。呪禁官は魔術のスペシャリストだが、その存在の根源や倫理《りんり》について語ることは少ない。工業用魔術師はあくまで技術者であり、呪禁官は魔術使用に関する法の番人に過ぎない。オカルトそのものに関心があるのは、ローズのようなマニアだけだ。

「宗教がそうであるように、呪術も一つの物語なのよ」

ローズが解説を始めた。

「そして今この世界はそう言った物語が大きな力を持つ。魔術だけが特権的に物理的な力を持ったのかどうかはわからない。だからこそ、魔術から派生する異世界＝準世界を観測及び監視することが必要だったの。そしてこの百葉箱が生まれた。ところが百葉箱が生まれ、観測が始まったことで、逆に準世界が誕生してしまった。そして生み出された準世界、ここでは主にユゴス星のことだけど、それの観察を続けることで、さらにユゴス星の実在を確固たるものへと作り替えていったんじゃないだろうか」

「あの、ちょっと質問です。人の作った作り話が、どうしてそんな現実へと影響を与えるのかな」

訊ねたのは土岐だ。

「根本的な理由は判らないわ。でもそもそも魔術が現実的な力をもったことが、この現象の始まりなのよ」

ローズは理解できているのかどうか、土岐の様子を窺《うかが》う。

「あのね、我々ミスカトニック図書管理委員会はクトゥルー神話に大きな影響を受けて生まれた組織なのだけど、クトゥルー神話が魔術体系として実行力を持っていることが、そういった物語が現実へと大きく干渉している証拠よね」

うんうんと頷く土岐を見て、ローズは話を続ける。

「私たちミスカトニック特殊稀覯本部隊ホラーズのメンバーは、そう言った虚構と実像のハイブリッドなの。ホラーズはその名の通り、メンバー全員がホラー映画からそれぞれの特殊能力を植え付けられたの。

私は『地獄の門』に出てくる内臓を口から吹き出す女の名をもらった。要するに私の身体の半分はホラー映画なのよ。ミスカトニック図書管理委員会では日々そんな研究が続けられているわ。クトゥルー魔術の研究は、魔術研究の中でも異端中の異端よね」

「理屈はわからん」

そこまで聞いてギアはそう言う。

「これだけ話を聞いても、きちんと理解出来ているとは思えない。だがとにかく、今ユゴス星は存在し、ついでに地獄だの地球空洞説だの、地底世界そのものが生まれつつある。それで良いか」

ローズが頷く。

「で、その最深部に《門》が存在し、その向こうにユゴス星がある。すべてを指揮しているのはそのユゴス星の意志であり、最深部の《門》にこの人工供犠を投げ入れれば《門》は閉じてすべては元通りめでたしめでたし、そういうことなんだな」

「そうよ。とんだ指輪物語よね」

「で、ユゴス星の意志とか言ってはいるが、それが何をしようとしているのかはわからないわけなんだな」

「そうね。人を操ったり脳を宇宙に送り出したりしているから目的がありそうだけれど、それはそんな風に見えるだけなの。台風に意図なんかないように、これは一種の自然災害だと考えるべきじゃないかな。とはいえ、それが一種の侵略《しんりゃく》になっていることは間違いないわ。放っておけばどんどんユゴス星の秩序にこの世が侵食《しんしょく》されていくんだから」

「最下層で《門》に供犠体を投げ入れればすべて終わるのは間違いじゃないんだな」

訊ねたのはギアだ。

「そうね。でもきっと、ここから下に降りるものは、すべての望みを捨てなければならないんじゃないのかな」

「私は今から地下へと降りる。龍頭が待っているからな。みんなに同行しろとは言わないが、ここに残っても無事でいられる保証はない。一緒に来るかどうするか、それぞれが考えてくれ。五分後に出発する」

ギアはそう言うと人工供犠体を抱き上げた。

地底世界へ

§：B4

真っ赤な非常階段を降りていく。

警告のための色ではない。霊的防衛のために、聖別された特殊な塗料で塗られているのだ。その要所要所にはエノク語を用いたタリスマンが描かれている。

何かがあればこの非常階段は分厚いシャッターで閉ざされるはずなのだが、今は自由に移動できるようだ。

覚悟して階段を下り始めてから、かなりの時間が経っているのだが、何故か狭い非常階段が延々と続いている。地獄行きの緊張も、そう長くは続かなかった。

やがて苛立ちが増し、冷静さを失う。


「これはおかしいでしょ」

最初にそう言ったのは土岐だ。彼女は誰よりも早くギアについていくと宣言した。その時に、ここから出るまでは俺を殺すのを諦めろと念を押されている。

「いくら何でも一階分下りるのに、こんなに階段を下りるわけがないよなあ。どこかで建物に入るドアを見逃したんじゃないのか」

荒く息をつきながらスーさんは言った。

意外なことにスーさんも地下へ降下する方を選んだ。ローズに脅されたわけでもない。自らそう決意したのだ。

「隠し扉にでもなっていない限りそれはあり得ない。少なくともここに入ってきた扉は隠されていなかった。第一呪的感染の拡大を防ぐために、非常階段側からドアを隠す意味はない」

ギアが答える。

「階段で降りたこともありますけど、こんなことはなかったです」

そう言ったのは角田だ。額から流れる汗をしきりにハンカチで拭っていた。

一人で残るよりもギアと一緒にいた方が助かる率が高いと判断したのだろう。悩んだあげく彼も行動を共にすることを選んだ。

「何かの罠か……」

ギアの独り言に応えたのはローズだ。彼女は嬉々として地下行きに同行していた。

「罠というより、時間とか空間に歪みが生じているんじゃないのかなあ。《門》の影響がこういうところに出ているような気がするけどなあ」

「いずれにしろ、地下四階には到着したみたいだ」

ギアの視線の先には　大きくＢ４と書かれた扉があった。

「このまま地下七階を目指すぞ」

「それはいいけど、地下七階までこの階段が続いているとも思えないけど」とローズ。

「どういうことだ」

「彼らの言う《門》は、今も世界を創世しつつ地下へともぐっているわけでしょ。現世から繋がるこの階段が、いくら呪禁局の技術で霊的に守られているとは言え、このまま《門》へと辿りつけるとは思えないの。何しろすでに非常階段そのものが歪んでいるようだし」

「このまま降下するのは危険だということか」

ローズがこのような現象に詳しいことは間違いない。ギアはそう判断しているようだ。彼女に意見を求める。

「もう一階だけ下りてみましょうよ。でもその前に、この階がどうなっているか、見てみましょうか」

すでにギアはノブに手を掛けていた。

ゆっくりと扉を押す。

いきなり温気《うんき》が流れ出てきた。

暑い。そして水の中に飛び込んだかと思うほど湿度が高い。息を吸えば溺《おぼ》れそうで、息苦しい。

ギアはその中へと足を進めた。

フロアそのものは廊下があり、それぞれの部署がある。実験室の存在が多少は異質かもしれないが、ごく普通のオフィス風景だ。にもかかわらずどこか薄汚れ、濁って見える。目に見えぬとも、微細でおぞましい穢《けが》れが埃に混ざって浮遊している気配がある。

ローズがギアを押しのけるようにして、前に出た。そのような不審な気配など微塵《みじん》も気にしていないようだ。

「このフロアには実験室があるみたいですね。これは興味深い。ちょっと見学していきましょうよ」

ローズの目が輝いている。

「そんな時間は……」

ない、と言いかけて背後を見ると、彼らが入ってきた扉が消えていた。最初からそんなものは存在しなかった顔で、つるりとした白い壁があるだけだ。ギアの態度を見て背後を振り返ったみんなが動揺する。が、騒ぎはしない。それなりに覚悟があったか、それとも騒ぐこと自体を怖れているのか。

「やはり何か罠に掛かったと考えるべきだろうな」

ギアが言う。

「もし罠だったにしても、いずれにしても避けて通れないわけだし、何があろうと私たちは進まなければならないんだし、ええっ、おお、おほぅ、すごいすごいすごいよぉおお!」

ローズの台詞は途中から奇声へと変わった。勝手に扉を開いて入った実験室の中から、その声は聞こえる。

「おい、何をしている」

言いながらギアも続いてその部屋に入った。

「これ、これ。間違いないですよ。一見するとエニグマみたいでしょ。確かにこれって呪術界のエニグマって呼ばれているんですよね。呼んでくれるなって言ってたんだっけ。イヤまったく別物なんですけどね。うひょおおお」

勝手に戸棚の中からファイルを出して見始めた。

「これはすごい。いやあ、これだけ大量の呪詛を作り出していたんだ。それを試用する実験もあったはず。これだけの数の呪詛の有効性を確かめていくのに、いったいどのような……うむむむ、これはすごいすごいですよ。データだけじゃなくてしっかり書類で……」

「おい、もう行くぞ」

「行きませんよ、何言ってるんですか。ここは魔術研究の最先端なんですよ。何でここから出なけりゃならないんですか。私は一生ここにいてもいいですよ。寝泊まりしますよ。ここで死にますよ。出てきた呪文をすべて自分の身体で試したいなあ。どうせわたしはホラーズの人体改造術で、人ではなくなっているんですからね。新しい魔術を私に、その私に」

興奮しすぎて、そのまま気を失いそうだ。

「わかるように説明しろ」

ギアはローズの肩を掴んで自分の方を無理矢理向かせた。

「なんでこんな大事な実験室が四階にあるのか不思議で、絶対こんなの最下層のフロアでやっていると思ってたんですけどね。でも考えてみたらここで《門》が生まれてどんどん地下へと向かったとするなら、ここが最初の土地、つまり入り口なんですよね。それで何の話でしたっけ。そうですよ、説明しますね。これは簡単に言うと呪句作成機です」

ローズは目の前にある旧式のタイプライターかレジスターのような機械に触れた。

「これはまず無限に呪句を自動生成していきます。そこから最初に入力した傾向の呪句だけを解析し抽出します。この機械は呪禁局が大金を投じて完成させたもので、世界中で百葉箱に二台と、呪禁局本部の呪具開発課の一台との三台しか存在しません」

恋人のことを語る乙女《おとめ》の顔でローズは解説を続ける。

「おそらく準世界観測のために必要な呪詛を、毎日無数に生成していたのでしょう。その中から有意なものだけが選ばれ、仮想空間上で試行を繰り返して実質的に有効な呪文が残されます。その中の一つがとうとうヒットしたのですよ」

ローズは大きな溜め息を漏らした。

「何億という呪句の組み合わせから本物のユゴスへと通じる《門》を開く呪句を発見した。これは魔術史に残る偉業。人類の素晴らしい遺産なのです。ここには大量のデータが残されていますが、こうしてアナログなファイルとしても残されているのは、私同様魔術好きの人間がここにもいる証拠ですよ。魔術には『魔術書』が必要なのです」

ローズは埃臭いファイルへ愛おしそうに頬をこすりつけた。

「外見はどうあれ、これは『ソロモンの大鍵』などと並ぶ新しい魔術書なのです。たとえば『門の本』。なんか違うなあ。まあ、タイトルはまたセンスのある人に任せるとして、とにかく新しい近代の魔術書がこうして生まれたわけです」

ローズはファイルをぱらぱらとめくった。

「いやあ、エノク語の呪句だけでもどれほどの数がここに残されているのか。その中のどれがどのようにして準世界への《門》を開く力をもたらしたのか、一生掛かって研究をするだけの題材がここにあるのですよ。それがどれだけ凄いことなのかわかりますか」

興奮したローズの話は途切れなく続く。

「わかった。ちょっと落ち着け。おおよそのことは理解した。で、地下にあるという《門》へ行くヒントはあるのか」

「どこかにはあるでしょうけれど、今言ったようにあまりにもデータが膨大で、どこからどう取り組んだら良いのか」

「データ上なら検索とか出来ないのか」

「出来ますよ。出来ますけど、それじゃああまりにも情緒がないというか」

「情緒はいらない。早速始めて欲しい。大勢の命が掛かっているんだ」

「職員もここにいた呪禁官も、それからさっきさらわれた女性も、もう手遅れだとは思いますが、それでも急いでやってみましょう。しばらく時間を下さい。ええと三十分待って下さい。それで何とか結果を出して見せます」

ローズは無神経なことを言ったあげく、誇らしげにそう宣言した。

＊

不穏《ふおん》な蒸し暑さに、心が蕩《とろ》けそうになっている。内臓に黴《かび》が繁殖《はんしょく》していく音が聞こえそうだ。

ローズが何かを探し出すまでの三十分。ただじっとしているだけでは、何か大事なものが身体から腐り落ちそうな熱気だ。

不吉な兆《きざ》しに炙《あぶ》られながらじっとしていられる人間はいない。ギアですら例外ではなかった。

手分けして出口を探そう。

そう言いだしたのは角田だ。そうだな、それがいいとすぐに話に乗ったのはスーさんだ。ギアは、動かず皆で一カ所に集まって三十分を待つべきだと主張したが、そんなことをおとなしく聞く人間ではなかった。あげく怒鳴り散らし、じっとしているのは時間の無駄だと言い捨てて、二人は逃げるように廊下を歩いて行く。

口には出さなかったが、勝手にすれば良いとギアも思っていた。

そのざらついた心の有り様が、普段のギアではあり得ないことだった。

それほど広いフロアではない。幼児ではないのだから、いい歳をした大人が二人、目を離したからと言って危険なわけではない。

普通であれば。だがこの異様な蒸し暑さはどうだ。

剛毛《ごうもう》の刷毛《はけ》で撫《な》でられるような居心地の悪さが、ただの勘違いだとは思えない。これがきっと最後の忠告なのだ。「危険だ」と警報が鳴り響いているのだ。ギアもそう思っていた。

だが言って聞かぬ大人を怒鳴りつけ紐で括《くく》ってここにいろと言うことは出来ない。

たかだか三十分だ。なんとかなるだろう。

ギアは自分にそう言い聞かせる。もちろんギアもどこか不安なのだ。

危ないと思ったらすぐに叫んで逃げ出せと伝えてはいる。だがどうにもイライラする。根本的なところですでに失敗しているような気がする。

そんな状態であっても、土岐が背後に回っていることには気がついていた。預けてあった人工供犠体が、彼女の足元にそっと置かれているのもわかっていた。

かなり距離を置いている。武器が何かわからないが、普通の剣であるのならこれは彼女の間合いではない。つまりかなり遠方から狙える武器だ。

そんなことを考えていると、イライラが消えていた。

戦うことが好きなのだ。

それは間違いない。格闘であろうと魔術であろうと、知恵を絞り勝つために動くことが好きなのだ。

正義にこだわるのは、自分がただ暴力を好む人間ではないのだと思いたいからではないのか。

そのことをときどき自問する。

特に逆恨《さかうら》みであろうと何であろうと、自分への復讐心を目の当たりにすると、どうしても考えてしまう。

わずかばかりの金属音。

それに続く風の音。

土岐の持っている武器の一つ、ウールミであることがその時わかった。

ウールミは腰に幾重にも巻けるほど長く薄い金属製の長剣だ。

使い方は剣というより鞭《むち》に近い。

剣の間合いよりも離れ、殺気を感づかれぬ距離に立ったつもりだったようだ。が、その手は何もかも読まれていた。

風を切り首を掻ききりにきた長剣が辿り着いたときには、ギアの姿はそこにない。

唸りを上げる切っ先を躱し、刀身に頬をこすりつつ、ギアは土岐へと大きく跳んでいた。

懐に飛び込まれると、この長い剣は使うのが難しい。

判断は速かった。

すぐに諦めウールミを床に投げ捨てると、今度はカッタラムを手にしていた。この武器は拳の延長に刀身がある。正拳突きと同様に扱える短剣だ。

思い切りは良かった。

判断は正しい。

が、それでも間に合わなかった。

ギアは間合いを縮める。

大きく一歩踏み込んだ足が軸足《じくあし》。

それを中心にもう片方の脚が、ぶんと音を立て回転する。

足刀《そくとう》が鞭のように、短剣を持った手を薙いだ。

短剣は壁に弾き飛ばされ派手な音を立てた。

「遅い」

ギアが言う。

「しかも単調だ。それでどうして私を傷つけられると思った。本気で殺そうと思っていないのか」

「うるさい！」

「本気でないなら試すな。くだらないことをするのは止めろと言わなかったか」

「でもチャンスだと思ったんだ。心ここにあらずに見えたから、仕方ないでしょ」

「君はインド武術を学んだのか」

「えっ、ああ、そうよ、姉からの直伝」

「《アラディアの鉄槌》の格闘術はインド武術が基本だったからな」

魔女宗として生まれた非合法魔術結社《アラディアの鉄槌》は、女神の力を重んじた女性ばかりの集団だ。その格闘技術も、ヒンドゥーの女神信仰から生まれたインド武術が基本だった。

「それが何よ」

いったん床に捨てたウールミを回収しながら土岐は言った。どうやら勝負の続きは諦めたようだ。

「単純に格闘技として考えるのなら、私たちが学んだ実践的な総合格闘技に君の使う『カラリ』が敵うことはない」

「そんなことはない。姉は最強の戦士だった」

「だから単なる格闘技としてみたらの話だ。カラリは魔術だ。流派は様々だが、根底にあるのはオカルト・システムだ。君がよくする獅子《しし》のポーズも馬のポーズも、ああいう獣《ヴァディヴ》の型は人の攻撃力や生命力を人以上のものへと高める為の手法だ。合理的な意味合い以上に魔術的な見立ての力が大きい。ヴァディヴは百獣《パシュパティ》の王と呼ばれるシヴァ神の力を自らのものとするからこそ意味を持つ。それは純粋にオカルト的な技術であり、身体だけ鍛えてすむ問題じゃないんだ」

「なんで今更あんたにそんなことを教わらなきゃならないのよ。私の方がそんなこと良くわかってるからね」

「姉さんは教えてくれたか」

「……姉は、私に何も教えてくれなかった。魔術結社からは遠ざけようとしていたから」

土岐は恨めしそうな顔でギアを睨む。

「だからって『君のお姉さんは戦いを望んでいない』みたいな説教をしても無駄よ。姉の本質は怒りだった。世界に対する大いなる怒り。それは私の怒りと同じものよ。姉が私に何を望んでいたにしろ、私は復讐を誓ったの。その怒りは、怒りそのものは姉も絶対理解してくれる」

「本気で復讐を誓ったのならもう少しきちんと考えるんだな。今のままでは一生掛かっても私を傷つけられない。たとえ私が老いさらばえようとな。君が私に勝ちたいなら、魔術戦でこそ有利になれるはず。そうでなければ単純に体格や力の問題になるだけだ。もし君がわたしの知らない格闘技を身につけているのなら奇襲も意味があるかもしれないが、私も知っているカラリでは、奇襲も奇襲にならない」

「じゃあ、どうすればいい」

「まずは呼吸法からだな。基本はヨーガ」

「それぐらいはわかってるよ」

むっとした顔で土岐は言う。

「いや、忘れている。たとえば蹴り」

ギアは両手を頭上に上げ、万歳《ばんざい》の姿勢をとった。

それから膝を胸に付くまで上げると、頭上を蹴り上げた。

足の親指が掲げた掌に当たり小気味よい音がした。

立位のまま脚が百八十度開いている。

その姿勢で身体にぶれがない。

初めからその姿勢に作られた塑像《そぞう》のようだ。

「蹴るときは吐《レーチャカ》息だ。やってみろ」

同様に蹴るが、その足を平手で払われる。

バランスを崩して土岐は倒れかけた。

「何をするの」

「口で呼吸するな。鼻だ。鼻で息をする。呼吸が意味を持つのは、気が意味を持つからだ。呼吸法はただのオカルト理論じゃない。現実に有効なシステムなんだ。オカルトが技術であることを、人はなかなか理解しにくいがな」

いつの間にか土岐は、真剣な顔でギアの話に頷いていた。

*

「じいさん、なんであんなヤヤコシイ連中と関わり持ったんだよ」

だらだらと流れる汗を白いハンカチで拭いながら角田は訊ねた。

どの部屋を覗くでもなく、二人はただただぶらぶらと廊下を歩いていた。

「わしはもともと呪具全般に関する詐欺が本職なんだよ。インチキ呪具を高額で売りさばいたり、呪具を倉庫から盗み出して売りさばいたり、な」

「そうは見えないな」

スーさんはどこから見ても人の良さそうな好好《こうこう》

爺《や》だ。

「いかにも詐欺しそうな人間に詐欺は出来ないよ」

「なるほど、そりゃそうだ」

本気で感心している。

「だから詐欺師はみんな善人に見える方法を知ってるんだ。たとえば清潔で綺麗な靴を履くとかな」

「えっ、そんなことで善人に見えるかな」

「あんたら営業マンもそうじゃないかい。きちんと磨いた革靴を履いている方が信用されるんじゃないのか」

「そう言えば」

角田は己の靴を見た。

黒の革靴が埃で真っ白になっていた。

「言っとくけど、普段は綺麗に磨いているからね」

「わかってるよ」とスーさんは笑う。

人の好《よ》さそうなその笑顔につられて角田が言った。

「俺みたいにずっと律儀《りちぎ》に働いていると、時には詐欺の一つくらいやってやろうかと思わなくもないわな。きちんと働いてるのが馬鹿馬鹿しくなってさあ」

本気で羨《うらや》ましそうだ。

ははは、とスーさんは乾いた笑い声を上げる。

「真面目に生きた方がずっと良いんよ。それは間違いないね。悪いことして楽した分はつけになる。それはどんどん利子が膨らむ借金になるだけだ。普通に働くのが一番だよ。わしは、若いときからずっとこういう世界で働いていたからね。仕方ないんだよ。今更《いまさら》他の世界を知らないしな」

「でもさあ、それならわかりそうなもんだけどね。ホラーズがやばいっていうか、ミスカトニック図書管理委員会に関わるとまずいってことぐらいは」

「知ってたよ。知ってたんだけどね」

「甘く考えすぎだよ。俺たちの会社にしても、どんな自信作の呪具を扱ってても、あそこだけは相手にしないからね。まあ、向こうも合法的な呪具を作ってる会社なんかを相手にしないだろうけどさ。あいつらの恐ろしい噂なら山ほど聞いてるよ。なんであいつらを相手にしようなんて思ったんだよ」

「あのさあ……孫が問題なんだよね」

そう言うとスーさんは大きな溜め息をついた。そしてちょっと考え込んでから、ぼそりとこぼした。

「孫をね、交通事故で亡くしちゃったんだよね」

角田はきょろきょろと回りを見回し、手近な部屋の扉を開いた。

「ちょっと座って話しますか」

壁のスイッチを押した。手前の電灯が一灯だけ点いた。後はどうやら壊れているようだ。

中を覗き込んだが死体はなさそうだ。

角田は中に入り、デスクの前にある椅子を二脚引っ張ってきた。

「俺にもミント菓子くれよ」

「持ってないんだ」

「そんなこと言わないで、くれよ。けちだなあ」

スーさんは口を開いて角田の鼻先に息を吹き掛けた。爽やかなメントールのニオイがする。

「これ、わしのニオイなんだよ。体臭というか口臭というか、それがミントのニオイなんだよ」

「な、何て爽やかなジジイなんだ」

スーさんが笑った。そして急に真面目な顔に戻って言った。

「わしには息子が一人いてね」

椅子に腰を降ろし、スーさんの話が始まった。

彼の息子が大学の二年生の時だ。かつての同級生から親切めかした忠告で、父親が常習的な犯罪者であることを教えられた。それまでは会社勤めをしているのだと信じていた。もちろん信じさせるようにスーさんが仕向けていたのだが。

妻に逃げられたのはずいぶん昔のことだ。実質的にはスーさんが一人で育てた息子だった。が、その事実を知った息子は、犯罪者に育てられるのが我慢ならないと家を出た。それは当然のことだと、スーさんもあえて探そうとはしなかった。それから長い間音信不通だった。

人づてに結婚したことを聞いたのが五年前。これも人づてに聞いて孫が出来たと知ったのが四年前。頼むから会わせてくれと土下座して、初孫とようやくお目もじが叶《かな》ったのは一年前のことだ。

可愛かった。ひたすら可愛かった。息子夫婦も幸せそうだった。その事実だけで大満足だった。息子も時の流れで多少は当たりが柔らかくなっていた。

ときどき会いに来てよ、と優しい言葉をかけてもらった。嬉しかった。幸せだった。彼の生涯《しょうがい》で最良の日だった。もう犯罪からは足を洗おうと決意した。

それから半年も経たないうちだ。

息子夫婦が交通事故にあった。飲酒運転していたトラックが対向車線から分離帯を乗り越えて反対車線にまで突入。

息子夫婦の車は停まりきれず激突した。

夫婦は無事だったが、妻の抱いていた幼い息子はフロントガラスを割って飛び出し、亡くなった。すぐ近所だからとチャイルドシートに座らせていなかった。もしチャイルドシートを使っていたら。もし妻と子供を家に残していたら。もしあの時出掛けなかったら。あらゆるもしもに責め立てられる。

「それからの息子夫婦は生き地獄ですよ」

淡々とした口調だが、この数分で急にげっそりと頬が痩《こ》けたように見えた。

「息子夫婦にとっちゃあ、それまではわしだけが人生の汚点だった。それが、あんなことになっちゃてさあ。今二人はただ生きているだけの状態だよ。このままだと離婚しちまうだろうなあ。それ以前に自殺するんじゃないかと心配で、ときどき見に行くんだけどね。わしも偉そうに出来る立場じゃないし、何よりもあんな可愛い子供を……」

言葉が途切れ、鼻をすする。

しょぼつかせる目の周りの細かな皺に、涙がじわじわと滲んでいく。

「それでわしに得意なことといえば魔術の知識だったりするわけだ。そう言う関連の知り合いも多いしね。それで考えたんだ。孫を生き返らせることが出来たら家族も元通りになるんじゃないかなってさあ」

「馬鹿なことを」

角田が呟く。

死者の再生は、その研究も実行もすべてが違法行為だ。

「仕方ないよ。生まれついての馬鹿者だ。違法だっていっても、裏ではやっているって話はいくらでも聞いていたから、その中で実際にやってくれそうなところを探したんだよ」

ミスカトニック図書管理委員会のことはその時に詳しく調べた。死者再生術を研究しているという噂を聞いたからだ。実際ローズのようにそれを研究し実行している人間もいたわけだから、噂は嘘ではなかった。が、スーさんは幾度も試みたが相手にされなかった。所謂《いわゆる》門前払いだ。何もかも受付止まりだった。当然の話だ。突然飛び込んできた男に違法である禁断の術を教えるわけがない。

そしてようやく死者再生の魔術を使えるという工業魔術師の存在を知る。

「『月の花嫁』っていう非合法魔術結社の首領でね、その人は死者蘇生を専門にやっているという話だった。何しろその男は不死者《ノスフェラトゥ》とも呼ばれていたからね。それでその男に相談したら、ある魔術書を持ってこいと言われたんだ」

「『セラエノ完本』だね。そんなもの本当にあったんだ」

「八方手《はっぽう》を尽くしたあげくに、あるコレクターが持っていることがわかった。そうなれば後は簡単だ。自慢の手口でそいつを騙し取ったんだ。ところがいざそれで首領と交渉を始めると、魔術書以外に金も寄越せと言うんだ。それもわしみたいな人間に払えるわけもない大金さ」

「それって、もともと交渉する気がないんじゃないの？」

「かもしれん。かもしれんが、だからといって、わしにはどうしようもない。それで考えた。ミスカトニック図書管理委員会なら『セラエノ完本』を喉から手が出るほど欲しいはずだ。何しろクトゥルー系魔術の本家なんだから。そこでその魔法書を餌《えさ》にミスカトニックから金を巻き上げようと考えたんだ」

「良くそんな恐ろしいことを考えたね」

「『月の花嫁』の首領はそれ以上に恐ろしい人物だったからね。それでなんとかミスカトニックから金を引っ張って、いよいよその金を魔術書と一緒に渡して願いを叶えてもらう交渉をしようとしていた矢先にこれだ」

ははははとスーさんは寂しそうに笑った。

「だいたいわしの人生は失敗の連続だからなあ。今までだってろくなことがなかった。要するに運がないんだよ……どうした」

角田は目を見開いてスーさんの背後を見ていた。そのこめかみを冷たい汗が流れる。

明かりが半ば壊れたその部屋の奥に、闇が凝っている。

廊下から漏れる明かりはそこまで届かない。その闇を、角田は凝視している。

角田は視線をスーさんの後ろにやったまま、言った。

「じいさん、そのままゆっくり立ち上がって」

言いながら角田も立ち上がる。足が震え、膝に力が入らないようだ。椅子に手を掛け、ようよう立ち上がった。

「さあ、そろそろ行こうか」

角田は言った。その声も震えている。

「なんで。もう少し話していても……」

「頼むよ。あんたをおいて逃げたくないんだ」

「何、どうした」

「あっ、見ちゃ駄目」

忠告はいつも遅すぎる。

スーさんは後ろを振り返った。

そこにミ＝ゴウがいた。

喉に声がつかえて悲鳴もでない。

あんぐりと口を開き、ミ＝ゴウを正面から見据えたまま動けない。

しかしミ＝ゴウも少し様子がおかしかった。

まず動きが鈍い。スーさんを目の前にしてほとんど動こうとしていない。どうやら部屋の隅にいたのが、どうにかしてここまで移動してきたようなのだ。

動けないスーさんに、ミ＝ゴウは頭をグイと近づけた。

楕円形の頭部には、黄褐色《おうかっしょく》の疣《いぼ》のようなものが、無数に生えていた。

それは触手の裏側にもびっしりと出来ており、膿んだニキビのように先端が赤黒く弾けているものもあった。

その頭部全体が、煙のような何かに包まれていた。

「逃げろ！」

角田が叫んだ。

同時に、ぼふ、っと音がして、楕円の頭から白い煙のようなものが吹き出した。

それをもろに顔面へと浴びたスーさんは、激しく咳き込んだ。

そのおかげでようやく身体が動けるようになったのだろう。

ぐるりと後ろを向いて走り出した。

すでに逃げ出していた角田の背中を追って。

＊

見えざる監督《かんとく》が号令を掛けたようだった。

すべての出来事が一斉に始まった。

ぎゃあぎゃあと喚《わめ》きながら駆けてきたのは角田とスーさんだ。

逃げろ、だけがかろうじて聞き取れる。

その少し前に、ギアと土岐はミ＝ゴウたちの気配を感じ取っていた。

早くしろ。

ギアは研究室の中にこもったローズにそう告げた。

各階に階段とは別に小さな《門》が出来ていた。それは沈みゆく最下層の門が残した軌跡であり、ユゴス星へと通じる不可視の通路だ。そして降下するユゴス星への道が、引きずるように各階に異なる地下世界を創造していく。それぞれの階に通路の入り口《門》を残して。

ローズは各階に生じたその《門》の所在をマッピングして、置いてあったノートＰＣにダウンロードしている最中だった。

「もうちょっとだけ待って」

ローズはそう言いながら慌ただしくキーを打っていた。

汗まみれの角田が走ってきた。

顔を拭いながらスーさんが続いてやって来る。

どうやら咳が止まらないようだ。

「いいか、ミ＝ゴウは虚像と実像を行き来しながら攻撃してくる」

ギアは土岐に説明している。

「実像になるのは奴が攻撃してくる時だけだ。つまりその時しかこちらも攻撃できない」

角田はふらふらとギアに近づき、すがりついた。

「ミ＝ゴウです。ミ＝ゴウがいます」

それだけ言うと、膝に手を置き身体を折ってぜいぜいと息をつく。

「ああ、逃げるぞ。階段もエレベーターも使えない。出口はローズが探している。見つかり次第脱出だ。土岐、君の仕事はこれだ」

ギアは人工供犠体を預けた。

「命に掛けてもこの子を守れ」

「な、なんで私が」

「私を殺したいのだろう。これを最下層の《門》に投げ入れることが出来ないなら、この世は終わる。おまえも復讐どころじゃない。わかるか。おまえはまず先に世界を救え。復讐はそれからでも遅くないだろう」

「まあ、それはそうだけど」

言いながら抱きかかえた人工供犠体を見た。

目が合うとにこりと笑う。思わず土岐も笑う。

人工供犠体の術中に落ちたのだ。

「頼んだぞ。ミ＝ゴウは強敵だ。しかも数が――」

「これ、使えるんじゃないですか」

角田が背広の内ポケットから長財布をとりだした。そこから霊符の束を取り出した。札を数えるように、扇形に広げて子細を調べる。

「これこれ、これなんかどうですか。『太上秘法《たいじょうひほう》鎮宅霊符《ちんたくれいふ》』の一つ『厭蛇虫作諸怪祟符《へびむしもろもろのかいたたりなすをたつふ》』です」

蛇や虫が現れるのは凶兆であり、それが引き起こす怪異から身を守る霊符がそれだ。

「何かの役にたつかもしれないな。ありがとう」

「後で呪禁局に請求しますから、こちらにサインを」

「売るのか」

当然じゃないですか、という顔で角田はギアを見た。そんなことで言い合っている暇はない。ギアは出される納品書に次々とサインをした。

「ありがとうございます。『厭蛇虫作諸怪祟符』十二枚お買い上げ」

角田は満面の笑顔だ。

「まずはここだな」

ギアは土岐が抱いた人工供犠体の身体にぺたりと霊符を貼った。台紙を剥がしたらすぐに接着出来るようになっているのだ。

「これで多少はミ＝ゴウから守られるかもしれない」

「さあ、行くわよ。ついてきて」

ノートPCをリュックに詰め、ローズは歩き出した。

「この突き当たりが第二実験室です。ここでも呪句作成機が一台設置され、せっせと新しい呪句を作り続けていました。それも見たいのですが今はそんなことは――」

耳障りな叫び声が聞こえてきた。一つだけではない。三つ四つと重なっていく。この忌まわしい熱気と合わさり、ここが地獄であることを実証しているようだった。

「ここを右です。すぐそこです」

曲がり角毎に、ギアは廊下に霊符を貼っていく。

そして最後の曲がり角で立ち止まると、略式化されたカバラ十字の祓いを始めた。

人差し指と中指を伸ばした刀印を短剣《ダガー》に見立て、ヘブライ語で「汝、王国、峻厳と荘厳と、永遠に、かくあれかし」と聖句を唱える。これで霊的不純物が焼却され、力の象徴である清らかな光で満たされる。

「ちょっと、ちょっとだけ待って下さいね」

ローズは壁を指差して言った。

「ここに《門》ができます。ですが、正確な時間を知ることはできないのですよ。そろそろだとは思うのですが……」

そう言って食い入るように壁を見つめる。

その後ろに角田とスーさん、さらには人工供犠体を抱えた土岐が控えている。

「来た……」

土岐は呟いた。

狭い廊下をかつかつと音を立てて近づいてきたのはミ＝ゴウの群れだ。廊下の壁にも、天井にも、隙間なく鋭い爪でしがみつき、先頭に立つギアへと迫ってくる。

しかし近づくミ＝ゴウの様子がおかしい。肢の運びがぎこちない。身体の動きが鈍い。背中の羽が力なく垂れていたり、動かない肢を引きずっているものもいる。

近づくにつれてその違和感の正体がわかった。

動かぬ肢は、人の足がくっついている。楕円の頭に生々しい人の目がついている。鼻がついている。

ヌルヌルと粘液を滴らせる亀裂には歯が生えており、伸ばした桃色の舌が周囲を舐めている。

ここに集まっているミ＝ゴウのほとんどが、どこかに人の部品をつけているのだ。

カバラ十字の祓いが功を奏したのか厭蛇虫作諸

怪祟符が役にたったのか、角を曲がったところでミ＝ゴウたちは身動きできなくなり、後ろから押し寄せる新たなミ＝ゴウたちに押しやられてずるずると前に進んでくる。それはミ＝ゴウによる動く壁だ。

先頭に立ったミ＝ゴウは首を伸ばし頭を前に突き出していた。触手蠢く楕円の顔の、その底に人の顔があった。

中年の男性の顔だ。

それは苦痛に顔を歪めながら、褐色の唾液を垂らしこう言っていた。

——たの、む、ころして。

「《門》が開いた！」

ローズの声だ。

ギアはじっと畸形のミ＝ゴウたちを睨みつけながら叫ぶ。

「土岐と人工供犠体を最初に送れ。それから角田とスーさんだ」

「私は扉を閉じる儀式が必要だから最後に行く」

ローズが言った。

病んだミ＝ゴウが後ろから押され、ところてんのように前に前に押し出されてくる。結界をある程度過ぎてしまえば、その効果を失って自由に動き出すかもしれない。

時間はもう余り残されていなかった。

背後を見ると壁の一部がエメラルドグリーンに輝いている。その前でローズが待っていた。

「さあ、来て」

「こいつらはどうしたんだ」

「……おそらくミ＝ゴウの胞子体《ほうしたい》に胞子嚢《ほうしのう》を植え付けられ苗床《なえどこ》にされた、ここの研究員たちよ。やがて完全なミ＝ゴウになるわ」

「助けられるのか」

「こうなったらもう無理ね。さあ、早くここを抜けて。最後に扉を閉じるまで少し時間が掛かる」

そう言うとまたローズは人間のものとは思えない発音で呪文を唱え始めた。

ギアは押し寄せるミ＝ゴウを睨みながら、緑に輝く《門》へと飛び込んだ。

§：B5

そこはすでに百葉箱の施設などではなくなっていた。

廃墟だ。

それも何百年も捨て置かれていたような。

乾燥した褐色の土塊《つちくれ》が、抽象的なオブジェのように所狭しといくつも積み上げられている。まるで薄汚い珊瑚礁《さんごしょう》だ。

その合間にスチール製のデスクや、ロッカーなどが挟まり、デスクトップのパソコンモニターが土塊に半ば埋もれている。それらオフィスの痕跡が余計に廃墟の侘《わび》しさをかもしていた。

ギアは言う。

「次の《門》はどこだ」

「今調べているからちょっと待って」

茸《きのこ》のように壁から突き出た事務椅子に腰を降ろし、ローズは膝に乗せたパソコンを操作している。

蒸し暑いのは上の階と変わりない。

おわっ、と奇声をあげて角田がもたれていた土塊から飛び退いた。

「なんだこれ」

背中を叩《はた》くと、細長い蚯蚓《みみず》のようなものがぽたりと地面に落ちた。

乾いた糞に似たその土塊には、小指の先ほどの小さな穴が無数に空いており、その穴から蟻のような大きな顎を持った虫が顔を出している。それが蟻に似ているのは頭だけで、その下にはぽてりと太った桃色の長い長い身体が埋まっている。時折それは穴から這い出し、地面を身体をくねらせて移動している。それが土塊にもたれた角田の背中を噛んだのだ。

「気をつけた方が良いですよ。おそらくここはイメージの地獄と地底世界が、クトゥルー的なものと融合した何かです。どちらに転んでも人にとっては有害なものがいる可能性が高い。たとえ小さな虫一匹でも気をつけた方が良い」

キーを押すリズムに合わせて説明しているので、まるでローズは歌ってでもいるようだ。

土岐は人工供犠体を抱いてあやしている。実際はあやさなくてもおとなしいのだが、抱きかかえればあやしてしまうようになる。それはつまり人工供犠体が供犠として有効であることの証明でもあった。

「駄目だ」

言ったのはローズだ。

「何が駄目だ」

「《門》は特定の時刻、特定の場所にしか作れないのです。場所はわかりましたが、《門》を開くタイミングは明滅するように生成、消滅しているんですよ。で、このフロアではその明滅の間が大きく開いているみたいで、下の階へと通じる《門》を作るにはまだいくらか時間が必要みたい」

「いくらかってどれぐらいの時間が掛かる」

「それは……」

ギアに訊ねられ、ローズは気まずそうに俯いた。それから恐る恐る口を開く。

「……おそらく五時間ほどですね」

「それは、もっと短くならないのか」

思わずギアが言うと、ローズはゆっくりと首を横に振った。

「田舎のバスでももっと頻繁に動いているぞ」

角田がぼやく。

その横でしゃがみ込んでいたスーさんが呻き声を漏らした。

「おい、じいさん。大丈夫か」

角田は隣にしゃがみ、その背を撫でた。

「年寄りにはちょっときついなあ」

スーさんは顔を押さえ俯いている。

荒い息と呻き声が交互に聞こえる。

効果音かと思うぐらい大きな音で腹が鳴った。

言葉にならない何かを言いながら、スーさんはその場に四つん這いになった。そして腹と喉をミキサーで掻き混ぜたような音を立てて嘔吐した。

それは鮮やかな紫色をしていた。

「じいさん!」

呼び掛け、角田はスーさんの背を撫で続ける。

その背が熱い。皮膚のすぐ下を熱湯が流れているかのようだ。

その手で身体を支えきれず、スーさんはその場に俯した。

顔が紫の泥に埋まる。

息が出来るように角田が身体を横に倒した。その身体が細かく震えている。

「どうした」

ギアがそばに来て声を掛けた。

角田は肩をすくめる。

「じいさん、このままだと死んじゃうぞ」

冗談めかして言ったつもりだったが、言った本人が笑おうにも笑えない。

「痒いんだよ。なあ、たまんなく痒いんだよ」

スーさんは弱々しい声でそう呟きながら、自らの腕をボリボリと掻きだした。

たちまち皮が剥け血が滲む。その血に灰緑色をした小さな粒が混ざっていた。それは血と共に地面に落ちると、紐状にほどけ、跳ねた。

「もしかして、ミ＝ゴウに何かされたんじゃないの？　たとえば煙みたいなものを吹き掛けられたり」

訊ねたのはローズだ。

「ああ、その通りだよ。よく知ってるなあ。じいさん、煙を顔にもろに吹き掛けられてた」

「じゃあ、もうどうしようもないな」

当然の顔でそう言う。

「どういうことだ」

ギアが訊ねた。

「あんたたちが出会ったミ＝ゴウは繁殖期の胞子体なの。繁殖期のミ＝ゴウは胞子嚢を持っててね、胞子嚢の中にはみっしりとミ＝ゴウの胞子が詰まっている。さっきミ＝ゴウの出来損ないみたいなの、見たでしょ。あれはミ＝ゴウの胞子体に胞子嚢を植え付けられた人間の末路よ。ユゴス星でどうしているか知らないけど、奴らはこの世界で、人間を苗床として胞子を植え付け新しいミ＝ゴウを生むの」

「えっ、つまりどういうことだよ」

角田が訊ねた。

「この人はもうすぐミ＝ゴウになっちゃうってこと」

そう言って、祈るように跪《ひざまず》いているスーさんを見下ろした。

「そんな馬鹿な」

汚らしい音を立てて、スーさんはまた盛大に紫の汚泥を吐き出した。

「だめか。わしはもうだめなのか」

嘔吐とともに、歯が抜け落ちたようだ。一気に顔貌がかわり、発音が不明瞭になった。

「なんとかなるよ、じいさん。ちょっと待てよ」

角田は財布を取り出すと、一枚の霊符を探し出した。

「ほら、特別サービスだ。これは『治万病符《ちまんびょうふ》』。どんな病気もたちどころに治してみせるよ」

霊符をスーさんの手に握らせた。その瞬間に霊符は青白い炎を上げて灰になった。

あっ、と声を上げ角田は言葉が続かない。

「だから無駄よ。こうなったらただ見ているしかないの」

そう言ったローズの腕を、思いも掛けぬ素早さでスーさんは掴んだ。

思わず悲鳴を上げそうになったローズに、スーさんは言う。

「たすけてくれ」

さすがのローズも返答に困る。

「だから、悪いけどもう何も出来ないんだよ」

「ちがうちがう」

スーさんは首を振る。

「わしはもう手遅れなんだろう」

ローズは機嫌良く頷く。

「治らないにしろ、多少の苦痛は抑えられるかもしれない。やるだけのことはやるべきだろう」

そう言ったのはギアだ。

すぐに牙印という複雑な印を組み、誦経《ずきょう》を始めた。

「オンウウン・カタトダ・マタビジャ・ケッシャヤ・サラヤハッタ」

これは法印咒《ほういんしゅ》という真言《マントラ》で、軍荼利明王《ぐんだりみょうおう》の力を持って病を癒す事が出来る。

「ああ、葉車さん、ありがとう。わしはもういいです。もういいんですよ」

スーさんは熱い息を吐きながらそう言った。その最中に両目がぶくぶくと腫《は》れていく。瞼は垂れ下がり、もう何も見えていないだろう。

軍荼利明王の力も通用しないようだ。

ギアは誦経を諦めた。あまり使い慣れていない治療系の魔術を使ったが、無駄に終わったようだ。

「そこにローズさんはいるよな」

ローズの腕を掴んだままスーさんは言う。

「いるよ」

スーさんは震える手をズボンの中に突っ込んだ。ごそごそと股間を探ると小さなビニール袋を出してきた。

「こいつを、頼むよ」

中には印鑑と鍵が入っていた。

「鍵に紙きれが結びつけてある……わかるか」

「ああ、何か書いてあるよ」

「貸金庫の、場所だ。……わしらのような人間が盗品を扱うための特別なあああああ」

苦しそうに声を上げ、両手で頭をかきむしった。皮膚と共に髪がもろもろと抜け落ちる。頭部は赤黒い泥で塗り固めたようになった。

「暗証番号はご、ご、なな、さん、ご、だ」

赤剥けた頭皮を割って、蚯蚓に似た触手がのたうちながら飛び出した。

「そのかみにれんらくさきも、ある。そこに……」

痛みを堪《こら》えるためか、きりきりと音を立て歯を噛みしめ始めた。

これ以上話を続けられそうになかった。

「ああ、よけいなことかもしれないけど」

角田が言った。

「おそらく、その貸金庫に預けてあるのは、あんたたちが探していた『セラエノ完本』と、それからあんたたちから騙し取った金だ。じいさんは『月の花嫁』の首領のために稀覯本と金を用意した。それを首領に渡したら、死者蘇生の秘術を教えてもらえることになっているそうだ」

「あの悪名高い『月の花嫁』の首領《チーフ》が……なるほどねえ」

ローズはにやりと笑う。

「不死者として知られているあの首領なら、それぐらい知っているかもしれない」

「じいさんは孫を交通事故で亡くしているんだ。その死んだ孫を蘇らせたくて、こんな無茶なことをしたんだ。なあ、それをあんたに渡したってことは、死者蘇生術を使って孫を蘇らせてくれってことだよ」

「なるほど」

「なあ、じいさん。そうだよな」

がくりがくりと、スーさんは二度首を振った。

「頼むよ。孫を蘇らせてやるって約束してやってくれよ。いや、わかってるよ。金はあんたたちから騙し取った金だし、稀覯本は最初からあんたたちに手渡すはずのものだ。あんたはそれを持ち帰れば仕事が終わる。それはわかってるけど、頼むよ。お願いだよ」

角田は頭を下げた。

「もちろん引き受けるよ」

ローズはへらへらと笑いながらそう言った。

「ミスカトニック図書管理委員会でいろいろと新しい魔術を手に入れたし、霊的肉体改造もやったけど、まともな死体蘇生だけは出来なかったの」

死体蘇生と称して化け物になって蘇ったり、ただ昔の記憶を取り出せるだけだったり。ローズにとってそれは、偽物《にせもの》の死体蘇生術でしかなかった。

「どうやら肉体の再生と魂の再生は別の魔術のようなんだけど、そこがよくわからない。肉体の蘇生は比較的簡単なんだけど、それってゾンビ製法でしかないんだよね。最後の手段だと思ってクトゥルー関連の魔術を研究したけれど無駄だった。そこにあるのも似非《えせ》蘇生術ばかり。これこそ神の領域なんだよね。神様なんて信じてないけどさ。本物の死体蘇生術を手に入れることが出来るんなら、魂を売り渡してもいい。っていうか、一度死んで自分の術で蘇りたいなあ」

すでにそれを手に入れたように、うっとりとした顔でローズはそう言った。

この女なら新しい魔術を知るために何でもするだろう。スーさんもそう思ってすべてをローズに預けたのだろう。それで孫を生き返らせるかどうかはあまりにも不確実だが、それでも万に一つの可能性を希望と思うほどには追い詰められていた。

スーさんが低く呻く。

それは声というよりも流される汚物の音だ。溝《どぶ》泥《どろ》が無茶苦茶に掻き回される音だ。

それをなぞるように別の泣き声が聞こえた。

強く弱く、これもまた苦痛そのものの泣き声だ。すべての希望が絶たれたものの泣き声だ。

「誰かいるぞ」

角田が言った。

「あそこだ」

指差す先に、人影が見える。

無数の土塊の塔が作る鋸《のこぎり》の刃型のような稜線《りょうせん》に、痩《や》せた人間らしきものの影がある。

一人ではない。二人、三人といる。四人目が現れる。五人目が加わる。六、七、八と終わりがない。

人数を増しながらそれは近づいてきた。

少しずつその姿が見えてくる。

頭を抱え、長い髪を掻き毟りながら泣いている。痩せた上半身の下に、膨れあがった腹を抱えていた。

「あれは……餓鬼か」

言ったのはギアだ。

近づくほどにその醜い姿が露《あらわ》になった。

両手を掲げ、それでバランスを取って歩いてくるものがいる。長く細い腕を地に垂らし、引きずるように前進してくるものがいる。乾いた肌は黒く鱗状《うろこじょう》にめくれ上がっていた。血走った目から流れるのは血膿《ちうみ》だ。

「ここに開いた《門》には餓鬼道の世界があったんですよ、きっと。地獄が観測されていたという情報は見ましたが、でも餓鬼道って六道の一つで、いわゆる地獄じゃないんですよね。このあたり、なんとなく地下にある世界ぐらいの認識で世界って作られているのかなあ」

いきなり説明を始めたのはローズだ。彼女はここで起こるすべてのことに興味があるのだろう。楽しくて仕方ない様子だった。

「餓鬼って危険なのか」

不安そうに訊ねたのは角田だ。

「おそらく私たちを喰おうとするでしょうね。喰っても腹は満たされないだろうけど」

恐ろしいことを笑顔で言った。

土岐がカッタラムを両手に持つ。

餓鬼たちの泣き声がどんどん大きくなってきた。山を成す土塊の隙間を押し合いへし合いしながら、餓鬼どもが迫ってきた。

土塊の山の上も、蜘蛛のように這い上り、越えてくる。

「赤ん坊を抱いて後ろに下がっていろ」

ギアは角田にそう言った。

「言われなくても引っ込んでるよ」そう言って抱き上げた人工供犠体を見た角田は「でしゅよねぇ」と付け加えた。

ギアは寝かされていたスーさんを背負った。痩せた老人だがそれでも五〇キロ以上はあるだろう。それをろくに荷物の入っていないリュック並みに軽々と背負っている。

餓鬼どもは黒い波だ。

土塊の山を覆い、呑み込み、隘路《あいろ》を塞ぎ、ギアたち目指して進んでくる。

「この辺りに」

ローズは何もない空間を指差した。

「《門》が出来るのは今から、四時間以上後。この場所をきちんと覚えておかないと、はぐれたら見つからないよ。それが難しいなら私と離れないように」

ローズはそう言ってノートPCをリュックに仕舞い込んだ。

はいはいはいと何度も返事をしながら、人工供犠体を抱いた角田はほとんどしがみつくようにローズの背後にくっついた。

「火界咒《かかいしゅ》を知ってるか」

ギアは土岐に言った。

「ええと、確か不動明王の……」

「そのとおり。金剛手最勝《こんごうしゅさいしょう》 根本大陀羅尼《こんぽんだいだらに》のことだ。ここに書いておいた」

ギアは土岐にメモの切れ端を渡した。

「それを唱えろ。餓鬼どもには効果的だ」

「えっ、私がですか」

「そのために供犠体を角田に預けたんだ」

「了解。ええとノウマクサラバ」

「私が唱えるから唱和しろ。今から最前列に出るぞ。心しろ」

びゅんとロッドを一振りしてから、土岐を見た。

「死ぬなよ。私もおまえに殺されるまでは生き残る」

「あっ、はい」

「スーさん、あんたもだ。私が助けてやる。しっかりしがみついておけ。行くぞ。ノウマク・サラバ・タタギャテイビャク・サラバ」

大気を振動させる特殊な発声で真言を唱えながら、ギアは迫る餓鬼へと向かっていく。

土岐も慌てて唱和しながら、その後に続いた。

「ボッケイビャク・サラバタ・タラタ・センダ・マカラシャダ・ケン・ギャキギャキ・サラバ・ビキナン」

これは一切の魔軍を焼き尽くすと言われる不動《ふどう》明王秘呪一切成就法《みょうおうひじゅいっさいじょうじゅほう》だ。

片手でロッド中央を無造作に掴む。

素っ気ないその構えのまま、ギアは黒い餓鬼の波へと突入した。

火界咒は餓鬼たちに絶対的な力を発揮する。

餓鬼どもはある距離から前に進めなくなっていた。それが火界咒によって作られた結界の領域だった。

そこで進もうにも進めない餓鬼を、ギアは丁寧に一体ずつロッドで打っていく。

子供をしつけるようなロッドの一打で、餓鬼は黒い埃となって散っていく。突けば二体三体と貫き埃に変える。

「土岐、少し距離を取れ。餓鬼を背後に回らせるな」

火界咒で作られた結界を二人分重ね、壁とする作戦だ。

最初こそ戸惑っていた土岐だが、ギアと同様、戦いが心を落ち着かせるのだろう。火界咒を唱え、確実に餓鬼の群れを埃に変えていく。

大量の黒煙が舞い上がり、視界を塞ぐ。

ベルトコンベアーに載せられているかのように、餓鬼は粉塵《ふんじん》へと化していく。普通に戦えば勝負にならない。二人の圧倒的な勝利だ。

だが餓鬼は無限に湧いて出てくる。尽きることはなく、終わりも見えてこない。

ギアたちは餓鬼を前進させはしなかったが、追いやることも出来なかった。三十分このままでいることは出来るだろう。では一時間なら。二時間では。

呪句は、声に出せば効果があるというものでもない。呪句の力はその背後にある術者の精神力や集中力を必要とする。

　長時間の施術にギアが耐えたとしても、土岐が保つかどうか、はなはだ疑わしい。そして片方が唱和不可能になったら、これだけ大勢の餓鬼の流れを抑えきるのは難しいだろう。やがては間違いなく餓鬼が背後に回ることを許す。

　だがまだそうはなっていない。

　ぎりぎりまでここで餓鬼を食い止める。二人はそれだけを考え、餓鬼を滅ぼす機械となって、単調な戦いを続けていた。

*

「餓鬼にもいろいろな種類があるわけよ」

餓鬼たちから逃走し続けながら、ローズはひたすら解説を続けていた。

「羅刹餓鬼《らせつがき》、欲色餓鬼《よくじきがき》、食水餓鬼《じきすいがき》、地下餓鬼《じげがき》、見上げるほど大きな餓鬼から、踏みつぶしてしまいそうな小さな餓鬼まで、人間の想像力はこんなところに発揮されるんだと感心するぐらいの量、餓鬼ってのはいるのよ。海諸餓鬼《かいしょがき》は地獄の海に住む。樹中住餓鬼《じゅちゅうじゅうがき》は樹木の中にいる。熾燃餓鬼《しねんがき》は燃えている。餓鬼図鑑が出来てもおかしくない大量の種類が餓鬼にはあるのよ。有名なものもあるわよ。餓鬼に憑かれたと思ったら後ろに唾を吐け。吐いた唾を餓鬼が舐めている間に逃げろって話は知ってると思うけど、あれは食唾餓鬼《じきたがき》のことなのね」

　走りながらずっと喋っている。こうしてオカルトのネタを披露《ひろう》しているのが、楽しくて仕方ないのだろう。

　だが後ろから必死でついていく角田には、ローズの解説を聞いている余裕などない。ただ彼の腕の中で気持ちよく眠っている人工供犠体を守るためだけに、頑張って走っているのだ。気分はほとんど初孫の面倒を見るお爺さんだ。

「このフロアにいた職員たちはみんなあの餓鬼どもに喰われたのかもしれないなあ。死体も何も残っていないのも、餓鬼が最後の最後、意地汚く血を舐め取ったからかもしれないね」

わっ、と角田が声を上げた。

転倒したのだ。

両手で人工供犠体を抱いている。

咄嗟にそれを頭上に持ち上げた。

当然地面に手を着けない。

角田は顔面をほぼ真正面から路面に叩きつけられた。

数秒意識が途絶えていたようだった。それが、ムクリと急に立ち上がり、供犠体を抱きしめた。

前歯が折れていたが、それも知らない。

とにかく立ち上がりローズの後ろ姿を探し出すと、「待って、待って」と声を掛けて後を追う。

その数分後に、また悲鳴を上げた。

悲鳴を上げながら走り続ける。

「何々、どうした」

思わずローズが立ち止まり振り返るぐらいけたたましい声だ。

「わっ、わっ、こいつだ」

片脚でぴょんぴょん跳びながら、己の臑《すね》を指差した。

そこに何か小さなものがしがみついている。

餓鬼だ。それも鼠《ねずみ》ほどの大きさの、小さな餓鬼だ。それが角田の臑にしがみつき、噛みついている。

いたたたいたたたと声を上げながら角田はそれを掴み、無理矢理引き剥がした。

大量の血が飛び散った。

角田の血ではない。

角田が手に持った小さな餓鬼に、頭がない。頭は贓に食いついたままだ。首から引き千切られていたのだ。

言葉にならない声を上げて角田は餓鬼を投げ捨て、頭を外そうとしたが外れない。無理矢理引き離すと贓の肉をかなり持って行かれそうだ。

落ち着け落ち着けと自らに声を掛け、角田は札入れを取りだした。中にある霊符をぱらぱらとめくる。

「これか？　これでいいのか？」

ぶつぶつと呟きながら一枚の霊符を取りだし、餓鬼の頭に貼り付けた。

と、頭は勝手にころりと外れて落ちた。

角田はほっと息をつく。

「それは何の霊符」

「ええと、できものとか疣を取る霊符です」

「そんなんで良いんだ」

実際は放っておいても離れたのかもしれない。が、差し迫る危機を前に、そんなことはどうでもいいことだ。どうやらそこかしこに小さな餓鬼が潜んでいるようなのだ。思わず供犠体を抱きしめる。

「何なんだよ、こいつらは」

角田は薄気味悪そうに周囲を見回した。

「多分そいつらは欲色餓鬼だよ。貴族の身体にしがみついてそのおこぼれをいただく、せこい餓鬼だ」

「なんか色々と説教してやりたくなる餓鬼だなあ。わあ、こりゃ、どりゃ、向こう行け、向こう」

近づいてくる餓鬼を、次々に踏みつぶしているのだ。踏む度にいちいち汁気の多い音がするが、そんなことは気にもならなくなった。

ローズも同様に踏みつぶし、掴み跳んで投げ飛ばし、伸ばした腸で締め上げ叩き潰していた。

「きりないなあ。走るよ」

ローズが言う。

「おう！」

何故か威勢《いせい》の良い返事を角田がする。

それから、せいの、で二人揃って走り始めた。

小さな餓鬼は踏みつぶし蹴飛ばし、投げ飛ばし、握りつぶし、二人は走り続ける。

二人は餓鬼の血で真っ赤に染まっていた。いや、餓鬼の血ばかりでもない。餓鬼たちは執拗に噛みつき、皮を食いちぎり血をすする。鋭い爪は針のように皮膚に突き立つ。一つ一つは致命傷にならないが、これ以上出血が続いたら命にもかかわってくるだろう。

「逃げ切れそうにないわね」

うんざりした顔でローズは言った。

さすがの彼女も喜んでばかりはいられなくなったようだ。

「こ、これだ、これ」

角田がズボンのポケットから出してきたのは鍵束だ。

「やっぱり、やっぱり、昔の俺えらい！」

血だらけの手でキーホルダーを握りしめ、はしゃいでいる。

「ほら、キーホルダー。見てこれ。施餓鬼《せがき》の為の五如来《ごにょらい》を意味する梵字が刻まれてるんだよ。これは何もしなくても、それぞれの如来の名号《みょうごう》を唱えて加持するのと同様の効果があるっていう我が社の商品『施餓鬼その時に』だ。その効果は絶大だって聞いてるぞ」

ローズが鼻で笑う。

「誇大広告だな」

「違う。確かこれを置いて何かするんだ」

「何かって何よ」

「だから陀羅尼《だらに》ってやつだよ。このために唱える施餓鬼用陀羅尼があるんだよ。本当は祭壇を築いて色々ややこしいことをしなきゃならないんだけど、それを全部略して施餓鬼が出来る素晴らしい商品なんだからな」

「だからそれは誇大広告」

「違う！　陀羅尼さえ唱えたら良いんだよ」

「だからそれはどんな陀羅尼なのさ」

「あんた、魔術オタクなんだろう。それぐらい知ってるだろう」

「『救抜焔口餓鬼陀羅尼経《ぐばつえんくがきだらにきょう》』のことだとは思うけど」

「あっ、それそれ」

「それそれって言われても、真言とかは専門じゃないからなあ。どんな陀羅尼が書かれているのか覚えてないよ。確か『無量威徳自在光明殊勝妙力《むりょういとくじざいこうみょうしゅしょうみょうりき》』とかいう陀羅尼だと思うけど」

「そこまでわかってたらどんな呪句か知ってるでしょ」

「そこは知らない」

「そんな無責任な」

「無責任なのはあんたでしょう。自社製品のことなんだから」

「確かにそりゃそうですが……そうだ！」

「何？」

「呪禁官だ。あの呪禁官の男ならわかるはずだ」

「ほんと？」

「ほんとほんと、間違いない。よし、引き返すぞ」

そう言ってローズの顔をちらりと見た。

「一緒に来てくれよ。道がわかんないよ」

情けない声を上げる。

「本当にそれで何とかなるんだよね」

「なるなる。絶対なります」

「仕方ない、それじゃあ、引き返しますか。時間も良い感じで経ってるし、後はあそこで待ってもいいかもね」

「でしょ。良し、もう大丈夫でチュよ」

もちろん最後は人工供犠体へと向かって言ったのだ。

＊

黒煙が渦を巻いている。

そしてギアと土岐は工場の機械であるかのように、次々に餓鬼どもを消し去っていく。

すでに数時間。

それこそ地獄の刑罰を思わせる無為な戦いを繰り返していた。

唱和の声も少しずつ力が弱まり、それは如実に結界の大きさへと響いていく。

これ以上結界が小さくなると、もう餓鬼の群れを食い止めることが難しくなるだろう。

もうそろそろ限界だった。ギアですらそうなのだ。土岐はこれ以上続けると逃げるだけの力も無くしてしまうだろう。その前にこの場から離れなければならない。そのタイミングを計っているときに、それは現れた。

遥か彼方で、餓鬼の黒い波が大きく盛り上がったのだ。

その時改めて、ここはもう施設の内部などでないことを思い知った。

鈍色《にびいろ》の空があった。

今までそんなことに気づかなかったのは、それが今生まれたからだ。

津波を思わせる餓鬼の大波は、見る間にその空へと突き上がっていく。餓鬼の群れを突き上げるもの。それもまた餓鬼だった。

見上げても見上げても先端が見えない。上下の感覚が失せるほどの巨大なそれは、漆黒《しっこく》の皮膚を持った餓鬼なのだ。天にも届く巨体が現れたその瞬間に、空が誕生したのだった。

遙か彼方《かなた》、黒煙を透かして頭の影が見えた。山の頂《いただき》を見るのと変わりない。それでもそれがギアたちを見下ろしている、その視線を感じていた。

「あれは……」

思わず土岐が口に出す。

結界の一角が崩れそうになった。

慌てて唱和を続ける。

だがこの規格外の怪物相手に、不動明王秘呪一切成就法がどこまで有効なのか、ギアにも自信がなかった。

「もうむり」

背後から悲しげな声がした。

そして首筋に鋭い爪が突き立てられた。見覚えがある。ミ＝ゴウの爪だ。

「スーさん！」

爪に頸動脈を掻き切られる前に、ギアはその爪を掴んで、背後のスーさんを地面に押さえつけた。

その間も火界咒は唱え続けている。

「はぐるまさ、さん。もうむり。むりよ」

顔の皮がずれている。

すでに人の顔ではない。

頭上で短い触手が楽しそうに蠢いていた。

両手共に長く鋭い爪になっていた。

「もう、むり、ね」

もう片方の爪でギアを狙う。

ギアは背後に跳んで間合いを開けた。

スーさんの脇腹を裂いて、固い棘だらけの肢が四本飛び出した。

「さよなら」

それだけは以前と変わらぬ声でそう言うと、がちがちと爪を路面に打ち付けるけたたましい音を立てて、スーさんだったそれは駆けていく。

追うだけの時間も余裕もなかった。

スーさんと対峙《たいじ》することでギアの気力は削がれ、一人で餓鬼の動きを止めようとした土岐は、もう声が出ていない。

スーさんを見送ることなくギアは言った。

「潮時だ！　土岐、逃げるぞ」

土岐の手を引き走り出す。

二人が背を向けると同時に、大地が揺れた。

巨大な餓鬼が動いたのだ。

山が移動するようなものだ。

弾むように大地が揺れる。逃げるどころか、立っていることすら難しい。

「しがみついてろ」

そう言うとギアは意識を失いかけている土岐を抱き上げ、激震の中を走る。

今まで三時間以上にわたり延々と火界咒を唱え餓鬼の進行を止めていた。それからの全力疾走だ。しかも、いくら軽いとはいえ大人一人を担いでいる。

背後では土塊の塔が崩れ、落ち、餓鬼の群れもまたその中へと呑まれていく。

足を止めれば二人とも死ぬだろう。

その思いだけで足を進めていた。

「ぐばつえんくがきだらにきょおおおおお」

何事か叫びつつ走ってくる者がいた。

もしあれが新たな敵なら――――。

ギアは残りわずかな気力を奮い立たせる。

二人いた。

それはこの激しい揺れの中、足取りを乱すことなくまっすぐギアたちへと走ってくる。

反撃の隙を与えず殺す。

その覚悟で近づき、ギアは気づいた。

その二人は角田とローズだ。

新たな敵よりたちが悪い。逃げ切ったものだと思っていた。そのために土岐と時間を稼いだのに、それがすべて無駄だったということか。ギアは肩を落とす。

角田はしっかりと供犠体を抱えている。とりあえず供犠体は無事のようだ。それだけでも喜ぶべきか。

「来るな！」

叫び、ギアは二人に近づく。

驚くことに、ギアでさえ全力で走ることが不可能なこの揺れの中を、それほど苦もなく二人が走ってきていることだ。

「ぐばつえんくがきだらにきょおおおおぉぉ」

再び角田が叫んだ。それが「救抜焔口餓鬼陀羅尼経」であることはすぐにわかった。餓鬼が相手であると知って最初に思ったのがそれだからだ。しかし「仏説救抜焔口餓鬼陀羅尼経」で示される施餓鬼の儀式は、祭壇を始め用意が必要だ。いきなり餓鬼の群れと出会い戦いが始まった。そんなことをしている時間など到底作れなかった。

「これこれ」

角田がキーホルダーを投げた。受け取り、見る。

金属プレートに描かれている梵字が、宝勝《ほうしょう》・妙色身《みょうしきしん》・甘露王《かんろおう》・広博身《こうはくしん》・離怖畏《りふい》の五如来を意味しているのは見ればわかる。

そしてギアはすべてを理解した。

彼らが激しい揺れの中を走ってこられたのはこの五如来のご加護があったからだ。その証拠に、今二人は地面にしがみついて動けなくなっている。

この五如来はすでに高位の僧侶が誦経しているのと同様の加持力《かじりき》を発揮しているのだろう。おそらくこれは角田の会社の商品。それならば後は――。

ギアは深く長く息を吸い、誦経を始めた。

「ナウマク・サラバ・タタァギャ・ター・バロ・キテイ・オン・サンバラ・サンバラ・ウン」

一度目の唱和で、大気《たいき》に波紋が走った。

それは衝撃波となり世界へと音速を超えて拡がっていく。

それだけで地震が収まった。

巨大な餓鬼の動揺が見えるようだ。

「あれは食吐餓鬼《しょくとがき》だね」

揺れが収まり歩いてきたローズが言った。

「ということはもしかして」

食吐餓鬼が口をすぼめた。

ギアの二度目の誦経が始まった。

再びの衝撃波が世界を駆ける。

声を上げる間もなく、無数にいた餓鬼が地へと吸収されて消えていった。

「気をつけて、あいつゲロ吐くよ！」

ローズが叫ぶ。


食吐餓鬼がすぼめた口から何かを吐き出した。

大量の土砂の色をした粥状《かゆじょう》のものだ。

鼻が曲がるような酸《す》い悪臭がする。

大量の粘液は濁流となりギアたちへと押し流されてきた。

焦るでもなくギアは三度目の誦経を終えた。

「ナウマク・サラバ・タタァギャ・ター・バロ・キテイ・オン・サンバラ・サンバラ・ウン」

清浄な風が吹く。

浄化の風は世界を舐《な》めるように吹く。

それだけで食吐餓鬼の吐物が跡形《あとかた》もなく消えた。

続けて四度目の誦経が。五度目が、六度目が。

七度目の誦経が終わった時、巨大な餓鬼は長々と歓喜の声を上げながら、地中へと呑まれていった。

施餓鬼は餓鬼を退治することではない。餓鬼の罪を滅し、絶えることない飢えの苦しみから救済し、往生《おうじょう》させるのが施餓鬼だ。飢えと渇きに苦しみ、ようやく何かを食べると即座に嘔吐してしまうという食吐餓鬼も、永劫《えいごう》の苦しみからようやく解放され歓喜と共に浄土《じょうど》へ召されていったのだ。

ギアは消えた食吐餓鬼に背を向けた。

作法を終えると後ろを振り向き、決して振り返らないというのが施餓鬼法の作法なのだ。

ギアは土岐を降ろした。

もう限界だった。

ギアはその場に突っ伏した。

次の瞬間。

——おによぉおおおおおお！

その声にギアは驚く。

「おにょ？」

飛び起きたギアが言う。眠っていた意識など欠片もないが、しばらくギアはぴくりとも動かなかった。その間にまた状況は変わっているようだった。

ギアを起こしたのは土岐だった。

くすりと笑って土岐は言った。

「鬼ですよ、鬼」

実際は笑えるような状況ではなかった。

じゃあ、と言い残して土岐は戦いへと戻る。

相手は牛頭人身《ごずじんしん》の怪物だ。

ローズは例によって腸をびゅんびゅんと振り回しているが、あまり効果的とは思えない。いじめられっ子が腕を振り回してでもいるようだ。

怪物はローズよりも頭一つ大きい。胸も腕も、瘤《こぶ》のように盛り上がった筋肉で包まれている。

ローズの腰よりも太い腕で掴んでいるのは、太い金属の棒だ。

次に飛び掛かったのは土岐だった。

手にしているのは使い勝手が良いのかカッタラムだ。

だが刃物では、この怪物を傷つけることは出来ないようだった。

刃は深々とその肉に突き立つのだが、血一つ流れず、刃物を抜けば傷も失せている。

風音をたて、太い金棒が振り回される。

ぎりぎりで避けたのは余裕があったからではなく、本当にぎりぎりで避けたのだ。

危うく土岐は頭を潰されるところだった。

ローズと土岐の二人がかりでも、勝てそうには見えない。

角田はそこから離れたところで、供犠体を抱えて逃げるべきかどうするべきか悩んでいるようだった。

しかも怪物は牛頭の男だけではなかった。

二対一の戦いを腕を組んで見守っている者がいた。それは馬頭《めず》の男だった。

ギアも地獄で出会ったこの怪物が何者かはさすがに知っている。それぞれ牛頭鬼《ごずき》、馬頭鬼《めずき》と呼ばれる地獄の獄卒《ごくそつ》だ。

ギアは立ち上がった。

鬼を相手するのは慣れている。呪禁官は修験道《しゅげんどう》も密教も学ぶ。呪禁官の祖とも言える役行者《えんのぎょうじゃ》は孔雀明王経法《くじゃくみょうおうきょうほう》によって鬼を使役《しえき》した。呪禁官にとって鬼は使役する道具の一つだ。少なくともミ＝ゴウや餓鬼よりはずいぶんと扱いやすい敵のはずだ。

ギアは早速孔雀明王の真言を唱え、護法童子を呼んだ。護法童子は仏法に帰依《きえ》した童身の鬼神をいう。が、呪禁官は本来仏法とは無縁で、要するに密教のシステムで呼び出せる鬼神の総称が護法童子なのだ。

灰色の身体に、赤く光る両眼を持ったそれが、ギアの使役する鬼神――その名も赤眼《あかめ》だ。

赤眼を牛頭馬頭と戦わせるつもりはない。説得を頼むつもりだった。鬼は馴染みの相手だ。場合によっては話せばわかるはずだ。

「ローズ、土岐、しばらくはそいつに任せてやってくれ」

飛ぶようにするすると赤眼は移動し、牛頭鬼の横に立った。

ぶん、と振られた鉄の棒をゆらりとよけ、牛頭鬼の耳元でなにやら囁《ささや》く。

牛頭鬼が考え込むのを見て、それまで見ていた馬頭鬼が近づいてきた。

赤眼はその横へと近づき、またもや何事か囁いた。

「このもの、おまえがわしのために誦経するといっておるが、それは誠か」

「約束する。あんたたちの邪魔をする気はない。もうすぐ」

ギアは腕時計を見た。

「ここに門が開く。そこから私たちは出ていく。それまではそっとしておいてくれるなら、烏枢沙《うすさ》摩明王《まみょうおう》の真言を授けよう」

牛頭と馬頭は顔を見合わせにやりと笑った。

「誠か」

牛頭が言う。

「嘘はつかん」

「人は嘘をつくでな」

「なかなか信用できんわな」

「今まで何度謀《たばか》られたか」

「人はどうにも信用ならん」

牛頭と馬頭が交互に言い出した。

「では前払いだ。早速」

ギアは印を結び、烏枢沙摩明王の真言を唱えた。

「オン・シュリ・マリ・ママリ・マリ・シュリ・ソワカ」

牛頭も馬頭も、温泉にでも浸かっているかのように弛緩《しかん》した顔でほお、と心地よさそうな息を漏らした。

「……それで終わりか」

「終わるのか」

「それはあんまりだ」

「もう少し。頼む、もう少し」

二体の恐ろしい怪物が頭を下げる。

「わかったわかった。しかし私も今戦いを終えて疲れている。少しだけ時間をくれ。ここを出ていくまでには必ず誦経しよう」

「約束か」

「約束だ」

牛頭と馬頭はしばらくぼそぼそと相談していたが、すぐにわかったと頷き、その場に腰を降ろした。

「えっと、質問良いですか」

手を挙げてローズは言った。

「わしらにか」

牛頭に言われ、ローズは激しく首を縦に振る。

「何だ」

「他の階に移動したことはあるんですか」

「それはない」

「ここで生まれここを動かない。何しろ我々は閻魔大王の命でここを任された獄卒だからな」

馬頭は胸を張った。

「さっきまでは餓鬼と戦っていたんですよ」

ローズは牛頭馬頭を前にして、その場にしゃがみ込んだ。

「ははは、あれな亡者《もうじゃ》、戦うに値するものではないわ。のう」

牛頭が馬頭に言う。

馬頭は笑いながら言う。

「難儀したならわしらに言え」

「感謝します。それで、ここにいる獄卒はお二人だけなんですか」

「鬼はわしたちぐらいだ。餓鬼どもには二人で充分だからな」

「ここに私たち以外に人は来なかったか」

訊ねたのはギアだ。

「さあ、どうだか。知ってるか馬頭」

「人が来れば臭いですぐわかるが、なあ牛頭」

「おっと、臭いと言えば一瞬この世界を何かが通ったような気もする」

「ああ、そう言えばそうだ。確かに一瞬人の臭いがしたなあ」

「それは最近のことですか」

「ああ、最近も最近。ついさっきのことよ」

「そうそう、ついさっきのことよなあ」

「そんなことはよくあるんですか」

「時折現れては消える虫がおる。それが人を連れてきたのかと思うたが」

「おお、わしも同じことを思うたぞ」

「奇遇よのう」

「ほんに奇遇よのう」

「ミ＝ゴウはこの階にも良く現れるのですか」

ローズが訊ねた。

「ミ＝ゴウというのはあの虫のことか」

「そうです」とローズ。

「奴らも門を通ってここに来る。だがただ通り過ぎるだけよ。なにをするでもない。なあ、馬頭よ」

「そうよなあ、牛頭よ」

ローズはギアを見て言った。

「ミ＝ゴウは同じフロア、同じ世界ならば消えたり現れたりできるけど、どうも他のフロアにあの力で移動したりは出来ないようですね」

「奴らは奴らで《門》が開くのを待って、私たちを追っているということか」

ギアは独白する。

ローズはリュックからノートＰＣを取りだして

起動した。

「《門》は消えたり現れたりしますが、通路はつながったままなんですよね。上の階からの《門》も、もうすぐ開くはずです。もしミ＝ゴウが私たちを探しているのなら、まっすぐにここにやってくるでしょうね。色々と稼げた時間をこのフロアで費やしちゃったから、追いついてきたんだと思う。奴ら供犠体の場所を直観的に知ることができるようなんで」

「それなら、先に誦経を始めよう。心ゆくまで堪能してくれ」

ギアがそう言って印を結ぶ。

クリスマスプレゼントをもらう子供のように、期待に胸膨らませたわくわく顔で、二体の鬼はギアを見ていた。

前振りも何もなく、ギアは早速烏枢沙摩明王の真言を唱え始めた。

「オン・シュリ・マリ・ママリ・マリ・シュリ・ソワカ」

恐ろしげな二体の獄卒は、すぐにうっとりとした顔になる。風呂に浸《つ》かった老人の顔だ。ギアは幾度も誦経を繰り返す。すぐに、ああ、とか、うう、とか声が漏れ始める。ギアは下の階への《門》が開くまで誦経を続けるつもりだった。

が、目を閉じうっとりと真言を聞く牛頭馬頭の背後に、奴らは現れたのだった。

「悪いがこれまでだ」

そう言ってギアは立ち上がった。

背中のホルスターから、すっとロッドを引き抜いた。

まずは一体。

ゆらゆらと海藻のような触手を揺らめかせた楕円の頭が見えていた。

大きな牛頭馬頭の、さらに上だ。

ただ嫌悪感を煽るだけに生まれたような醜い生き物は、脳をこすり上げるような不快な声を上げて鳴いた。

滲むように現れたミ＝ゴウは、ぼろぼろの翼を揺らしながら、ゆっくり地上へと降りたった。

「おいおい、それで終わりか」

牛頭が不満の声を上げた。

「悪いな。邪魔が入った」

「ちょっと待っていろ。今わしが片付けてやるから」

「止めろ。そいつはそれほど甘い相手じゃない、と言う前に牛頭はびゅんと鉄棒を振った。

全力のフルスイングは、当然のようにミ＝ゴウの身体をすり抜けた。

バランスを崩した牛頭の腹に、ミ＝ゴウは鋭い爪を突き立てる。

音もなく爪は牛頭の腹に埋まった。背中から突き出る勢いだ。

さすがの牛頭が思わず呻いた。

ギアはこれを見逃さない。

刺さった爪のある肢へと向けて、ロッドを振り下ろしていた。

引き抜くどころか、身体を虚像へと変える暇さえ与えなかった。

生木を断ち切るような音がして、肢は千切れた。

「手出し無用じゃ」

そう言って馬頭が、それの頭へと鉄棒を叩きつけた。

遅かった。

そこにミ＝ゴウの姿はなかった。

遠く離れて肢を一本失ったミ＝ゴウが宙に浮かんでいる。

そしてその横に、二体目のミ＝ゴウが現れた。

さらには三体目、四体目とやってくる。

「《門》はまだかよ」

角田が泣きそうな声で言った。

「そんなの私にだって正確にはわかんないわよ。だいたいこれぐらいの時間に……《門》が現れた！」

ローズが叫んだ。

「早く」

そう言って土岐が、供犠体を抱いた角田を輝く《門》の向こうへと押しやった。

「あんたも早く」

その土岐を、今度はローズが《門》へと押し入れた。

「ギア、行くよ」

声を掛ける。扉を閉じるのにどうしてもローズは最後に残らねばならないのだ。

「後はわしらに任せておけ。こんなクズみたいな虫に舐められてはたまらん。のお、馬頭」

「ああ、その通りだ、牛頭」

二体が共に不死身であることにギアは賭けた。

牛頭馬頭に向かって一礼し、《門》へと向かった。

「今度会ったらまた誦経の続きをする。必ずな」

「うむ」

答えている時間が勿体ないのか、返事はもうない。

牛頭と馬頭が狂ったように鉄棒を振り回し、ミ＝ゴウの数がどんどん増えていくのを見ながらギアは《門》をくぐった。

少なくとも《門》をローズが閉じるまで、牛頭と馬頭はミ＝ゴウ相手に善戦していた。

§：B6

営業に向いている。

角田恒彦自身は自分のことをそう思っていた。人付き合いが苦でない。というより、好きだ。にもかかわらず、根底にあるのは損得で、それ以上の深い関わりも持つ気はない。

これぞ、と見込んだ人間に取り入るのが上手かった。特に年配《ねんぱい》の人間に好かれる男だった。今は自分自身中年の域に近づきつつあったが、それでも自分よりも年上の人間に取り入るのが得意だった。

それはおそらく、と彼は自身を分析する。

それはおそらく家族に縁薄い子供だったからだろう、と。

幼い頃に両親を亡くした。

列車の脱線事故だった。まだ就学前だった彼は、幼稚園でそのことを知った。当時のことを詳しくは覚えていない。が、西日《にしび》差す自宅の居間と、そこで赤く染まった親戚《しんせき》連中が鬱々《うつうつ》と話し合っている様子だけ切り取られた絵のように思い出すことがあった。話の中心に自分があることも理解していた。

親族会議の結果彼を引き取ったのは父方の祖父だった。反《そ》りが合わないのか、彼の両親はあまり父の実家と関わりを持ってはいなかった。それまでに父方の実家に行ったのも、二度か三度。一日そこで過ごしたことは一度もなかった。

祖父はことさらに歓迎もしなかったが、角田の世話を焼くことを面倒がることもなかった。その距離感は、何かと同情されたり、逆にからかわれたりする人間関係の面倒さから比べると気楽だった。打《う》ち解《と》ける、というのではなかったが、その距離を保ったまま一年、二年と時間は過ぎていった。

小学校を卒業する頃、彼は祖父の家が嫌で堪《たま》らなかった。友達を連れてきた時、古くさい家だと笑われたのが原因だった。彼の周囲では集合住宅に住んでいる子供たちが多く、角田はマンション住まいに憧れていた。

湿気《しけ》て暗い木造の二階建てにうんざりし、祖父にずいぶんと酷いことも言った。そんな時中学生は容赦《ようしゃ》がない。

家にこもる老人の臭いに我慢がならないと言ったあげく、一人暮らしの方がずいぶんましだと怒鳴りつけた。興奮していたのだろう。それに「早く死んじまえ」と付け加え家を出た。まさに反抗期だった。

角田の罵詈讒謗《ばりざんぼう》をいつもの気難しそうな顔で聞いていた祖父が、死ねと言われ、悲しいとも情けないともなんともつかぬ顔を見せたのを覚えている。そのときはざまあみろと思っていたが、やがて日が暮れ夜も更けてくるとすっかり後悔していた。行く当てもなく中学校近くの公園でぼんやりと缶コーヒーを飲んでいたら、祖父が迎えに来た。

角田が謝ろうとする前に祖父が「すまないな」と言った。それっきり黙ってしまった。角田も掛ける言葉がない。ただ酷いことをしたのだという思いだけが膨らんだ。その夜、老人の臭いと黴と埃の臭いの元凶とも言える古びた木の浴槽に入って角田は泣いた。

それでもう逆らわなくなったかというと、そうではない。年相応に酷いことも言うが、ただ限度を知ったのは間違いない。そして早く謝る癖がついた。それがかえって反省していないように見えると気づかぬ程度にはまだ幼かった。

彼は家の手伝いも良くした。料理を作り掃除《そうじ》や洗濯もした。

ある日、冷蔵庫に胡麻《ごま》がたくさんあることに気がついた。白胡麻が百グラム入った小袋だ。それが三つあった。祖父があることに気づかず買って帰ったのだろう。そう思い祖父に伝える。ああ、そうかといつもの素っ気ない返事があった。

高校に進学したばかりだった。新しい環境に慣れようと必死だった。祖父の小さな変化に気づかないのも無理はなかった。

次に気づいた時、白胡麻の袋は六つあった。買いすぎだよ。笑いながらそう言った。その時祖父は、何を言われているのかわからないというような態度だった。おかしいなとは思った。

その頃から会話がかみ合わなくなってきた。祖父の様子がおかしいこともわかっていた。認知症という言葉も浮かんでいた。まさかそれはないと否定していた。そうであって欲しかったのだろう、と後になって思う。

事態はすぐに深刻なものへと変わっていった。

夜中に徘徊《はいかい》するようになった。最初は着替えて出掛けていたが、すぐにパジャマのままで、時には着替えの途中なのか背広姿に下半身だけ下着一枚で外に出ることもあった。何度も警察の御世話になり、そのたびに角田が頭を下げた。

介護生活が始まったのだ。

成績が見る間に落ちていった。進学を考えていたが、それは時間的にも経済的にも難しくなっていた。

思ってはいけないと考えれば考えるほど、頭の中に一つの言葉が居座るのだった。

死ねばいいのに。

そのたったひとつの言葉が魚の骨のように喉の奥に刺さったまま取れない。

そんな日々が半年一年と続いていた。

酷く蒸し暑い夜だった。角田は背を炙られるような不安に目が覚めた。祖父の部屋を覗くといない。ベッドが乱れており、箪笥《たんす》から適当に着るものを引き出した跡があった。狭い家だが一通り探したが、いない。

玄関の鍵は開いたままだった。

舌打ちを一つして、角田は外に祖父を探しに出掛けた。

今まで発見された場所を順に回って行った。嫌な夜だ。夜気に舐められているような不快な湿気だった。汗はじくじくと皮膚に浮かび脂の膜をつくる。顔が身体が風呂場の隅に捨てられた古いスポンジになった気がする。

歩けば歩くほど気が重くなる。夜にのし掛かられているからだ。頭が下がる。背が丸まる。沼のような黒い路面を見ながら歩く。重い頭。重い足。重い身体。いずれ路面に溶けて影になる。影になりたい。影になりたい。影になりたい。

そして不意に思うのだ。

死なないかなあ。

祖父がか自分がか、あるいはどちらもなのか。

死ね死ね死ねと頭の中で繰り返しながら河川敷《かせんしき》を歩いていたら、暗い川面に腰まで浸かっている祖父を見つけた。

角田は強ばった。

ゆっくりと川の中央へと進んでいる祖父を、ただじっと見詰めていた。

嫌な、暑い夜だった。

このまま立ち去れば。

何も見なかったことにすれば。

後数分、もしかしたら数秒で祖父は……。

どれだけの間、月明かりに照らされる祖父の身体を見ていただろうか。

どんっ、と誰かに背を押された。

押されたような気がしただけだろう。周りには誰もいなかった。とにかくその時角田は気がついた。

今祖父を見捨てようとしていた。いや祖父を殺そうとしていた。

慌てて川に入っていった。その冷たさが心地良かった。

おじいちゃん、おじいちゃん。

声を掛け、黒々とした水に足を取られながら、祖父を追った。

その声が届いたのだろうか。

祖父は振り返り、角田の姿を見ると、塑像のように動かなくなった。

迎えに来たよ。

角田はそう言って祖父の手を引いた。

そして幼い頃、小魚《こざかな》や小さな川海老《かわえび》を捕まえた川を後に、河川敷へと戻った。キャッチボールやフリスビーを祖父としたことまで思い出した。

良かった。

角田は心からそう思った。

びしょ濡れの二人は、夜の町を手を繋いで帰路《きろ》につく。

「おまえ、最近どうだね」

祖父が言った。

「ああ、何とかやってるよ」

「部活はどうだ。楽しいか。軽音だったな」

「良く覚えてたね」

「ああ、覚えているよ。だがなあ、色々と忘れる。どういうことだろうな。角砂糖を湯に落とすだろう。そうするとすぐにぐずぐずと崩れてとけていくわなあ。あんな感じだ。忘れていくんだ。次から次に。怖いなあ。まったく……」

「心配ないよ。そんなこと何の心配もないよ」

角田は自分に言い聞かせるように、心配ないよと繰り返した。

「恒彦」

祖父は角田の名を呼んだ。

「なに」

「すまないな」

頭を下げる。

やめて欲しかった。今一番聞きたくない台詞《せりふ》だった。迷惑を掛けられ、なんだよ、このジジイと愚痴をこぼしていたかった。謝られたら怒りも出来ないじゃないか。頭の中でそんなことを思い、祖父の手を強く引いた。

その夜、祖父は高熱を出した。痙攣が始まったので救急車を呼んだ。入院が決まりその三日後、祖父は急性肺炎であっけなく亡くなった。

祖父は彼のために学資保険を掛けていた。それと死亡保険で、なんとか大学進学は叶った。バイトをやりながら四年、角田は東京隠秘商事に入社した。

今でもあの夜、祖父とびしょ濡れで帰った時のことを思い出す。祖父を探した暗く狭い道のことも。本当は狭い道ではないのだが、あの時の角田には、目の前に置かれた一枚の板のように、その道は狭かったのだ。今目の前に続く洞窟《どうくつ》のように。

《門》をくぐれば狭く暗い洞窟の中だった。

ローズが先頭で一列になって歩いている。

一本道ではない。三叉路《さんさろ》、四つ辻、五つ六つと別れている道もある。道幅も狭くなったり拡がったり、上がったり下がったり。

ここは迷路だ。

ローズがノートＰＣを開いて道案内をしている。自信たっぷりだが、本当にわかっているのかどうか。

ぷはあ、と角田が水から出てきたように息を吐いた。

「これが本当に第七準世界観測所の中なのかよ」

喉に絡んだ声で角田は言った。しばらく黙り込んでいたからだ。

「ちょっとおかちいでしゅね」

今思い出したように、抱いた供犠体に話し掛けた。

「閉じた洞窟なのに、どうして明るいんだ」

ギアが言った。

確かに、どこに光源があるのかわからない光で洞窟は照らされていた。ぬるぬるとした岩肌や、その隙間を這っていく奇怪な虫たちの姿までがはっきりと見える。そのせいでどこか映画のセットのように見えた。

「暗くても困るでしょう」

ローズが言う。

「それとも何か魔法で明かりを照らしたかったとか」

「いや、余計な力を使いたくはない」

それは本音だった。ここに到るまでにかなりの体力と気力を失っている。もちろんまだまだ倒れるようなことはないだろうが、何かあったときには百パーセントの力を発揮したい。

「大丈夫ですよ、葉車さん」

ローズが言った。媚《こ》びるようなその声が奇妙だった。いや、ある種の女性なら当たり前の声なのかもしれないが、ローズはその「ある種の女性」とはほど遠い女性だったからだ。

ローズは言う。

「ここがあくまで百葉箱の中であるなら、ここが地下六階。地下は七階までしかありませんから、つまり次の階へと行ったらそこが最後です。確信があるわけではないのですが、階数自体はそのままのような気がするんですよ。そうであるなら、次の階で供犠体を手放せばそれで終わりのはず。あと少しですよ。みんなも頑張りましょうか」

こんな建設的な発言をする人物でもなかったはずだ。

何かを企んでいる。

ギアはそう思っていた。

いくつかの分岐点《ぶんきてん》を通り、少し大きなまっすぐの道に出た。

「あれは」

先頭を行くローズが言った。

「多分、あれが最下層へと降りていく《門》のある場所です」

そう言うと小走りにそこへと入っていく。

ギアが続き、土岐に押されるようにして供犠体を抱いた角田が中へと入る。

それまでいかにも地下洞窟といったところを歩いていたので、驚くほど広く見えた。だがよく考えれば、五階ではどこまで続くかわからない空と、土の塔が無限に立ち並ぶ荒野にいたのだ。

地下六階にこれぐらいの空間があっても驚くにはあたらない。

所詮はテニスコートが一面収まる程度の広さだ。

床には自然石ではあり得ない幾何学的な模様を刻んだ岩盤が敷きつめられている。

ギアは最初何かの文字かと思ったが、少なくとも彼の知っている文字ではなく、読み取ることは出来なかった。

「葉車さん」

後ろから声を掛けてきたのは角田だ。

「たいへんだよ」

声が震えている。

「何が」

「ほらあれ」

泣きそうな顔の角田が後ろを見た。

入ってきた通路が消えていた。

そこには同じ幾何学模様の壁が天まで続いているだけだ。

「土岐」

ギアは後ろにいる土岐に声を掛ける。

「おまえは気づいたか」

土岐は首を横に振った。

確かに彼らの位置からは遠く離れている。が、いくら離れていようと開いていた通路が閉じたことに気づかないわけがない。

ギアはそう思ったのだ。

これだけ広くても出入り口は一つ。気を張り巡らせ、慎重に足を進めてきた。彼ほどでないにしろ、それなりに訓練を積んでいるだろう土岐も何も感じなかった。

そのことを奇妙に思ったのだ。

「ローズ」

「何でしょうか」

「《門》はどこだ」

「時間がまだなんですよ。しばらくお待ち下さい」

「どれぐらいだ」

「それはまだよくわからないんですけど」

ローズは床にノートPCを置き、四つん這いになってモニターを見ていた。

「ここだってのは間違いないですね。壁にもそう書いてありますし」

「おまえ、この文字が読めるのか」

「マンタンとかいう文字ですね。この世のすべての言語の源だと言われてます。今は地下に住み鉱物を掘り出すものたちが使うだけですけどね」

「それってミ＝ゴウのことか」

「いいえ、地底人というか、地下に住んでいるデロという種族です」

「それは、ユゴス星と関係があるのか」

「かもしれませんね」

「違う」

そう言ったのは土岐だ。

「こいつ、おかしいよ、ギア」

「何を言ってる」

「だから、こいつおかしいってば。なんか変だよ。それに気がつかないギアもおかしいって」

「ギアってなんだ。おまえにその名で呼ばれる謂《い》われはない」

「そんなこと言ってる場合じゃないってば」

角田は揉める二人の声を聞いていた。その声がゆっくりと遠ざかる。

眠い。

この状況で眠くなると言うことがおかしいのだが、そのことに気づいてはいない。

——何であの時見殺しにしようとしたんだ。

声がした。

心臓が高鳴る。

あの時のことは誰にも喋っていない。

知っているわけがないのだ。

——結局あそこでおまえがすぐに助けていたら、肺炎を起こしたりはしなかったよな。

そんなことはない。

誰ともしれない相手に、角田は返事をしていた。

あそこでちょっと早く助けたからと言って肺炎にならないわけじゃない。

——そうだろうか。誤飲性肺炎なんだよ。わかるか。肺に水が入ったんだ。溺れたってことじゃないか、それ。

違う。溺れてなんかいなかった。水はおじいちゃんの腰までしかなかったんだし、溺れてなんかいなかった。

——ほんとうだろうか。

本当だと口に出して、本当にそうだろうかと自問する。

良く覚えているようであの時のことは夢の中の話のように朦朧《もうろう》としている。あの時の記憶は正しいのだろうか。

——なあ、覚えてないのか。あの時おまえはお

じいちゃんの頭を水の中に、
そんなことしてない。

——本当か。本当にしてないのか。

そう言うと角田に抱かれた赤ん坊がにやりと笑った。

本当にしていない。

腹は立っていた。しかし不安だった。

覚えていないのだ。

どれが正しい記憶なのかわからない。そう言えばあの時、おじいちゃんの頭を水の中へ押し込んで……。

——ヒトゴロシ。

まともに歩くことも出来ない幼児が、まっすぐ角田を見てそう言った。

だから違うって言ってるだろう。そうじゃない。あの時俺はおじいちゃんを助けたんだ。今にも溺れそうだったのを。


——頭を押さえつけたんだよ。後頭部をぐりぐりと押して水の中に。

言われるままの情景が頭の中に浮かんだ。

ごぼごぼと泡立つ黒い水面。

押さえつける手の中にある頭の、意外なほどの抵抗のなさ。

諦念《ていねん》が掌から伝ってくる。

違う違うと首を振る。

そんなことはなかった。なかったんだ。

幼児が笑う。太く低く、幼児が笑う。

——ヒトゴロシなんだよ、おまえは。忘れようとしても無理だ。ほら、ここに、おまえが殺したじいさんを呼んでやろうか。直接話を聞いたらいいじゃないか。

やめろ、やめるんだ。

その声はほとんど悲鳴だ。

そして角田は供犠体の細い細い首に手を掛けた。

幼児は小さな口を歪めて言った。

――やめないよ。

＊

握りしめたカッタラムがギアを襲う。

当たらないどころか掠りもしないのだが、それでも土岐は攻撃をやめない。

刃先よりも先に、激しい怒りがギアに叩きつけられる。その剥き出しの敵意が、ギアの闘志を奪う。

何でこんなことになったのかがわからない。

土岐がローズのことをおかしいと言い出したことが始まりだった。

そのこと自体は問題ではない。ギアにしてもローズの態度が変化しているのには気づいていたのだ。

土岐は執拗にローズを責め、最後には殴りかかっていった。あまりのことにギアが制止に入る。すると「どうして私のことを信じてくれないの」と今度はギアへと飛び掛かってきたのだ。その時にはカッタラムを手にしていた。

止めろと何度もギアは言った。そんなことをしている場合じゃないのだと。しかし言ったぐらいできく人間ではない。相手をしている間に、今度はギアの苛立ちが増していく。

「なんで私抜きで話が決まっていくのよ！」

土岐が叫ぶ。

ギアには何を言っているのかがわからない。

「話を聞いてよ」

土岐はべそをかいている。

涙をためながら、刺し殺す勢いでカッタラムで突いてくる。

そして争う二人を、ローズがニヤニヤ笑って見ている。それを見ると、土岐はまた興奮するのだ。

「ほら、あいつがおかしいんだ！」

確かにローズはおかしかった。そしてその土岐もおかしかった。ギアは自らを冷静だと思っていたが、明らかに判断力が鈍っていた。今、この事態を収めたいなら少々痛い目にあわせても、土岐の行動を止めなければならなかった。ところがギアは何故かそうはせず、ただ土岐の攻撃を受け続けていた。

その間にも苛立ちは募り、いつかそれが爆発するのを自らも待っているかのようだ。

その混乱の中では、静かに狂っていく角田のことに気づくものはいなかった。

角田が叫んだ。

「やめるんだ！」

喉が裂けるかと思えるほどの絶叫だった。

さすがに皆が角田を見た。

角田は抱いている供犠体の首に手を掛けていた。細く柔らかなその首は、わずかな力で折れてしまうだろう。いくら鍛えていないとは言え男の力だ。小枝を折るほどの労力でそれは成されるだろう。

ギアも土岐も、角田の腕の筋肉を読む。どこの筋肉がどのように緊張しているのか。あるいは緊張しようとしているのか。それをわずかな身体全体の動きから知るのだ。

そして角田が次の瞬間に供犠体の細い首をへし折ろうとしているのがわかる。

土岐とギアはほとんど同時に動いていた。

不動金縛りの術を使えるかどうかはぎりぎりの時間だった。ギアがどれだけ高速で呪文を唱えても、それだけの時間が必要になる。

賭けをする気はなかった。

ギアは一気に間合いを詰めて眉間を拳で突いた。

上丹田《じょうたんでん》と呼ばれる急所の一つだ。

突いた瞬間、角田の身体から力が抜ける。

同じタイミングで土岐は角田の腕から供犠体を奪い取っていた。

魔法は解けた。

角田は呆然とした顔で空になった腕の中を見ている。何をしようとしていたのかに気づいたのだ。殴られた痛みよりも、そのことが衝撃だったようだ。

「おまえは知っているんだろう」

ギアはローズに迫った。

「何が行われているんだ」

「私は、私はそれを知っている。何故なら我々はすべてを知っているからだ」

それはローズの声ではなかった。女の声ですらない。低く抑揚のない男の声だ。

「おまえは誰だ」

「我々はデロだ」

そういうとローズは、まるでソフトクリームが溶けるようにその場に頽れた。

その背後に、それはいた。

小学生ぐらいの大きさだ。だが、全裸のそれが小学生とは思えない。

恐ろしく太っていた。

ぶよぶよとたるんだ皮膚の下で、脂肪が揺れている。

肌は青白く、死体のようだった。

首は細く頭は大きい。皺に埋まった、狡猾《こうかつ》そうな小さな目がギアたちを見ている。

何より目を引くのは濡れた長い鼻だ。腐った魚を顔の中央につけているようだった。それがぶるぶると揺れるたび、その先から泥のような粘液が垂れた。

ぶしゅ、ぶしゅ、と音が鳴るのは、唇のない口から、呼吸と共に黄ばんだ唾液が漏れているからだ。

その醜い生き物は、手に持った機械の先を、ギアへと向けていた。

複数の多面体でそれは構成されていた。

すべての多面体が回転していた。歩むようにゆっくり回るものから、蜂のように音を立てて高速で回るものまで、速度は様々だ。

格別ゆっくりと回る四角錐《しかくすい》の先端が、ギアの頭を差していた。

地獄も地下洞窟も醜いこの生き物も、何もかもが趣味の悪い夢のようだった。

「死ね！」

そう言ったのは土岐だ。

言ったときには、拳の先の短剣を、奇怪な生き物の白い身体に叩きつけていた。

襞となった皺の中に土岐の拳は埋まった。

が、何の手応えもない。

その肉を裂くべく、刃を払う。

刃は無抵抗にそれの身体を横切った。

「我々の肉体はメックによって作られた幻影だ。ここに実体はない。それにしても地上人のなんと暴力的なことよ。これだけは何千年経とうと変わらない」

唾を飛ばしそれは言った。

「あの男が供犠体を殺そうとしたのは、おまえたちが仕向けたのか」

ギアが問う。

「我々には暴力というものが良くわからない。我々がしているのは、紐の先に吊るしたおもりを突くことだけだ。それだけでおもりは大きく揺れ始める。ちょっとだけ地上人の心を煽るとああなるんだ。最後は必ず暴力、暴力、暴力。その野蛮《やばん》さには感心するね」

「感心したならもう充分だろう。我々は下の階へと行きたい。あんたたちに干渉するつもりもない。ここを通してくれ」

「これはだね、想念波光線銃テローグだ」

そう言ってデロは回転する多面体の塊を掲げた。

「これで、いつでもおまえたち地上人を自在に操ることが出来る」

聞いてもいないことの解説を始めた。

「何が目的なんだ」

言いながらギアは周囲の気配を探った。目の前にあるのが虚像であっても、この部屋の中に実体があるのではと思ってのことだ。

しかしそれらしいものを見つけ出すことは出来ない。

「我々は太古からユゴス星と交渉を持っている。同盟を築いているんだ。わかるか」

「例のシェイヴァー・ミステリーですよ」

そう言いながらローズはムクリと起き上がった。

例の、と言われても誰もわからない。

「あっ、大丈夫です。もうデロの支配からは逃れたようです」

「本当の意味でおまえたち地上人が我々の支配から逃れることは出来ない」

テローグと呼んだ銃をローズへと向けた。

「あの銃で人に幻覚を見せるんです」

ローズはそれを向けられていることを気にしている様子もなく話を続けた。

「しかも必ずネガティブな想念に囚われるような幻覚を植え付けます。角田さんはその犠牲になったんですよ。いつ撃たれたのかは知りませんが」

「何なんだ、こいつは」

「だからデロです。有史以前から文明を築いていた古代種族の生き残りです。太陽からの有害な光線を避けて地下に潜ったんだと言ってますが」

「それは……小説なのか」

「実話として発表されていますよ」

　納得していないギアの顔を見て、ローズは得意そうに話を続ける。

「聖書もそうです。宗教もオカルトも、どれも同じですよ。それは実話だ。実話として消費され、後に現実と折り合いをつけていく。ところがあの日以来、それらはまた《現実》となった。クトゥルー神話も、このシェイヴァー・ミステリーも同じですよ。百葉箱がまさにそれを実証してくれている。私はデロの人類操作マシン『メック』を体験出来たんですよ。デロはずっと私の中にいた。私は瞬時にデロの歴史を学んだ。面白いです。実に興味深いですよ」

　喋っている内に興奮してきたのだろう。その目が半ば白目になってしまっている。

「奴らは古代から我々人類を苦しめてきた存在です。大災害から航空機事故、病気に怪我、あらゆる災難がデロによって引き起こされたのだと言われているのです。要するにデロとは悪魔のことだとも言われています。あらゆる宗教に出てくる神に反するものたちは、どれもこのデロを原型としているのだとね」

　びっくりしたでしょ？　という顔でギアたちを見回す。が、期待した反応が得られなかったのだろう。つまらなそうな顔で再び話を始めた。

「しかしこの地下世界がもし百葉箱に観測されることでここに現れたとしたのならですよ、観測されたときにその歴史も生まれたということになるわけですよ。凄くないですか。凄いですよね。ほら」

　ローズは壁の文字を指差した。

「そんなことも全部この部屋の文字、マンタンによって記《しる》されています。これもメックの影響で一度デロの精神を植え付けられたので、すぐに理解出来るようになったんですよ。まあ、実際は我々人間はこの文字を読もうと意識を集中するだけで、メックの影響も受けてしまって、その結果さっきまでの私のようになってしまうわけなんですが。そうそう、もっとしっかりと短時間で支配するなら、赤い布で目隠しさせるといいそうなんですよ。つまり町の住人を洗脳して襲わせたのは――」

「ああ、もう理屈なんかどうでもいい。ここから出る方法を教えろ」

そう言って土岐はまたデロへと詰め寄る。

「それはただの幻影だよね。実体はどこにあるのかがわからない。さっきも言いましたけどね」

ローズは鼻で笑う。土岐が睨むと、大口を開いて、喉の奥から現れた腸の先端をちろちろと動かして見せた。

「実体などどこにもない」

デロは再び言う。

「そしておまえたちも、実体などない」

そう言うと、デロは悪性の腫瘍《しゅよう》のような長い鼻を振り回した。

ぶしゅぶしゅと息が漏れる。

どうやら笑っているようだ。

ぐにゃりと景色が歪んだ。

見当識《けんとうしき》が吹っ飛ぶ。

自分が立っているのか座っているのかがわからない。上下の感覚すら混乱している。

土岐はしゃがみ込み地面に手を突いた。

なんじゃこれ。

そう言いながら角田は供犠体を抱きしめ身体を丸めた。ぎゅっと目を閉じても世界がぐらぐら揺れている。

ギアはかろうじて目を見開きそこに立っていた。

周囲の景色が流れていく。

まるで自分たちが高速で回転しているかのようだ。

もうすでにここは地下の洞窟ではない。

ここは——。

＊

ギアは舌打ちをした。

頭がおかしくなりそうなほどの蝉時雨《せみしぐれ》だった。強烈な陽射しがギアを炙る。問題はその暑さではない。しっかりと自分の手を握る湿った小さな手の方だ。

ギアは女の子の手を引いていた。

夏休みの初日、妹をプールに連れて行けと言われたのだ。友人と遊びに行く予定があった。それを断らなければならなかった。外に出てから、頭の中でずっと妹を罵っていた。沸き立つように怒りが沸騰《ふっとう》している。熱気がそれに拍車《はくしゃ》を掛ける。

歩いているのは田舎道だ。

乾いた砂利道《じゃりみち》が日光に溶けて白く輝く。

熱風が埃を舞い上げる。

「暑いね、お兄ちゃん」

「ああ、暑い」

朝から何度となく繰り返した会話だ。

「喉渇いたよ、お兄ちゃん」

「プールまで我慢しろ」

これも何度も繰り返している。

ギアにしても喉がからからだった。市民プールに行けばジュースの自動販売機がある。ごくごくと音を立ててそれを飲んでいる自分を頭の中に思い描く。ゴクリと喉が鳴る。

「ねえねえ、喉が渇いた」

「わかったと言っただろう」

イライラが募るばかりだ。

「だって」

「ちょっとは我慢しろよ」

つい声を荒げて妹を睨んだ。

「我慢する」

ぶすっとした顔で妹はそう言った。

胸の奥がちりちりと痛む。年下の者、自分よりも弱い者には優しくしなければならない。それはギアにとっての不文律《ふぶんりつ》だ。その妹に声を荒げたり、脅すような態度を取ったりすると、その夜眠れないほど後悔する。正しく義を成せ。幼い頃からギアはそれを信条としていた。それはまさに正義のために生きた父親の影響があった。警察官であった父親はかたくなに正義を貫き、最期《さいご》は非番時に偶然強盗事件と遭遇し、犯人に刺された。人質を救うためだったと聞いている。父はギアのヒーローだった。

その父に褒《ほ》められたい。褒められるような生き方をしたい。それがギアの行動を律していた。

だから幼い妹に怒鳴り散らすなどもってのほかなのだ。

だが……それにしても暑い。

流れる汗が途中で乾く。妹を見ると顔が白く粉を吹いたようになっている。

そしてまた始まる。

「暑いね、お兄ちゃん」

うんざりしてギアは答えない。

「暑いね、お兄ちゃん」

答えないと答えるまで言い続けるのだ。

「うるさい、しばらく黙っていろ」

「うるさくないし、黙らない」

そう言うと妹は悪そうな顔でギアを見た。

「いい加減にしないと、ここに置いていくぞ」

そう言って妹の手を振り払った。

「なんでそんなこと言うのよ」

ギアは無視をする。

蝉が鳴いている。

耳の奥が痺れるほどの大音量だ。

「酷いよ、酷いよ」

ギアは急ぎ足で歩いていく。

「なんでそんなことするの！」

妹と一緒になって蝉がギアを責める。

「うるさいなあ」

そう言って振り返ったギアに妹がぶつかってきた。

うっ、と息を呑んだ。

遅れて痛みがやってきた。

見ると脇腹から血が流れている。

妹は血に塗れた自らの手を、じっと眺めている。

「違う……」

ギアが呟く。

「おまえは、妹じゃない」

「そんなことは問題じゃない。わかってるのはおまえが人殺しだってことだ」

幼女は土岐の声でそう言った。

「ああ、俺は」

思い出す、というものではない。通常では考えられないほど急激な記憶の回復が行われた。

釘を打ち込むように、痛みと共に《現実》が脳の中に差しこまれる。

そうだ。

俺はギア。

呪禁官ギアだ。

目の前にいるのは、もう幼女ではない。妹でもない。

手に持っているのはカッタラム。

ギアを付け狙う復讐者、土岐だ。

傷はそれほど深くはない。

腹の皮を裂いただけに終わっていた。

しかしわずかばかりの混乱に乗じて、なおも土岐の攻撃は続いた。

最初に出会ったときに発していたような、毒々しい殺気が全身から立ち上っていた。

土岐もまた土岐で幻覚に侵《おか》されているのだ。

デロと呼ばれる相手がどのような技術を用いているかわからない。が、しかし幻術は幻術。他の魔術と同じであると考えるべきだ。見たことのない敵を相手に戸惑《とまど》ったが、幻術を消し去るには魔術をもって迎え撃てば良い。

痛みと共にギアは確信を得た。

魔を振り払え。

土岐の攻撃をほとんど見ることなく躱しつつ、ギアは儀式魔術を始めた。

基本に立ち返り、行うのは万能とも言えるカバラ十字の祓いだ。

ギアは大きく息を吸いながら上を見上げた。

そこに空はない。

そうだ、ここは地下洞窟の中なのだ。

その天井の上を、今は見えない空を、その上の天空を見る。

そして大きく深く息を吸った。

無限の彼方から訪れるエネルギーの塊をイメージする。それは光の柱となり地上へ、そして地下へと突き立つ。

身体が震えるほどの力の到来だ。

刀印を結んだ左手でそれに触れた。

あふれる太陽の力が身体に流れ込んでくる。

右、左、右、と土岐が連続で突いてくる。

土岐の体術は見事なものだ。おそらくカラリパヤットの道場で戦うのなら、男相手に勝利することも難しくない。あくまで道場で戦うのなら。しかし日々生死を賭けた実戦で鍛えられているギアの相手にはならない。

儀式魔術を続けながら、ギアはその刃先から身を避ける。

「アテー」

聖句を告げた。

これは声でも音でもない。普通の意味での言葉でもない。言葉そのものがもつ固有の振動を与える行為なのだ。

刀印を額に当てた。それから胸へと腕を降ろし、同時に身体に降り立った霊的なエネルギーが身体を貫き、足裏からさらに下へと落ちていくのをイメージする。

息を吸い、息を吐く。

そして「マルクト」と告げた。

遠くから死ねと叫ぶ土岐の声が聞こえる。それに対応するのはギアの肉体だ。その魂は儀式へと集中している。

宇宙からのエネルギーを身体に受け身体から放ち、ギアは儀式を続ける。

カバラ十字の祓いは、略式でしかも高速の呪文でも可能だが、ギアはわざと古代から続いている儀式に準拠《じゅんきょ》した方法で執り行っていた。

「ヴェ・ゲブラー、ヴェ・ゲドゥラー」

刀印で身体を指しながら、儀式は終わりに近づいた。

その間も、土岐は執拗に攻撃を続けていた。それには反射的に戦う機械となった肉体が応じている。

最後は自らが光の十字架となった像をイメージする。

魔術に精通したものにだけ見える光明に包まれ、ギアは最後の聖句を唱える。

「レ・オラーム・アーメン」

これでカバラ十字の祓いが終わった。

たちまちの内にすべてのまやかしが失せた。

幻術に魔術が打ち勝ったのだ。

その場にいた誰もが幻惑から放たれた。

戦う機械となった肉体が、意志でコントロール出来る自分の肉体へと戻る。つまり自動から手動へと身体が切り替わったのだ。

土岐もまた、それと同時に幻惑から解き放たれていた。

防刃の外套を掻き分け、鋭い刃先を肋骨の隙間に滑り込ませようと身体ごとギアにぶつかっていった、その時だった。

途中で止まることは不可能だった。

ギアは身を引いたが、避けきれなかった。

咄嗟に刃を掴んだ。

同時に、反対の腕で止まれずぶつかってきた土岐の身体を抱く。

土岐の驚きと戸惑いが、掌からギアへと伝わった。

流れる血をそのままにギアはその手で土岐の拳を押さえる。

カッタラムを握りしめる拳が血に塗れた。

火傷するのではと思うほどに血は熱い。

ギアの首筋に押し当てられた土岐の額が熱を持ち汗ばむ。

殺すつもりで挑んでおきながら、土岐は戸惑っていた。

もう一押し刃先を押し込めば。

押し込んだ刃先をねじるだけで事は終わるはずだった。

それが出来ない。

誰かの幻術に欺かれて刺すのには抵抗がある。

が、今すべての幻術が解かれているのは確かだ。

ここでカッタラムの刃先を挿し入れるのは彼女の意志だ。

でも……。

「必ず」押し殺した声でギアは言う。「最期はおまえに身を任せる。約束しよう」

土岐はゆっくりと刀身を抜いた。

ぬるりとギアの手から土岐の拳が離れる。

そして大きく一歩、土岐は飛び退った。

抜き取った刃先から、ぽたりぽたりと血が滴る。

永劫に近い時が流れたような気がしたが、すべては幻影だ。

「角田！」

ギアが叫ぶ。返事はすぐ後ろから聞こえた。

「供犠体は無事だろうな」

「大丈夫。任せてくれ」

ついさっき供犠体の首を絞めていたことは忘れたように自信たっぷりだ。

「デロはどこへ」

周囲を見回してギアは言う。

「消えましたよ」

答えたのはローズだ。

「どうやら本当に実体がないみたいですね。だからより大きな力で幻影を吹き飛ばせばそれで消えたみたいですよ」

「デロの存在そのものがか」

「そうです」

ローズは断定した。

「それで《門》はどうなった」

「もう秒読みに入ります。後五秒。そこに現れるはずですよ。三、二、一」

ゼロ、と言うやいなや、何もない空間がエメラルドグリーンの光を帯びた。

《門》だ。

「おっしゃ」

供犠体を抱いた角田が、早速その中へと飛び込もうとした。

その肩をギアが掴む。

仰け反って角田は立ち止まった。

「土岐！　剣を」

土岐が血塗《ちまみ》れのカッタラムを投げる。

ギアは宙でその柄を握った。

それから短剣を構えるまでに、毘沙門天《びしゃもんてん》による調伏《ちょうふく》の陀羅尼《だらに》の圧縮呪詛を、三十万遍分詠唱していた。

見えぬ敵の心臓をイメージして、留めの陀羅尼を叫ぶ。

「バサラ・チシツバン！」

《門》へと突き入れた刀身に手応えがあった。

ギアは突き入れた短剣をねじり、さらに奥へと押し入れた。

エメラルドグリーンの輝きが失せる。

消えたのはそれだけではない。

不可思議な文字で飾られた壁が、床が、広い空間そのものが消え失せた。


ギアたちはぬめぬめとした岩肌に囲まれていた。せいぜいがホテルの一室ほどの空間だ。

そして腹を押さえ呻いているのは、溶けた蝋のようにたるんだ身体をしたデロだ。

その腹に、ギアの持ったカッタラムが突き立っていた。

ギアは刃を横へ払った。

ばしゃばしゃと音を立てて裂いた腹から内臓がこぼれ落ちた。

デロが情けない声を上げる。

慌てて傷口を両手で抑えたが、もうあらかたの臓器が飛び出した後だ。

長い鼻から涙のように粘液が垂れる。

「なんで、どうしてわかった」

状況とはかけ離れた平板で感情のない声でデロは言った。

「《門》が開く時間はだいたいしかわからないと

言ったのはローズだ」

ローズは岩に伏せて倒れていた。

「それが秒読みを始めて、しかも正確に現れた。罠だと直観するのも当たり前だろう」

「おまえは悩んでいる」

死にかけているとは思えないはっきりとした声でデロは喋り続ける。

「これもまた幻影ではないかと。おまえはずっとそう思い続け……」

それだけ言うと、デロは自らのはらわたの上に崩れ俯した。

《門》が現れたのはそれから間もなくのことだった。

§：B7

凍り付いた坂を下りていくのは、かなりの緊張を強いられる。

ギアたちはゆっくりと階段状の坂を下りていく。

寒い。

痛かった耳が、今は痛みを感じないのが不気味だ。

ギアは指を動かし続けている。そうしないとすぐに強ばって動かなくなってしまうのだ。

腹の傷口は裂いたシャツを当て、その上に霊符「治傷符《ちしょうふ》」を当てて金属テープを巻いてある。それが霊符のおかげなのかどうかはわからないが、血は止まり痛みも治まっていた。

霊符も金属テープも角田の持っていた商品だ。その分また請求書にサインをした。

角田が羽織っているのはギアの着ていた革製の外套だ。角田を気遣ってのことではない。角田が抱いている供犠体のためだ。

《門》をくぐると同時に猛烈な寒さに襲われた。

ギアですら歯の根がしばらく合わなかった。今はいくらか身体が慣れてきたようだった。さっきまでの蒸し暑さが懐かしい。

その冷気よりさらに心を凍《こご》えさせる音がする。おんおんと我が身を嘆く泣き声だ。

泣いているのは凍った大地に埋もれた何十という巨人たちだ。腰まで、あるいは首まで氷河に埋まり、死ぬこともままならぬ巨人たちは、ここで永遠に我が身の愚かさを嘆き続ける。

嘆きの川と呼ばれる裏切り者たちの地獄に来たのだ。そう解説したのはローズだ。

「いやあ、興奮しますよ」

ローズは相変わらずはしゃいでいた。

「これがどこまで神曲に基づいているのかはわかりませんけどね。とにかくここが地獄の最下層であることは間違いない。これから考えると、我々が供犠体を捧げなければならない相手は悪魔大王ルキフェル、つまりは明けの明星《みょうじょう》ルシファーになります」

そこまで一気に喋ると、両手をこすり合わせてはあはあと白い息を吐いた。

道は緩い坂になっている。氷原はすり鉢状《ばちじょう》になっているのだ。その中心へと向けて、ギアたちは降りていく。まるでアリジゴクに吸い寄せられる蟻のように。

「しかし、どう考えても失敗ですよね。こうなるとわかっていたら、きちんと防寒服を用意していたのに。あっ、もちろん霊的防衛がなされた防寒服が揃えてあるんですよ。今度パンフレットをお見せしますけどね」

喋る角田の顔はほとんど見えていない。ギアの外套を頭からすっぽりとかぶっているからだ。身長差があるので、そうやっても外套は地面に引きずりそうだった。

「あと少しだ。供犠体を離すなよ」

ギアは言った。

びゅうと身を切る冷気が吹き荒れる。

土岐は自らの身体を抱え、がたがたと震えていた。風の音とともに、陰鬱な嘆きの声が延々と続いている。

そこに、風の音をも掻き消すような太く大きな声が聞こえた。

――まつろわぬものたちよ。

感情のこもらぬ、しかし重々しいその声は凍てついた荒野に響き渡った。

――罪の重さに囚われ、深き牢獄から出ることの叶わぬ穢れた罪人たちよ。永劫に救済のないおまえたちに、神よりも高き空の深淵《しんえん》より救いの手はもたらされる。我らはユゴスからの御使《みつか》い。地獄の最深部へと向けて救済の手を伸ばしていると ころだ。我らの力をもってすれば、おまえたちは永劫から逃れる事が出来るのだ。

嘆きの声がぴたりと止まった。

――ただし邪魔が入らなければ、だ。おまえたちの救出を阻止すべく、そちらに向かっている者たちがいる。彼らは魔王に捧げる生け贄の子供を持って、最下層に捕らえられた悪魔大王ルキフェルのもとに向かっているのだ。ルキフェルは生け贄を捧げられると《門》を塞ぎ、もう地獄からの脱出は不可能となる。もし救われたいのなら、地獄から放たれたいのなら、奴らを潰せ。生け贄を奪い取れ。すぐに我々が加勢に向かう。それまでは何としてでも食い止めておけ。我らはユゴスの御使い。奴らを潰せ。自由のために。

「どういうことだよ」

角田の声が震えている。

「なんかとんでもないことになりそうね」

ローズが目を輝かせる。

「どうするの」

土岐は訊ねた。彼女もまた新しい戦いに心を躍らせているように見える。

「前に進むだけだ」

ギアは答えた。

「あらあら、早速やってきたよ」

ローズが指差す。

氷原の向こうから、突進してくるものがいた。

巨体だ。

針のような剛毛が全身に生えている。

クマのようにも見えるが、獣ではない。

それは巨人だ。

滑りやすい氷原を、しっかりと足で捕らえ、巨体からは考えられない速度で駆け寄ってくる。

「供犠体を頼む」

角田に言い残し、ギアは氷を蹴った。

走りながら背後のホルダーからロッドを取りだす。

巨人が大口を開いて咆吼した。

唇がまくれ上がり、長く鋭く禍々《まがまが》しい牙が露出した。

そしてその手には青銅の大剣が持たれていた。刀身がギアの身長ほどもある。それを玩具のように振り回しながら駆ける。

ギアは臆することなく真正面から突っ込んでいく。そして背後からついてくる気配へと向けて、言った。

「土岐、火界咒《かかいしゅ》を!」

併走していた土岐は、慌てることなく教わったばかりの火界咒を唱え始めた。

ギアはロッドを一振りする。

先端が凍結した地表を削った。

白く散った氷片が軌跡《きせき》を描く。

「天魔外道皆仏性《てんまげどうかいぶっしょう》」

ギアが声を響かせた。

唱えるのは修験道系の偈《げ》、魔界偈《まかいげ》だ。悪魔、外道の調伏に多大なる力を発揮する真言《マントラ》である。本来は不動明王の火界咒の後に唱える。今はほぼ同時に唱えたがそれでも充分効果があるだろう。ギアはそう判断して偈を続ける。

「四魔《しま》三障《さんしょう》 成道来《じょうどうらい》、魔界《まかい》仏界《ぶつかい》同如理《どうじょり》」

全力で駆けながら、その声に乱れはない。

怪物の巨体が目前にあった。

一声吠えると、両手を前に出して飛び掛かってきた。

巨体のわりには素早いが、ギアに敵うものではない。

腕をすり抜け、足元をスライディングして潜ると背後へと回った。

「一相平等《いっそうびょうどう》無差別《むしゃべつ》！」

最後の偈を唱えながら、ロッドで怪物の背を打った。

ずん、と腹に響く振動があった。

打ち据えた背中から閃光が上がり、獣人の巨体が前に吹き飛ばされる。

背の肉が裂け、背骨が露出していた。

だがそれは一瞬だ。

血の一筋も流さず、たちまちの内に肉が盛り上がり傷痕を塞ぐと、皮膚が蘇り元通りになった。

「なんびとたりとも私を傷つけられない」

喉に絡む声でそれは言った。

「我が名はグレンデル。カインの血を引くものにしてトバルカインの末裔。神の命によって、死することは許されない身だ」

それは大きな銅剣を振りかぶった。

当たれば頭から真っ二つにされるだろう。

が、それを振り下ろす直前に、ギアのロッドは喉へと突き上げられた。

腹に響く振動音とともに、ロッドはグレンデルの太い喉を突き破っていた。

が、そんなことはものともせず、グレンデルは剣を振り下ろす。

あり得なかった。

首が千切れてもおかしくない傷だ。

ギアも、ロッドを首から抜き取り、頭上に翳《かざ》すので精一杯だ。

大剣はギアに叩きつけられた。

両手で持ったロッドで、何とか大剣を受ける。

がっ、と音を立て火花が散った。

体を低くして支えきったのは奇蹟だ。

のし掛かる象をロッド一本で支えているようなものだった。

そのまま押し潰されそうになる。

なんとかロッドを横に滑らせ、剣から逃れた。

肩を掠め、大剣は凍土を叩き割った。

氷の飛沫《ひまつ》とともに大きく飛び退り、ギアは大剣の間合いから離れた。

その時には、グレンデルの喉に空いた大穴は塞がろうとしていた。

「死ね！」

叫んだのは土岐だ。

金属の鞭が蛇のようにグレンデルの喉に巻き付いた。インド武術でもかなり特殊な剣、ウールミだ。

ぐいと引けばその首を切断出来るはずだった。

が、そのグニャグニャと曲がる刀身をグレンデルは掴んでいた。

土岐は引いたがびくともしない。

ぴんと張ったその金属の鞭に、ギアは刀印で触れた。その時には霊縛法のための真言を高速で唱え終えていた。

土岐は霊的防衛用のシステムタトゥーで守られ

ているが、グレンデルはそうはいかない。

真言の波動が剣を伝い、グレンデルの動きを止める。

ギアが跳んだ。

瞬時にグレンデルの頭上にまで上昇する。

そして身動き取れぬ怪物の頭頂へと、ロッドを振り下ろした。

頭頂部をロッドが打つ。

魔界偈の力はロッドに蓄えられたままだ。

爆音と閃光。

そして血飛沫と共に脳漿《のうしょう》が四方へと飛び散った。

ロッドは額半ばにある赤い刻印《ティラカ》まで打ち込まれていた。

押し潰された脳髄にロッドは食い込んでいた。

魔界偈の力が呪われた巨人の脳髄をジュウジュウと焼いている。

グレンデルは白目を剥き、半ば開いた口から青黒い舌が垂れていた。

ギアの勝ちが決まったように思われた。

だが……。

まだだ。

ギアは直観した。

それは正しかった。

ロッドを手に、ギアはグレンデルから離れようとした。

間に合わなかった。

脳を焼かれながら、グレンデルはギアの身体を両脇から掴むと、遊び飽きた人形のように放り投げた。

すでに霊縛法も効力を失っているのだ。

きりきりと回転したギアは、何とか姿勢を正し、蜘蛛のように身体を平たくして着地した。

その姿勢で、さらに数メートル滑り後退してようやく止まる。

その横を土岐が小石のように転がっていった。

ウールミを掴んで投げ飛ばされたのだ。

「末裔でもなんでもないわ」

いつの間にか近くにきていたローズは言った。

「ここは地獄の最下層にある第一の円カイーナ。あれはカインの末裔ではなくカインそのものよ。神の刻印がある限り誰も彼を殺せないの」

ローズが喋っている間にも潰れた脳が回復し、それを増殖した頭蓋が塞いでいく。

きりがなかった。

このままでは負けはしないかもしれないが勝つこともない。

「額の赤い刻印を見た」

「それが神の刻印よ」

つまりあの刻印さえ消し去れば。そこまで考えたらもう身体が動いている。

「援護しろ」

そう言って呪禁官の銀貨を十数枚、土岐に投げた。

聞き返す間もなく、ギアはもう走っている。

信用されているのだ。

そう思うことをどこかで喜んでいる自分に、土岐は驚いた。

「お嬢さん、こういうのありますよ」

声を掛けたのは角田だ。

その手に持っているのはスリングショットだった。

「ただのパチンコじゃないですよ。ほら、ここに道教七賢人の加護を得られる七真符《しちしんふ》が印刷されてます。これで撃てば百発百中ですよ。はい、ここにサインを」

言われるままにサインしてスリングショットを受け取った。なるほど手の中から力が伝わってくる。

銀貨を挟んだ。

遠く離れたグレンデルの目を狙う。

裸眼では埃にしか見えない。

にもかかわらず、外れる気がしない。

弓の名手であるかのようにゴムをきりきりと引き伸ばす。狙い、撃った。迷いはない。

角田の説明は嘘ではなかったようだ。

銀貨は吸い込まれるようにグレンデルの左目へと飛んだ。

眼球が飛沫とともに弾け飛び、眼窩《がんか》に埋まった銀貨が血肉を焼いて蒸気が漏れる。

グレンデルは目を押さえ、怒りを露に吠えた。

続けて銀貨を放つ。

その時ギアはグレンデルの直前でジャンプしていた。

電光の速度でロッドを突く。

先端はまっすぐ額へと伸びると赤い刻印を千切り、砕き、額を貫いた。魔界偈のエネルギーが頭蓋を破断し脳髄を沸騰させる。

激痛に仰け反り暴れる怪物の右目に、二枚目の銀貨が吸い寄せられる。

ぽんっ、と右目が破裂した。

中に飛び込んだ銀貨もまた脳を焼く。

ロッドを抜き取ったギアは、グレンデルの足元に着地するやいなや、グレンデルの胸を突いた。

ずむっ、と粘った音を立てロッドが胸に埋まった。

魔界偈の波動《バイブレーション》が胸の肉を弾き、心臓をミンチに変えた。

ギアはその腹を蹴押した。

胸からロッドが抜けると、不死身《ふじみ》だった巨人は、仁王立ちのまま背後へと倒れた。

＊

「走れ！」

ギアは怒鳴る。そして先頭を走る。

ローズの話では、目的地であるこの坂の中心まで一キロもない。

道は下りだ。

角田は転げ落ちそうになりながら、必死でギアたちについていく。

急がなければならない。

遅くなればなるほど、この階に囚われた罪人たちが襲ってくるに違いない。

グレンデルのように。

「もう来た」

うんざりした声でそう言ったのは土岐だ。

彼らの前に一人の巨人が立ち塞がっている。

耳覆《みみおお》いの付いた青銅の甲に、鉄板と青銅で作られた鎧で身を包んでいる。豹革の肩当てが不自然に貼り付けてあった。

ギアがロッドを構えて迫ろうとするのを、両掌をギアに向けて壁でも塗るように振って諌《いさ》めた。

「ちょっと待て、逸《はや》るな。私はおまえたちの相手をするつもりはない」

「ならば通るぞ」

迫りつつギアは言う。

「ああっ、それはそれで問題があってな。そこでこうして」

巨人が手を翳《かざ》すと、何もない空間がエメラルド・グリーンに輝きだした。

《門》だ。

「開門だよ、開門」

巨人はニヤニヤと笑う。

「残念ながら下へ行く《門》じゃなくて、上に繋がる《門》だがね」

「なるほど。ここはもう第二の円、アンテノーラなんですよ」

ローズは言った。

「つまりそいつはトロイアを裏切ったアンテノル。アンテノルはトロイアの城門を開いて敵を招き入れた裏切り者。つまりその《門》からこの階に招いたのは」

神経をやすりでこするような不快な音がした。聞き覚えのある音、いや、鳴き声だ。

その全身をびっしりと大小の疣が覆っている。堅い甲殻で包まれた身体が現れた。

油を塗ったようにぬめぬめと光っている。

目も鼻もない楕円形の頭では、短い触手が地表に追い出された蚯蚓のように蠢いていた。

ミ＝ゴウ。ユゴス星からの使者だ。

――みつけたぞみつけたぞ。

舌も口もないその顔から声はする。

二体目のミ＝ゴウが《門》から現れた。続いて三体目、四体目と、みつけたぞみつけたぞと連呼《れんこ》しながら現れてくる。

不死身の巨人以上に戦いたくない相手だった。

「ああ糞！」

毒づいたのはローズだ。

「私は見たいんだよ。この先に待っているのが何なのか。本当にそれが悪魔大王なのか。神話が宗教が魔術が、この世にもたらしたのがなんなのか。だいたい魔術ってなんなのか。それがわかれば究極の魔術、死者蘇生の術式も知ることが出来るはず。それが今目前なんだよ。それを、どうして邪魔するかなあ」

ローズの喉がごろごろと鳴った。

がっ、と大きく口を開く。

喉の奥から触手じみたものが伸び出て、頭をもたげた。

自在に動くローズの腸だ。

粘液を散らし、腸が伸びる。

その先にいるのは鎧の巨人アンテノル。

腸が絡みついたのは巨人の首ではない。腕でもない。豹革の肩当てだ。

あっという間もない。

腸は豹革に絡みつき、剥ぎ取った。

「あわっ、こら」

豹革を追って腕を伸ばすがもう遅い。

伸ばした手の先に、突然ミ＝ゴウが現れた。

鋭い爪を、巨人アンテノルの甲に突き立てた。しっぺでもするような何気ない動きだった。

何の抵抗もなく爪は手を貫く。

何が起こったのかわからない顔のまま、アンテノルは爆発したように弁明を始めた。

「違う。私は味方だ。おまえたちを歓迎しているんだ。私がおまえたちをここまで導いたんじゃないか――」

次に現れたミ＝ゴウが、鋭い爪でアンテノルの腹を突く。突き破る。苦痛に顔を歪めながらも、アンテノルは話を止めない。

それをまったく無視し、三体目も四体目も、その鋭い爪でアンテノルを串刺しにしていく。

まるでアンテノルの言い訳がその行動を誘っているかのようだ。

その間にローズは剥ぎ取った豹革を手にしていた。

「ほら、これを貼っといて」

角田の肩にぺたりと貼り付けた。

「これであんたはミ＝ゴウから守られるはずだよ。ミ＝ゴウをこの階に招いた仲間の印だからね。さあ、供犠体を抱えて、走って。私がついていく。葉車さん、後は任せたよ」

言うが早いか、ローズは角田の背を押して走り出した。

ギアは土岐と顔を見合わせた。

「仕方ない。我々はここでミ＝ゴウを食い止めることが使命のようだ」

ギアはロッドを持ち直すと、ポケットから呪符を取りだした。角田から買い取った「厭蛇虫作諸怪祟符」だ。

「《門》を越えてきたのは今のところ六体。今は全部アンテノルに向かっている」

四肢が千切れ、腹が裂かれ、首も落ちた。

アンテノルの身体はもう、粉砕された肉の山に変わり果てようとしている。

「あいつら一瞬で角田たちに追いつく。だからとりあえずは奴らの興味を引くために戦うが、奴らの矛先が供犠体へと向かったら、すぐに角田を追って坂を下る。いいな」

「はい」

いつも以上に真剣な表情で土岐は答えた。その身体が震えている。

「怖いか」

「寒いだけです」

「それなら暖まろう。まずは呼吸法だ。正しく呼吸が出来ればカラリ武術は無敵だ。わかるな」

「はい」

答え、脚を開きぐっと腰を落とす。

膝を開き、這うような姿勢で土岐は静かに深く息を吸い、息を吐く。吸うときに「ソー」、吐くときに「ハム」と音がする。この時の呼吸音が、サンスクリットで「我は至高の存在である」という意味になる。

この呼吸そのものが根源的な真言《マントラ》であり、身を沈めた姿勢《オッタカール》とこの呼吸法を正しく合わせれば「途轍もない力《ウトカティカー》」を発揮できるのだ。

内なる力が漲《みなぎ》るのを感じ、土岐は両手にカッタラムを握った。

「実像でいる間に動きを止め、仕留める。いいな」

「はい」

巨人の死体で遊ぶのに飽きたのだろう。

ミ＝ゴウたちが二人を振り返った。

目はないが視線を感じる。

ぼろぼろの羽が振られた。

その大きな身体が、ふわりと持ち上がった。

来るのを待つ必要もない。

ギアは走る。

巨人たちと異なり、ミ＝ゴウの動きは素早い。

防刃の外套は角田に貸したままだ。わずかな油断が決定的な失策に通じるだろう。

が、何度かの戦闘を通じて、ミ＝ゴウの戦い方は学んでいた。

攻撃してきた瞬間に攻撃する。必要に応じて虚像にも実像にもなるミ＝ゴウを攻略するにはそれしかない。

龍頭と組めば勝ちが見える。が、土岐にそこまでは期待できない。

一体のミ＝ゴウが消えた。

ギアは背後に気配を感じる。

振り返らず、背を狙った爪を素手で掴んだ。

気づくのが遅かったと思わせたのは罠だ。

手を離すと、爪には毒虫の動きを封じる呪符「厭蛇虫作諸怪祟符」が貼られていた。

ミ＝ゴウの動きが止まった。

が、この呪符はミ＝ゴウのために作られたものではない。絶対的な効果を持っているわけでもなく、その動きを止められるのはわずかな時間だ。

ただしギアには充分な時間なのだが。

動けないミ＝ゴウの細い首に、ロッドを叩きつけた。

一撃で首が裂け、次の一撃で首が飛んだ。

わさわさと棘だらけの肢を蠢かせ、倒れたミ＝

ゴウが瞬く間に溶けて黒いシミとなる。

後ろで炸裂音《さくれつおん》がした。

振り返ると爪を失ったミ＝ゴウが立っていた。

一瞬の間に背後に回っていたのだ。

離れたところでスリングショットを握っている土岐が見えた。

彼女の放った銀貨が、ミ＝ゴウの爪を破壊したのだ。それが間に合わなければ、ギアは串刺しになっていたかもしれない。

残された前肢が振られる。

爪はギアの顔面を狙っていた。

それをロッドで弾く。

続けて呪符を貼ろうとするが、三体目のミ＝ゴウが襲ってきた。

三本の鋭い爪を躱し、流し、受けて弾く。

何とか一体の動きを呪符で止める。

即座に銀貨が立て続けに二枚、その首を狙う。

呪禁局呪具開発課で霊力を蓄えた銀貨は、霊的存在には圧倒的な力を持っている。東京隠秘商事製のスリングショットもそれに力を貸しているだろう。

二枚の銀貨が堅いキチン質の皮を砕き肉を弾き、頭を落とした。

二体目が泥と化す。

土岐の力は地下へと降りてから大きく飛躍していた。技術の差と言うよりも覚悟の差と言うべきか。

龍頭のように、とはいかないが、それでもかなり心強い。さすがのギアも、六体のミ＝ゴウを一人で相手することはかなり難しかっただろう。

三体目が倒れ、四体目も泥となる。

ミ＝ゴウは虚像と実像を使い分ける。散々苦しめられたその攻撃にも、いくつかのパターンがあった。個体差はあるが、ミ＝ゴウ特有のリズムは共通している。それを戦っている間に身体が覚えていく。

五体目が土岐の横に現れた。

慌てた土岐が銀貨を落としてしまった。

鋭い爪が胸を、腹を襲った。

体制を崩しながらもカッタラムで受けて払ったのはさすがだった。

気にはなったが、ギアも残り一体のミ＝ゴウから手が離せなかった。

余裕が生まれるような相手ではないのだ。

それでも呪符で動きを止め、肢を断ち切ってから頭部を破壊した。

間髪《かんはつ》入れず土岐へと跳ぶ。

実体化した爪が左右から土岐を襲った、その瞬間だった。

ギアのロッドが一閃する。

疲れとは無縁の集中力がなせる技だった。


実体化した左右の前肢が千切れ飛んだ。

その時に銀貨を握った土岐の拳が首筋を狙った。

カラリ武術で針打ちと呼ばれる、中指を伸ばした拳の型だ。

死の神シャニに例えられる中指が、堅い外骨格を破った。

貫通した中指から、握った銀貨の力が放出された。それは霊縛法と同様の効果をもたらした。

ミ＝ゴウの身体が動けなくなる。

それを見逃すギアではない。

突き上げたロッドは一撃で頸部を貫通し、続く頭部への突きでミ＝ゴウの頭を吹き飛ばした。

千切れ飛んだ楕円の頭部の転がった先に、《門》があった。

その時《門》からは、次なるミ＝ゴウの一群が現れていた。

棘だらけの肢が次々に楕円の頭を踏みつぶして

いく。

新たな敵を目前に、ギアと土岐は共に魔術武器を構える。

——みつけたや
ミ＝ゴウが言った。現れるミ＝ゴウが皆口々に「みつけたや」と言う。強弱のない心のない声だった。

そして現れる順に、ミ＝ゴウたちは黒煙となって大気に溶け、消えていく。新たに現れたミ＝ゴウたちが見つけたのはギアたちのことではない。供犠体のことなのだ
「行くぞ」

そう言ったギアはすでに走り出している。

追うのは漏斗状《ろうとじょう》の坂の中心へと向かっている角田たちだ。

ミ＝ゴウは瞬時に遠距離を移動できる。

今この瞬間にも角田たちがミ＝ゴウに襲われているかもしれないのだ。

何とか持ちこたえてくれ。

そう思いながらギアは懸命に走った。

走り続けた。

＊

「ようこそ、我がコキュートスへ」

居並ぶ巨人が壁のように行く手を塞いでいた。

その中央に立つ巨人が両手を広げ、芝居がかった仕草でそう言った。

「ここはトロメーア。我はアブボスの子プトレマイオス。あなたがたを大いに歓迎する。あちらの砦で一席を設けておる。どうぞ、どうぞこちらへ」

巨人たちが左右に分かれると、後ろに石造りの砦が門を開いていた。

「笑って」

そう言ってローズは肘で角田を突《つつ》いた。
「奴はシモンとその息子たちを宴に招き暗殺して
この地獄にいるの。ほんと、馬鹿じゃないの。同
じやり方で欺される奴がどこにいるのよ。いい、
肩を叩いたらダッシュ。奴らを越えて、とにかく
逃げる。きっと第四の円までは追ってこないいん
じゃないかな」
小声でぼそぼそと指示をだしたローズは、そこ
から二、三歩歩いて角田の背を叩いた。
のめるようにして角田が走り出す。
「我が身を改造して得た力《臓物使い》、思い知
れ！」
叫び声の途中から、ごぼごぼと大量の腸が一気
に口から溢れ出た。腸だけではない。ありとあら
ゆる内臓が、大量に吐き出された。それが身体の
下で波打ち、蠢く肉色の絨毯《じゅうたん》となった。
ローズがそれに飛び乗ると、驚くべき速さで蠕《ぜん》
動《どう》を繰り返し、走り出した。
必死で走る角田を追い越して、臓物車は巨人の
壁へとぶつかっていった。
地獄でも見られぬ異形の車に、戸惑いながらも
巨人たちは得物片手に迫っていく。
《臓物使い》はただ単に自らの内臓を操るだけの
能力ではなかった。
その内臓が触れる相手は、五秒とおかずローズ
のように口から内臓を吹き出す。そして吹き出し
た内臓は勝手に暴れくねり動きまわり、それが触
れた相手もまた内臓を吹き出すのだ。
悪夢のような情景だった。
巨人の群れの一角から、膨れあがった蠢く臓物
が波となって周囲を呑み込んでいく。
巨人たちはばらばらに逃げ惑うばかりだ。
その間に角田は走る。
拡がって行く内臓の海を尻目に、走って走って

走り続ける。

このまま中心地までゴールできると、もともと楽観的な角田は思っていた。

目の前にミ＝ゴウが現れたときもそうだった。

何とか切り抜けられるだろうと。

しかし二体のミ＝ゴウが六体から十二体へと増え続けるのを見て、立ち止まった。生理的に人類には耐えられない鳴き声が、倍々に膨れあがっていく。

角田は脚がこわばり動かなくなった。

駄目だ。

思わず呟く。

慌てて鞄の中を掻き回してみたが、役に立ちそうなものは見つからない。

不快な声とともに、ミ＝ゴウたちは角田へと近づいてきた。

覚悟し角田は供犠体を抱きしめた。

恐ろしくて小便をちびりそうだったが、それでも迫るミ＝ゴウを睨みつけていた。それがせめてもの角田の抵抗だった。

先頭を尋常でないスピードで駆け寄ってきたミ＝ゴウがいた。

それはぶつかるようにして角田に迫ると、前肢で抱き上げた。

角田は悲鳴を上げ、必死になって逃れようと暴れるが、棘だらけの肢が身体に食い込むばかりだ。

角田を抱えたミ＝ゴウは群れへと戻っていく。

仲間たちで肉を分け合うつもりなのか。

せめて何があってもこれだけは離すまいと、角田は供犠体をきつく抱き、念仏のように大丈夫大丈夫と繰り返した。

そして気がついた。

妙に爽やかな匂いがするのだ。

間違いない。ミントの香りだ。

すぐ鼻先に、ミント菓子を食べた人間がいるような……。

ふっ、と景色が歪んだ。

瞬いている間に風景が変わっている。

ミ＝ゴウが瞬間移動したのだ。

ミ＝ゴウはそっと角田を路面に降ろした。

目の前にあるのはすり鉢状の氷の坂。その中心に大穴が開いていた。角田の位置からは黒々と拡がる穴だけが見える。

それこそが氷地獄コキュートスの中心、神に反逆した魔王が幽閉された場所だった。角田は一瞬にしてここまで運ばれてきたのだ。

ここまで角田を連れてきたミ＝ゴウは、角田の前にその楕円の頭を突き出した。その中央に出来た肉の亀裂の中から何かが押し出されてきた。漆黒の鉱石だ。蠢く触手が、押し出されたそれを取り出し、ぽとりと地面に落とした。


「これを、俺に？」

ミ＝ゴウは穏やかに頷いた。

角田は腕を伸ばし、夜のように黒い多面体を手にした。

指が触れた瞬間、きん、と頭の中に衝撃が走った。

それは映像ではなく体験だった。

一人の少女として生まれ、幸せな家庭ですくすくと育っていくすべての過程を、自分のものとして経験していた。意識が芽生《めば》えてから死ぬまでの四年間が克明《こくめい》に脳内で再現されていく。そして理解した。それがスーさんと呼ばれた男の孫娘の記憶であることを。四年に及ぶ彼女の体験は、百分の一秒にも満たないわずかな時間で再生されたのだった。

少女であったときの記憶は、現実に引き戻されてからも切なく角田の心の中に残っていた。

角田は掌に乗せた黒い結晶体を見ながら言った。

「これ、お孫さんの記憶なんだろ」

そして角田へと顔を突き出すミ＝ゴウを見上げた。

「なっ、スーさん」

ミ＝ゴウは少しだけ頭を下げた。

黒い結晶体はユゴスの科学力によって結晶化された少女の記憶だった。ミ＝ゴウとなったスーさんの記憶から抜き出され再構成されたものだ。どこをどう説得して彼がこれを手にいれたのかはわからないが、その過程も含めて角田は一瞬で理解したのだった。

「これを元にしてお孫さんを蘇らせろってことだよな」

今度ははっきり、ミ＝ゴウは深く頭を下げた。

――みつけたや
声がした。

そして黒くシミのように影が滲み、それがミ＝ゴウとなった。

二体目が、三体目が、次々に現れ出てくる。

かつてスーさんであったミ＝ゴウは、最後に一礼し、一声吠えるとミ＝ゴウの群れへと突っ込んでいった。

それを最後まで見ているわけにはいかなかった。スーさん一人であれだけの数のミ＝ゴウを食い止めることは不可能だろう。すぐにまた角田から供犠体を奪いに来るに違いない。

それまでにあの穴に供犠体を投げ落とさねば。

そう思い、走る。

疲れていた。そんなことを言っている場合でないことはわかってはいたが、身体はどうにもならなかった。

自分では急いでいるつもりなのだが、足が前に進まない。靴の中におもりでも入っているようだった。

それでも一歩、また一歩。

角田は前に進んでいく。

*

ここは地獄であった。だからそれは最もここに相応しい情景であると言えるかもしれない。

あまりにも凄惨な状況だった。

氷原では何十という屈強な巨人たちが息絶えていた。それも綺麗な死体は一つもない。どの死体も苦悶《くもん》に口を歪め、血走った目を見開き、灰色に膨れた舌がだらりと垂れていた。

首も手足もでたらめな方向に曲がっている。まるでかんしゃくを起こした子供が振り回した後のようだ。おまけに身体中色とりどりの痣《あざ》に覆われていた。

そしてそれら死体すべてが、大量の臓物に埋もれていた。血と排泄物《はいせつぶつ》の臭いで息も出来ない。

氷の大地は腐敗を許さない。

凍結され霜《しも》の付いた内臓に包まれ、巨人たちはその穢れた姿を永遠にとどめるだろう。苦痛を刻んだ凄惨な氷の彫刻は氷原の上に延々と続いていた。

角田たちを追って走っていたギアと土岐がそこで彼女を見つけたのは、奇蹟と言えたかもしれない。

ローズは巨人たちの死体からはかなり離れたところで気を失っていた。この混沌の中から出来るだけ離れようと這い出し、ここまで来て気力が尽きたのだろう。

ギアは声を掛け抱え起こした。全身血塗れではあったが、傷は見当たらない。自身の血は流れていないようだった。

ふうと大きな息を吐いて、ローズは目を覚ました。

「やつらどうなりました」

最初の台詞がそれだった。

「全滅だよ」

「ざまあ」

そう言うとローズは血混じりの唾を路面に吐いた。

「君がやったのか」

「やれば出来る子なの」

ギアが苦笑する。

「今から角田を追うが、君はどうする」

「ついて行くに決まってるじゃないですか」

ローズは一人で立ち上がった。

「少なくともミ＝ゴウは角田を、というか供犠体を追っている。つまりここに残った方が安全かもしれないぞ」

「安全を求めるなら最初からついてきてませんよ。さあ、時間の無駄だ。行きましょう」

「走れるか」

「当然」

その場で足踏みを始めた。

「良し、行こう」

三人が走り出してすぐだ。三体のミ＝ゴウと出会った。角田たちを追ったのは少なくとも十体を超えていたはずだ。

「残りはどうしたんだろう」

土岐が呟く。死んだミ＝ゴウは溶けて跡形もなく消えてしまう。

すべてを角田が倒したとは思えない。そしてミ＝ゴウが逃げ出したとも思えない。

「いずれにしても、残しておくとすぐに供犠体を奪いに瞬間移動してしまうだろう。ここで片付けておこう」

言い終わったときにはロッドを手にギアは駆けだしていた。

猟犬のように土岐が従っていく。どう見てもすでに相棒だ。

この数時間の間に、二人はミ＝ゴウとの戦いを熟知していた。ミ＝ゴウの行動は単純だ。戦い方も、お世辞《せじ》にも多彩《たさい》とは言えない。虚像と実像が入れ替わり、時間を経ず場所を移動できる、という二つの特殊能力に頼りきった攻撃だ。反応速度の素早さには驚かされるが、それも初見《しょけん》の戸惑いを過ぎれば見切ることも難しくはない。油断さえしなければ、今の二人にとってたかだか三体のミ＝ゴウなど敵ではない。手際よく危なげのない勝負で片が付いた。

すべて終わってから、ゆっくりとやってきたローズが言った。

「この先にあるのは第四の円ジュデッカです。それで最後。そこを越えると後は悪魔大王が待っている地獄の中心地。わくわくするなあ」

「あと少しだ」

そう言って土岐は微笑んだ。

その言葉通りだった。

ローズをときめかせる何事も起こらず、ギアたちはただ氷原を歩き続けた。敵といえるのは厳しい寒さと、その単調さだけだった。

第四の円にはすぐに辿り着いた。

何故そこからが第四の円だとわかったのかというと、男が現れて「ようこそ、第四の円へ」と言ったからだ。

ギアたちを迎えたのは、古代ローマ風のチュニックを着た痩せた男だ。聖職者が着るような白ではなく、喪に服しているかのように黒く染められてあった。

断食《だんじき》修行の最中であるかのように頬は痩け目が

落ち窪んでいる。

男はすたすたとギアに近づくと抱擁し、頬に接吻した。

ギアはいつでも取り出せるよう、後ろ手でロッドを掴んでいた。

ようこそ、ようこそと繰り返しながら男はローズと土岐の頬にも接吻する。土岐は慌てて頬を拭っていた。

「ここはジュデッカ。第四の円です。私の名はイスカリオテのユダ。主人を裏切る者です」

ユダはにこやかにそう説明した。

「私たちはこの地獄の中心地へと向かっている。そこを通してもらえるか」

わざわざそんなことを訊ねるのもギアの生真面目さ故だ。

「もちろんですとも。どうぞどうぞ」

ギアを先頭に、三人は男の横を通って先へと進む。その後ろからユダは言った。

「ただ、もう呪いが掛かっているので、ここから先に進むのは難しいかもしれませんね」

ギアが振り返ると、ユダは「ほら」と言って空を見上げた。

ぽつりと針で突いたような小さな影が見えた。全部で三つ。

宙に浮かんでいるのではない。

落ちてきているのだ。

小さな点は、たちまちその姿を露にしてゆく。

目を凝らす間もない。

両腕を翼のように横に伸ばした人影に見えたのも一瞬だ。

遙か天空から落下してきたそれは、磔刑《たっけい》のための拘束架だった。二本の柱をT字に組み合わせたシンプルなものだ。

それは弾丸並みの速度でギアを、そしてローズと土岐を目がけて落ちてくる。

逃れようと走ると、それは軌道をミサイルのように変えた。

ローズが悲鳴を上げた。

猛スピードで追ってきた拘束架が、背後からのし掛かってきたのだ。

ぴたりと背中に張り付くと、蔓《つる》のように伸びた縄が両手両足を柱へくくりつけていく。

あっという間に磔刑の完成だ。

ローズを磔《はりつけ》にした拘束架は、氷を砕き氷原に突き立った。

そしてローズは自分の周りを小バエのようにぶんぶん飛んでいるものの正体を知って青ざめた。

それは太い鉄釘だった。

磔刑においてそれがどのような役目を果たすのかは明白だ。

一瞬ローズの正面で滞空し狙いをつけた鉄釘が、立て続けに拘束架へと打ち込まれる。

両掌を、足の甲を、鋭い釘が貫いて柱に打ち留められた。

甲高《かんだか》い苦痛の悲鳴。

土岐も同じだった。

為す術もなく磔となり、両掌と足を釘付けにされた。痛みを堪え驚きを抑え、それでも低く声が漏れた。

ギアは最初の襲撃こそ躱しはしたが、執拗に追われ、背後に回られまいと背を氷上に着け仰向けに寝たものの、自在に動く幾本もの縄に絡まれ身動きが取れないまま磔にされた。

両手足を釘打ちされると、それに合わせたように腹の傷が疼いた。そして次に彼を襲うものが何であるかを思い出した。

「これが最後」

退屈な授業でもするようにユダは言う。

空から最後に飛んできたもの。

それは槍《やり》だった。

「有名なロンギヌスの槍だよ。これがあなたたちの腹を裂くんだね。ただしあなたたちが復活することはないけれどね」

表情一つ変えずユダはそう宣告した。

飛来した三本の槍は、いったん氷上ぎりぎりまで垂直落下すると、そこで九十度角度を変えた。

轟音と共に衝撃波が四方に氷片を散らす。

槍は速度を落とすことなく、氷原と平行に三人の元へと飛んできた。

地面すれすれを、槍は飛ぶ。

風に巻き込まれ舞い上がる雪片が尾を引く。

まるで帚星《ほうきぼし》だ。

そして彗星が凶兆であるように、三本の槍もまた凶兆そのものだった。それは罪人の脇腹を貫くために、腹を裂き腸を傷つけ掻き回し、考えられぬほどの苦痛を延々と味わわせるために、走狗《そうく》となって飛ぶ。

皆が飛来する槍を見ていた。

ユダも、磔となって身動きできないギアたちも。

だからそこへ駆け寄ってくる者の存在に、誰も気づいてはいなかった。

それは膝をつき、身を低くしてギアたちの前に滑り込んできた。

剛毛がびっしりと生えた奇妙な毛皮を身に纏《まと》っていた。

そして身長と変わらぬほどの大剣を携えていた。

ギアの脇腹を貫くべく高速で飛来した槍の前に、異形の者は立ち塞がる。

次の瞬間、槍は立ち塞がるその者の脇腹を突き破りそうだった。

事実穂先は黒々とした毛皮に触れていた。

大剣が燦《きら》めいた。

ぶんっ、と風を切る音は、後から聞こえた。

そして槍が氷片と一緒に吹き飛んだ。

爆発のような一撃だった。

大剣はその動きを止めていない。

流れるように二度、大剣は閃いた。

そして残り二本の槍が、真っ二つに折れて飛び散った。

最後に大きく剣を旋回させ、異形の者は仁王立ちした。

「ちょっと動くと暑いなあ」

それは聞き覚えのある声で、そう言った。

そして頭まで覆った剛毛の毛皮を脱ぎ捨てた。

「龍頭！」

ギアが言った。

隠しきれなかったのだろう。心の底から嬉しそうな顔と声だった。

それにはこれ以上ないほど爽やかな笑顔で応え、龍頭は言った。

「ちょっと、こっちを先に片付けるわ」

ユダを睨む。

「私は……私は何もしていない。彼らは彼らの罪で裁かれているだけだ。裁くのは私じゃない。あなた方の罪だ。ほら、私はあなたたちを大いに歓迎している」

両手を広げ、龍頭へと近づいてきた。

「いやあ、おまえって、本当の意味で腐れ外道だよね」

ぶん、と風を切る音がした。

それですべてだった。

ユダの左肩から右脇腹に駆けて斜めに、亀裂が入った。

驚愕《きょうがく》に開いた口から大量の血が吹き出た。

そして身体を斜めに断ち切る亀裂から、内臓がこぼれ落ちた。

最後に胸から上が、突然何かに気づいたようにずるりと滑り落ちた。

残された右手がありもしない己の腹を探り、ようやく納得したのか、ユダは地に伏した。

「待たせて悪かったな」

言いながら龍頭は、拘束架の根元を次々に切り倒した。

大剣は太い柱を蝋燭《ろうそく》のように綺麗に切断していく。

それから倒れた柱と一緒に横たわるギアを見て、笑いながら言った。

「ちょっと我慢な」

しゃがみ込んで手足の釘を一気に引き抜いていく。三人とも申し合わせたように声一つあげない。苦痛は眉間の皺一つで押し殺したようだ。ギアと土岐はまだしも、ローズが何を耐えているのかは龍頭にもわからなかった。

手足に開いた大穴は、角田が残していった金属テープを巻いて止血した。

「私がいないと何もできないんだからなあ。危なかったよなあ」

「危なかったのはおまえだろう」

堅くテープを巻き終わったギアが言った。

「連れて行かれたのは確かにミスと言えばミスだけどね、危ないってほどでもないし。それもこれも結果オーライじゃないの」

地下駐車場でさらわれ、地下二階で降ろされた。それはミ＝ゴウの巣のようなところで、危ういところで頭蓋から脳が取り出されるところだった。

「どうやって抜け出したんですか」

土岐が目を輝かせて訊ねた。《強い人》が大好きなのだ。

「それはほら、何て言うのかな、技術と力だよ。なっ」

ギアに助けを求めるが何も答えはしない。

「そうですか。技術と力ですか」

土岐はそれで納得している。

「とにかく、《門》を抜けるミ＝ゴウを後から追っかけてここまで来たんだよ。ここに来たらさあ、巨人が死んでてさあ、寒かったから皮剥いで羽織って、ついでにそこに落ちてた剣を拾って持ってきたわけだよ。で、感謝の言葉は？」

「ありがとうございます」

深々と頭を下げたのは土岐だけだった。

「感謝はしている」

龍頭と土岐に睨まれて、渋々ギアは言った。慌ててローズがありがとうと頭を下げる。

「ま、いいでしょ。それでこれからどこ行くの」

「坂を下る。この地獄の中心まで」

そう言ったときには、ギアはもう歩き出していた。

＊

角田は抱いた供犠体をじっと見詰めていた。

無垢《むく》そのものの笑みを浮かべ、供犠体は角田を見ていた。見返していると、そのあまりの純粋さについ目を逸らしてしまう。

その供犠体を目の前の穴の中へと投げ入れなければならないのだ。

角田はただの会社員だ。そんなことを躊躇なく出来るはずもなく、ずっと抱きかかえた供犠体をあやし続けている。

穴そのものを覗き込んでもいない。中が見えるところまでは近づいていないのだ。にもかかわらず溢《あふ》れ出る忌まわしい気配に押し潰されそうになっていた。見えはしないが禍々しい瘴気《しょうき》を確かに感じ取る。

近づく物にはすべて平等に、想像もし得ない無惨な死を与える。

そう宣告でもしているようだ。

そこに供犠体を投げ入れるのは、煮えたぎる油に赤ん坊を投げ入れる事に等しい。正常な感覚の人間に出来ることではないのだ。

赤ん坊を抱いてひたすら佇《たたず》んでいる角田を、ぐるりと四体のミ＝ゴウが取り囲んでいた。ミ＝ゴウたちは契約通り、豹革を身につけた角田を襲わなかったのだ。律儀である、というわけではない。こういう契約を結ぶことは、ある種のシステムに組み込まれることを意味し、逆らうことは不可能になる。というのは魔術を学ぶ者の基本知識だ。

頭をぎりぎりまで角田に近づける。

四体分の楕円の頭部が手を伸ばせば触れるところにある。

イソギンチャクの触手のようなものが、目と鼻の先でぐにゃぐにゃと蠢いていた。

しかしそんなものも、今は気にならなかった。頭にあるのは腕の中で邪心のない笑みを浮かべている赤ん坊を、忌まわしいものが待ち構える穴へと投げ込む事が出来るのかということだ。投げ入れなければユゴス星からの地球侵略が始まるだろう。そうなれば地上の世界までもがこの地獄のようになってしまうだろう。しかし、だからといって……。

困り果てた角田はバッグの中を探り、人工供犠体のマニュアルを取りだした。本来はクライアントに供犠体と一緒に渡すはずのものだ。角田にしてもこの新商品のことを詳しく知っているわけでもないのだ。

角田はマニュアルの目次を見る。供犠体の使用Q&Aの頁《ページ》を開いた。そこにまさに、供犠体の影響を受けて手放せなくなった場合という項目があった。早速読んでみる。しばらくは供犠体がなぜ保護欲をそそる構造になっているかという話がつづく。要するに人工供犠体は幼児どころか生き物ですらないという具体的な説明だ。それぐらいのことは角田にもわかっている。わかっていても出来ないものは出来ないのだ。そして肝心《かんじん》の対処法だが、書かれているのは阿字観《あじかん》と呼ばれる密教の瞑想法で、早い話が心を落ち着けようと言っているだけ。こりゃダメだと、半ば諦めたが、その先に米印つきの小さな文字でこう書かれてあった。

――人工供犠体は自らを可愛く見せる為もあって、相手の感情を捉える力がある。そのため頭の中で具体的にそれをどのように供犠として捧げるのかを具体的に頭に思い描くと、それを知って逃れようとする。この時には自らをかわいらしく見せる力を失効することが実験で確認されている。

つまり頭の中で供犠体を手ひどく扱う様子を思い描くと、かわいさがなくなるので供犠にしやすい、と言っているのだ。

精神集中にはかなり問題のある状況だったし、阿字観など試みたことは一度もなかった。それでも角田はとりあえず目を閉じ、手にした幼児を恐ろしい穴の中へと投げ入れるところを頭に浮かべようとした。人は怖れることほど具体的に思い描いてしまうものだ。角田は自分でも気持ちの悪くなるほど、その時の情景を詳細に思い浮かべた。

ひぎゃああと甲高い鳴き声が聞こえた。同時に手の甲に鋭い痛みを感じる。

思わず目を見開いて腕を見た。

今度は角田が甲高い悲鳴を上げた。

腕にタコとも猿とも付かない奇怪な生き物が巻き付いていた。

それはでたらめに切り裂いた傷痕のような口を広げ、汚泥《おでい》そっくりの唾液《だえき》を垂らして角田を威嚇《いかく》していた。

慌てて振り払おうとするのだが、手足を模した触手が巻き付き離れない。しかも鋭く長い爪状の鱗が肌を刺した。

情けない悲鳴を上げながら、腕を振り回した。

鱗で傷ついた腕から流れる血が、点々と飛び散った。

角田はほとんどパニックになって無理矢理引き剥がし、地面に投げつけ踏む。跳び上がって踏む。踏みつける。

気がついたときには青黒い泥沼のようなものが足元に拡がっていた。

あの愛らしい供犠体の姿はもうどこにもなかった。しばらくは足元の薄汚い肉汁をぼんやりと眺めていた。

自分のしたことがなんだったのかを理解するのにかなりの時間が必要だった。

角田は頭を抱えてしゃがみ込んだ。

馬鹿だ馬鹿だ俺は馬鹿だとぽこぽこ頭を叩く。やがて言葉も出なくなって唸っていたら涙が出てきた。泣いていることに気づいたら余計に悲しくなり、わんわんと声を出して号泣し始めた。

「何してるの」

呆れ声に振り返ると、ローズが立っていた。その後ろにはギアと土岐、それに龍頭がいた。

「あっ、ミ＝ゴウは？」

振り返った角田は、そう言って腫れ上がった目でローズたちを見回す。

「いなかったよ。それよりどうしたの。供犠体は投げ入れたの」

角田は鼻水と涙でぐしゃぐしゃの顔で首を横に振った。

「しくじったの？」

ローズが問う。

角田はべそをかきながら頷いた。

ローズの目が吊り上がった。たちまち顔が紅潮する。まさに鬼。ないはずの角と牙が角田には見えた。

「おまえってやつは」

拳を固めて飛び掛かろうとするローズを、ギアは後ろから羽交い締めにした。

「ちょっと落ち着け」

ギアの言葉など耳に入らない。

「クズだよ、クズ。おまえはどうしようもないクズだよ。こんな役立たずをなんでここまで連れてきたんだよ。この疫病神《やくびょうがみ》が」

角田は項垂《うなだ》れ、俺という人間は何をやってもダメなんだよ、と幼稚園のお遊戯会《ゆうぎかい》でお漏らしをした話を皮切りに、ありとあらゆる失敗談をぶつぶつと呟きだした。そんなものには聞く耳も持たず延々と毒づいていたローズだったが、途中で気力が尽きたのだろうか。その場にへなへなとへたり込んでしまった。

「何か、方法はないのか」

ギアはローズに訊ねた。

「ないよ。たったひとつの賢いやり方をこの馬鹿がしくじったんだからな。くそ、一発殴らせろ」

跳ねるように立ち上がると、角田を蹴り上げた。

爪先が脇腹にめり込んだ。

「わかった、わかったよ」

腹を押さえながら角田は立ち上がった。

ローズはまたギアに抑えられる。

「なんとかやってみるよ。ええと……あっそうだ。これを頼む」

角田は鞄の中から黒い多面体を取りだした。非対称のそれは闇よりも黒く、にもかかわらず輝いて見えた。猛る虎を目前にするような危険な力を発している。無造作に鞄から取り出すようなものでないことは、誰の目にも明らかだった。

「それは……」

ローズはそう言ったきり言葉が出てこない。

みっ、とか、がっ、とか声にならない声を上げ、角田の手からそれをひったくった。

それを手にしたその瞬間。

ローズは「あっ」と声を上げたきり、凍り付いたように固まってしまった。

それを持った角田が最初に感じたものと同じものの――スーさんの孫娘の記憶が自らの体験として奔流《ほんりゅう》のように流れ込んできた。

一分に満たない間のことだったが、ローズは零歳から四歳までの成長を追体験していた。

ようやく動けるようになったローズは、ふうと息をついて言った。

「現物を見るのは二回目だ。これ、《輝くトラペゾヘドロン》だよね。どこで手に入れたの」

「俺ね、スーさんに会ったんだよ」

角田は涙と鼻水を袖で拭ってから、ミ＝ゴウとなったスーさんに助けられた話をした。

「その時にこれを頼むって。これってお孫さんの記憶なんだよ」

「それは私も感じた。正確にいうとスーさんの記憶の中にあったお孫さんの記憶を、ユゴスの超科学で個人の記録として再構成したものだね」

「うん、その仕組みはさっぱりわからないけどね。それで、とにかくこれを元に孫を蘇らせてくれって、スーさんに頼まれたんだよ。あんたならどうにか出来るんだろ。頼むよ」

あ、うん、と曖昧《あいまい》に頷き、ローズはそれをポケットの中に仕舞い込んだ。

「じゃあ、色々御世話になりました」

角田がギアたちに向かって頭を下げた。

そしてくるりと向きを変えて歩き出した。

「ちょっと」

その肩を押さえたのはローズだった。

「あんた、もしかして自分が生け贄になろうと思ってるんじゃないの」

「そうだよ。責任取って」

「あんたは本物の馬鹿だなあ。人工供犠体の代わりをどうしておっさんが出来ると思ったんだよ」

「えっ、だって、生け贄なら何とかなるんじゃないかって」

「あんたは童貞？」

「いやあ、さすがにそれはない」

「じゃあ、もう決定的にダメ。男ってのもダメだけどね、それでも少年なら何とかなったんだけど、おっさんは致命的にダメ」

「容姿差別だ」

「だからそんな問題じゃなくて……」

「角田さん」

呼び掛けたのはギアだ。

「人工供犠体ならまだしも、人間を生け贄にさせるつもりは私もない」

「でも……」

「とにかく別の方法を考えよう。生け贄になっていい人間なんてこの世にいないんだから」

「……はい、ありがとうございます」

角田は深く頭を上げた。

「このお詫びに何でもしますから、言って下さい」

「じゃあ、外套を返してもらおうか。もう供犠体はいないんだしな」

すみませんすみませんと慌てて脱いで外套をギアに渡した。

「あっ、そうか」

急にローズが大声を出した。

「その方法があるか。しかし、しかしなあ、大魔王相手に話が通じるかどうか疑問だなあ。でもまあ、一か八か交渉してみるか」

ローズは中心地へと向かおうとした。

「何をする気だ」

ギアが訊ねる。

「話し合ってみるのよ。出来るかどうかわからないけど」

ダンテの神曲通りであるなら、そこにいるのは魔王ルチフェロ――つまりは堕天使のリーダーであるサタンのはずだ。それは恐ろしい三つの顔を持ち、蝙蝠《こうもり》のような翼を二対《につい》、背に生やしている巨人で、地獄の中心に胸まで氷に埋まって幽閉《ゆうへい》されている。神曲ではそのように描写されている。

だがここにそのサタンがいるかどうかはわからない。その姿を見るだけで身も心も凍り付き、生きた心地がしなかったというサタンだ。もしいるとしても、まともに顔を合わせないようにするのが賢明だろう。

しかも今、穴から一〇メートルは離れ、穴の中はローズの位置から見ることが叶わない。にもかかわらず、この忌まわしい波動はどうだ。強風に阻まれるように、前に進もうとする身体に抗う力がある。

単に物理的な抵抗だけではない。

恐ろしいのだ。恐怖が足を止めるのだ。

こんな事では、見るだけでどうかなってしまうかもしれない。実際見るだけで発狂する魔的な存在はいくらでもいるのだ。ローズはそう考えて眼帯を外した。

ミスカトニック特殊稀覯本部隊ホラーズで、最初に施された改造手術がこの眼球だった。ボスであるコービスの命令で無理矢理眼球を刳り貫《ぬ》かれ、魔術による施術をして新しい視覚を得た。

眼窩からそれはにゅるりと顔を出した。長く伸びた茎の先に眼球がくっついている。まるでカタツムリの目だ。久しぶりに外に出たのが嬉しいのか右へ左へと身体を揺すりながら周囲を見回していた。

恐ろしくもおぞましい手術によって手に入れた新しい目は、視覚ではない視覚をローズにもたらした。

反対の目は瞼を閉じ、ローズは飛び出した目だけで周りを見ながらゆっくりと穴へと近づいた。

穴から発せられる瘴気は、その力でローズの身体を後ろへ押しやろうとしていた。磁石の同じ極同士を近づけているようなものだ。

老婆《ろうば》のように慎重に足を進め、そしてとうとうローズは穴の淵《ふち》に立ってそれを《見た》のだった。

もやもやとした印象がピントを合わせるように画像を成していく。それは光学的な情報を処理する《視覚》とはまったく別物だ。魔術的な波動や気としか呼べない力から感じ取れるものを、脳が映像と解釈してローズに伝えているのだ。

ローズは知った。

そこにいるのはサタンなどではなかった。

巨大であることに間違いはない。それまでに出会った巨人など子供のようにしか見えない。想像の及ばぬほどの巨体ではあるが、だがそれには蝙蝠の翼も三つの頭もなかった。

氷から突き出た半身は、鱗と皺に覆われている。鎧じみた分厚い皮膚は、その下に無数の大蛇を飼っているかのように休むことなく蠕動している。形が定まることのないその身体からは、縄文杉《じょうもんすぎ》をさらに束ねたような太い触手が数本のたうっている。その隙間からバランスを欠いて大きい頭部が見えた。複数の無表情な目に囲まれるように、だらりとたれた長く醜い鼻が顔の中央を占拠していた。

ローズは自らの直観に感謝した。

今眼下にいるのはサタンではない。それは、

「ガタノトーア……」

ローズは呟いた。

ガタノトーアとは、ユゴス星で崇拝される邪神の名だ。その姿を見るものはその身を石に変えられ、しかもその脳だけは半永久的に生き続けるという地獄を味わうことになる。

その魔王と呼ばれる邪神がそこにいた。

もう一つの目で見て、ローズは正解だったのだ。そしてミスカトニック図書管理委員会でクトゥルー魔術を学んだ彼女にとっては、ガタノトーアの方がサタンよりもずっと親しみのある存在だった。もしかしたら交渉に成功するかもしれない。そう思い不敵にもローズはにやりと笑う。

「絶対私に手出しも口出しもしないで」

彼女は後ろを見ることなくそう言った。

みんなが見守る中、ローズは魔術師に相応《ふさわ》しい、低く震わせる特殊な発声で邪神に呼び掛けた。

「偉大なる魔王ガタノトーアよ。私の話を聞け。ここにおわすはシュブ＝ニグラスの神官にしてトゥヨグの末裔であるトキササキなるぞ」

ローズはキョトンとしている土岐へと一礼した。

「偉大なる大神官であった姉オワリササキより、ガタノトーアを永遠に封印する巻物を授かった者だ。それはプタゴン皮紙にしたためられラグ金属製の容器に収められ保存されている。覚えているか。危なくもその身を永劫に封印されかかったあの赤い月の年を」

ローズがでたらめな経歴を並べる。確かに佐々木終はシュブ＝ニグラスを崇める非合法結社に入信していたが、大神官などではない。単なる信者の一人だ。土岐に到っては入信すらしていない。

それを信じたのかどうか、ガタノトーアはその巨体を震わせた。それに合わせて氷の原野がゆら

ゆらと揺れる。

「魔王よ。ユゴスからの呼び声に応えてこの地まで来たが、すでに収穫は終えたのではないのか。人間の脳も命令通りに動く奴隷も、そして採掘《さいくつ》した鉱物資源も。欲を掻くは災いの元となるぞ。我々は魔王を封じる手段を持っていることを知れ。このままユゴスへと戻るなら、この由緒《ゆいしょ》あるムーの末裔をおまえに捧げよう。さもなくば奈落《ならく》の底よりもさらに遠い深宇宙の虜囚《りょしゅう》となるだろう」

ガタノトーアは不定形の身体をぐにゃぐにゃと蠢かせて吠えた。確かに首肯《しゅこう》した。ギアたちも何故かそのことを直観した。

「よし。それでは契約が成立した。贄《にえ》を引き渡すぞ」

ローズは土岐を呼ぶ。土岐はローズの後ろに立って、言った。

「なあ、ローズ」

ん？　とローズは前を見たまま言った。

「あんた、私を生け贄にするって言ってるんだよな」

「まあね」

「なんでそんなこと言われて前に出て行くと思った」

「それは、こうするからだよ」

振り返ったローズの口からは、粘液に包まれた腸の一部が突き出していた。

濡れた音とともに、肉色の鞭は風を切る。

明らかにローズは土岐のことを甘く見ていた。首に触れるほど近づいてから、土岐は身を沈めた。

蠢く腸は土岐を見失って空振りした。

慌てて身体の中に腸を戻そうとしたが、それよりも早く土岐はローズの横に立った。

「おまえが行け！」

二の腕を掴み、穴の方へと振り飛ばそうとした。

「奴の姿を見ると石になるぞ！」

ローズは怒鳴った。

反射的に土岐は目を閉じていた。

腕を掴む手がおろそかになる。

ローズは再び腸を吐き出した。それが土岐の喉に絡みつく。

「いい加減にしろ」

間に割って入ったのはギアだ。

背後からローズの頭を抱え込んでいた。ぴゅるりと粘液を跳ね飛ばして腸が口の中へと戻った。

開放された土岐がローズに殴りかかろうとする。それを止めたのは龍頭だ。

「そこまでな」

土岐の肩を押さえて龍頭は言った。

ぱたぱたと頭を締め付けるギアの腕を叩きながらローズは言った。

「わかった。悪かったです。離して下さい」

ギアが腕を放すと、ローズはこめかみの辺りを擦りながら言った。

「みんな、穴の奥を覗き込んじゃ駄目だよ。見ると石になる。それは嘘じゃない」

「本当ですか」

訊ねたのは角田だった。

「うん、石になるね」

「じゃあ、これを」

角田は鞄の中から分厚いアイマスクを出してきた。後ろでベルトで止めるようになっている、かなりしっかりした造りだ。

「基本は安眠用なんですけどね、一応ほら」

アイマスクの裏側を見せた。そこにはエノク語の呪文が書かれてあった。

「これ自体が魔除けになってます。悪夢を除いたり、邪眼避けに使えるはずです。ただの目隠しよりも有効かなと思います」

「何でも出てくるな」

ギアは本気で感心した。

「商売ですから」

そう言うとさっさと請求書を書いてギアに渡した。

「買うとも何ともいってないが、わかった。何があるかわからないから、おまえたちはこれをしておけ」

土岐と龍頭、そして角田にもマスクを渡した。

「ローズは」

眼窩から飛び出した眼球を見て、ギアは渡すのを止めた。

「でもこれしていると何も見えないですよ」

角田が不安そうに言う。

「我々は常に心の目で状況を確認している」

当然のことのようにギアは言った。うんうんと龍頭が頷く。

「おまえは、これをしていても動けるか」

ギアは土岐を見た。土岐は曖昧に頷いた。自信がないのだろう。

「さて、今から供犠体抜きで下の奴とやり合う」

「そんな無茶なこと」

ローズが面白い冗談を聞いたように笑った。

「無茶じゃないよ。本気だよ」

そう言ったのは龍頭だ。

「時間を稼ぐだけでなんとかなると思うんだよね。きっと呪禁官が応援に来るから」

「でも近くの呪禁官がみんなここに来てやられちゃったわけですよね」

角田が言う。

「さすがに、みんなやられたわけじゃなかったんだよ。全員が地下駐車場で罠にはめられたのは本当なんだけどね」

大挙して地下駐車場に押しかけた呪禁官たちは、その瞬間、人間だけが全員地下四階へと飛ばされてしまったのだ。時空を歪めるのはミ＝ゴウを始め、ユゴス星の持つ科学――というより魔術的な力の基本のようだ。

その力で呪禁官たちは皆、地下四階に存在する閉鎖空間に幽閉された。いきなり罠を仕掛けたのは、もちろん普通に戦えば手こずることが予想されたからだろう。

捕らえた呪禁官の中から五パーセントほどが実験台になって、脳をユゴス星へと搬送された。閉鎖空間に閉じ込めはしたが、呪禁官たちの抵抗によって、それ以上の呪禁官をそこから連れ出すことが不可能だったのだ。

「呪禁官舐めんなよって話だよ。っていうことは、まだ九割以上の呪禁官が無事でいるってこと。実はあたしも同じところに入れられてたんだけど、おそらくギアたちが各階で暴れ出したからだろうね。すっかり監視が手薄になって、あたしがこっそり抜け出して、空間の歪みって奴をぱぱっと元に戻したんだよ。……いや、本当はそういうのが詳しい奴と一緒に脱走したんだけどね。それからあたしは地下へと向かった。外のメンバーがどうしたかは知らない。知らないけど、絶対援軍に来てくれるでしょ」

「罠に掛かった馬鹿ばかりが？」

そう言ったローズをギアと龍頭が睨みつけた。思わずローズが「すみません」と頭を下げるほどの恐ろしい顔だった。

咳払いしてローズは話を続ける。

「あのですね、あんまりここでぐずぐずしている暇はないような気がします」

「どういう意味だ」

ギアが聞き返す。

「ガタノトーアとは契約をしてしまったわけで、このまま生け贄を差し出さないと奴は――」

ぐらっ、と足元が揺れた。

氷原の中心から氷の破片が粉雪となって周囲へと吹き飛ばされる。

一拍遅れて、胃に響く重苦しい重低音が聞こえた。

ガタノトーアが吼えたのだ。

大気がぶるぶると震えた。

「逃げましょうか」

震え声でローズが言った。

「走れ」

ギアは言った。今日何度同じ事を言っただろうか。

「土岐、角田の腕を引いてやれ。みんな円の外へ、急ぐんだ。ローズ、上階への《門》は出来るのか」

「調べてないけど、しばらく《門》は出来なかったはずです」

氷原が揺れる。

大きな振幅でゆっくりと、揺れが続いた。揺れるほどに揺れが大きくなっていく。

穴の淵に幾本もの触手が掛かった。

グイ、とその身体が持ち上がる。

そしてとうとう、ガタノトーアはその忌まわしい姿を地表に現した。

バランスの悪い醜い頭部が現れた。

だらりと垂れた長い鼻からぽたぽたと粘液が滴る。

掴んだ氷が端から砕け奈落へと落ちていった。

さらに身体が持ち上がる。

穴を中心として、放射状に亀裂が走った。

深く大きな裂け目から、幾条もの水飛沫が次々に噴き上がっていく。

そしてやがて、地響きと共にガタノトーアの全身が現れた。

縒《よ》った鋼のような触手がその身体をさらに押し上げ、前進させる。

氷原はひび割れ、舞い上がる氷片が雪となり霧となった。

大地を震わせ、雪片煙る中をゆっくりと前進する雲を突く巨体は、神の名を冠に頂くものに相応しい威厳がある。近づけば腐って溶けた肉のように、全身から青黒い汁を滴らせていた。そのおぞましさすら神秘だ。

「逃げても奴はついてくるよ。もし《門》があっても、そこからあの化け物にも逃げ出されたらどうするんだよ」

ギアと併走《へいそう》しながら龍頭は言った。

「言うまでもない。我々がここで食い止める」

「だよね」

龍頭は嬉しそうだ。

「でも、食い止めるっていっても相手はガタノトーアですよ。山を相手に戦うみたいなもんですよ」

後ろからようやくついてくるローズが言った。

「山だって地盤が緩んだら崩れるのさ」

そう答えギアが立ち止まる。龍頭がそれに続く。

土岐が立ち止まり、連れていた角田はその背にぶつかった。

「行け」

ギアが言った。

「おまえたちは行け。少しでも中心から離れるんだ」

「私はどうしたらいいですか」

そう言ったのは土岐だ。

「逃げろ」

当然という顔でギアが答えた。

「嫌です。ギアと一緒にいます。龍頭さんと一緒に、共に戦いたいのです」

「おまえが目を閉じて戦えるとは思えない」

痛いところを突かれた。簡単に「心の目が」と言われても土岐にはさっぱりわかっていなかった。ここまで誰の手も借りずに走ってきたのはただの勘だ。

「でも、でも私には、あなたを殺す目的があるんです」

「わかってるよ。だから俺は必ず無事にここを出るから、それはそれからの——」

「なら私がいてもいいじゃないですか」

困り果てて龍頭に助けを求めたが、あっさり無視された。

ガタノトーアが穴から這い出てから、中心の穴から四方へと亀裂が広がり、すり鉢状の平原はその中央から崩落していた。氷と氷のぶつかりこすれる音がぎいぎいと響き渡っている。やがてこの世界そのものが水中へと沈むだろう。そしてそれを待たずとも、小山《こやま》の如《ごと》きガタノトーアが迫ってくる。

時間はなかった。

「……わかった。じゃあ、最後の最後で手伝ってもらうかもしれない。それまでここにいろ。ローズ」

すでに逃げかけていたローズを呼び止める。

「角田を連れて逃げてくれ。頼む。奴が目隠ししたまま逃げるのは無理だ」

そのとおり無理です無理ですと角田が激しく頷く。

「嫌だよ。こんな馬鹿と一緒に逃げるのは」

言ったローズのベルトを後ろから角田は掴んだ。命が掛かっていると人は勘が鋭くなる。

「すみません、すみません」

釈迦の垂らした蜘蛛の糸を掴むかのようにベル

トをしっかり握りしめ、角田はぺこぺこと頭を下げた。

「ああ、鬱陶《うっとう》しい。わかったよ。そのままベルトを掴んでろ。走るからね」

「ちょっと待った」

呼び止めたのは龍頭だ。

「これ、置いてって」

答えを待たずに角田の鞄を奪い取った。

「請求書はここを出てから呪禁局に送ってね」

「行くぞ！」

ローズに引っ張られ、返事もせずに角田も走り出した。

その間にもガタノトーアは近づいてくる。

丘が這っているようなものだ。

地面は激しく揺れ、立っているのも難しい。

その中で仁王立ちになったギアは、近づく邪神の方を見上げ詠唱を始めた。

「九天応元雷声普化天尊《きゅうてんおうげんらいせいふかてんそん》」

雷法のための十字経《じゅうじきょう》だ。

幾度か唱えると、墨を流したように黒雲が頭上を覆った。

ひやっ、ひやっ、と雲を割って閃光が走る。

そして腹にこたえる轟音が響いた。

間髪入れず雷光が閃く矢となってガタノトーアを貫いた。

爆音が後から追いかける。

焦げた肉片が炎と共に吹き飛んだ。

大爆発だった。

とはいえガタノトーアの巨体から考えると、ほんのわずかな一撃だったのかもしれない。

だがそれでも動きが止まる。

動きが止まったことは目を閉じていてもはっきりとわかる。

一瞬のことだ。

すぐにぶるぶると身体を震わせ、ガタノトーアは何事もなかったように動き出した。

ギアにしてもその一撃でこの邪神を倒すことが出来るとは思っていない。とにかくその動きを止めるのが目的だ。

足止めに成功すれば、この世界の消滅と共にガタノトーアをも滅ぼすことができるかもしれない。例え誰一人としてここから出られないにしても。

その想いで再びギアは十字経を唱える。

*

龍頭は角田から奪い取った鞄を逆さにして振った。

中からいろいろなものが出てきた。小さな鞄だが、考えられないほどの量のものが収納されている。もしかしたらこの鞄も何かの魔術的力を持った呪具なのかもしれない。

龍頭はバサリと落ちた霊符の束を手にした。そしてとにかく役にたちそうな霊符を見つけたら、己の身体に貼り付けていった。

厭悪鬼符や除生死霊魂邪気御秘符といった悪霊や邪気による災いを防ぐ霊符に始まり、天災人災避けに、家内安全のお守りに到るまで、ありとあらゆる霊符やお守りを貼り付けていく。

最後に手にしたのは弓を持つ兵士を切り取った白い紙だ。

「よっしゃ。じゃあ、行ってくるわ」

霊符を装備した龍頭は、ロッドを一振りしてガタノトーアの巨体を目指して走った。

だがなかなか近づけない。あまりにも大きいので、その声や振動から距離を類推するのが難しいのだ。

とはいえ走れば確実に距離は縮まる。

何よりガタノトーアそのものが龍頭たちへと近づいているのだ。

氷の亀裂《クレバス》は目前にまで拡がっていた。

噴き上がる水飛沫を避け、地の底にまで続くクレバスを跳び越え、龍頭は走った。

近づけば近づくほどに、その呆れるほどの大きさに圧倒される。

氷原は暴れ馬のように揺れていた。

頭上では雷鳴が鳴り響き、雷光がガタノトーアの肉を削る。それがギアの雷法によるものだとわかっていた。だから悪臭を放つ焦げた肉片が、灰色の粘液と共に雨となって降り注ぐのも勝利への祝福に思える。

ようやくガタノトーアの脚に当たる触手の群れへと辿り着いた。

龍頭の身がぶれる。

そして次の瞬間には蠢く触手に足を掛けていた。

またその姿が消える。

さらに上に、現れる。

龍頭が得意とする縮地法だ。

さらに上に、さらに上に。

龍頭は身を延べ続ける。

普通に上る数倍の速さで移動できるが、一回毎の集中力は身体を動かす時の比ではない。

目的としているのはガタノトーアの頭部だ。視覚が閉ざされていることもあって、今自分がどのあたりにいるのかがわからない。とはいえまだまだ先であることは見当がついていた。ガタノトーアは巨大だ。今龍頭のしていることは、高層ビルの屋上までを素手で上ろうとしているのと変わらない。

限りなく身を延べる。

身を延べた先の皺を掴む。

その時ぐるうりと世界が回った。

眩暈だ。

体力も精神力も限界に近づいていた。

混乱して指が離れ、危うく滑り落ちそうになった。

目を閉じても目を開いても、世界がグルグルと回転している。アイマスクを脱ぎ捨てようとして思いとどまる。

猛烈な嘔吐感に、耐えられず吐いた。

それでもまた身を延べる。

到着したところに腕を伸ばし手を差し出す。

次の縮地法が出来なかった。

術を使えるだけの集中力がもうないのだ。

いかように気力を振り絞っても、無理は無理だった。

術を諦め、龍頭はフリークライミングの要領で皮膚の凸凹を掴み、足先を掛け、上へと上っていった。


ガタノトーアは移動している。その身体は終始激しく揺れている。

そこに必死で張り付き、龍頭は少しずつ頭部へと進んでいた。

長い長い旅の末、龍頭はようやく頭部へと辿り着いた。

ガタノトーアの真っ黒の瞳を持った眼球が弧を描いて並んでいる。その目の一つが土俵ほどもある。

顔の中央からは海獣の死体を思わせる長い鼻がだらりと垂れており、それに隠れて薄い亀裂があった。

それがガタノトーアの口だ。

ずん、と音を立て頭頂部に雷が落ちる。

震えるガタノトーアから振り落とされまいと皺に指を差し入れて耐える。その上にばらばらと燃える肉片が飛んできた。

亀裂がさらに拡がった。

痛みのためか、ガタノトーアが口を開いたのだ。

不規則に並んでいる刀のような牙が見えていた。

それを龍頭は、漏れ出る呼吸音で知った。

その隙間に手を掛け、龍頭は口腔へと入り込んだ。

大小様々な形の無数の疣が敷きつめられたそこで、龍頭は大の字になって横たわった。

思わずそのまま眠りそうになる。

気力を絞り、龍頭は身体を起こした。

よしっ、と声を掛けて周囲を見回した。何が見えるわけでもないが、気配で自分の方向を探った。

ここからさらに喉の奥へと侵入するつもりだった。

こっちだ。

龍頭は自信を持って、そこへと飛び込んだ。

＊

もう動けない。

そう言って角田はしゃがみ込んでしまった。それを無理矢理連れて行く気力はローズにない。

じゃあ、ここでさようならと手を振って別れようとした。

すると、わかった、ついていくと角田が立ち上がる。

これを三度続け、四度目にローズが切れた。

「いい加減にしてよ。あんたを連れて行く義理なんか一ミリたりとも存在しないんだから」

後ろを見ずに歩き出した。

角田も次はないと思い、何とか立ち上がろうとするのだが、今度こそ本当に立ち上がることが出来なかった。

大きな振動音がした。

ガタノトーアの巨体がすぐそこに迫っていた。

角田のすぐ横で大きな裂け目が生まれた。

天に届くほどの勢いで水が噴き出す。

痛いほど冷たい水がばしゃばしゃと降りかかった。

「待ってくれ」

そう言う声に力がない。

削られ噴き上がる氷片はまるで吹雪だ。が、閉ざされた視界もアイマスクをした角田にはただ凍える風でしかない。

震えながら角田は這った。

揺れる大地に倒され転がされ、それでも滑る氷に爪を立て裂け目に指を挿し入れ、前へ前へと這っていく。

そして氷の亀裂に足を挟まれ動けなくなっているローズと出会った。

「あああああっ、あんたは疫病神だよ！」

這い寄ってくる角田を見て、ローズは叫んだ。

その声ですぐそばにローズがいることを知った。

「待っててくれたんですか」

「馬鹿か。動けないんだよ」

角田は手探りでローズを探し出した。その足がクレバスに挟まれているのを知る。

アイマスクを外した。

ローズの足首を掴んで、何とか引き抜こうとする。

「何やってんだよ、疫病神」

「何とかならないかと思って」

「ならないよ、馬鹿」

罵られながら、角度を工夫しながら足を引き抜こうとする。

「いててて、止めろ、馬鹿」

角田はポケットを探って、アーミーナイフを取りだしてきた。

伸ばした爪やすりで氷を削る。

叩きつけ、砕く。

「助けてくれよ」

角田は言った。

「せめてこの人だけでも助けてくれよ、頼むよ」

誰に言っているのか、角田はぼそぼそと呟きながら、何とか足を隙間から出そうとした。

「何だよ。駄目なのかよ。俺は結局、誰も誰も」

「めそめそするな、糞営業」

「すみません、すみません」

頭を下げながらも氷を削る。

閃光が刹那世界を漂白する。

ずんと腹に響く爆音がした。

ギアの雷法だ。

すぐ近くまで迫っていたガタノトーアがその動きを止めた。

ローズは頭上を見た。

その時霧氷《むひょう》が風に流され、その醜悪な顔が垣間見えた。

複数の巨大な目が、じっとローズを見下ろしていた。

その刺すような視線をローズは感じた。

ガタノトーアは彼女を見ている。睨みつけている。

「怨んでいるのか。契約が果たされないから」

思わず視線を逸らせ、ローズは言った。

それでも視線から逃れることは出来ない。不可視の視線でローズは焼け焦げそうだ。心臓が暴れ、呼吸が荒くなる。喉がぎゅっと締まり、唾も飲めない。

が、胸を押さえ深呼吸を繰り返し、無理矢理唾を飲み込む。

そしてローズはガタノトーアを睨み、叫んだ。

「糞バケモンが！」

声が出た。

そのことに驚き、感謝する。

そしてさらに声を張り上げた。

「生け贄どころか一円の寄付もおまえにはやらないよ」

雷鳴が轟き、氷壁が轟音と共に崩れ落ちる。

どれほどの大声を出そうと、それが頭上のガタノトーアに届くことはないだろう。

ところがガタノトーアは幾本もの巨木をねじり合わせたような触手をもたげた。

それを振り下ろせば、腕に止まった蚊のように叩き潰される。

それを悟ったローズが言った。

「角田、アイマスクをつけろ。で、逃げろ。あんたには一回見せたよね。もう一度見せてあげるよ。《臓物使い》の力を」

不快な音とともにローズの口から溢れ出てきたのは、大量の内臓だ。その身体の中に入っていたとは思えない量のそれは、触れる相手の内臓をも操る恐ろしい力をもっていたはずだ。

しかし何十体という巨人を倒したその力も、ガタノトーア相手にはあまりにも卑小な魔術だった。

ガタノトーアは一瞬でローズを血と臓物の塊に変えようとはしなかった。

ゆっくりと降ろした触手の先端で、ローズの身体に触れたのだ。

指先で弾いた程度の気持ちだろうか。

それだけのことで、ローズの下肢はぐしゃりと潰れた。

ローズは喉が裂けそうな悲鳴を上げた。

吐き出された内臓が、凄まじい勢いで身体の中へと戻る。

下肢が潰れたことで、少なくとも彼女は氷の罠から解き放たれた。

「行こう」

角田は無表情にそう言うと、ローズの身体を背負った。冷静な判断にも見える。が、あまりの事に感情が死んだようだった。

一歩も動けなかった角田だ。

それがローズを背負いすたすたと歩き出した。火事場の馬鹿力というほかない、異様な精神と肉体の状況だった。

走るでもなく急いでいる様子もない。

角田はただ前を見詰めて進む。

「死なないよ。私は死なない」

角田の背中でローズは呟いていた。その顔色が見る間に青ざめていく。

「今日までずっと研究を続けてきたんだからね。その成果を見せてやるよ」

ポケットからスチールの注射器入れを出してきた。死者をゾンビのように蘇らせた緑のガラス瓶はもうない。その代わりに取りだしたのは紫に輝く薬液だった。それを注射器に吸い取り、腕の静脈に針を差しこみシリンジを押す。

地面が揺れる中、歩く角田の背中で、驚くほど手際よく作業を続けた。

「死なないことはないだろう、っつうか死ぬよな、絶対。だから死んで蘇ってくる。天国からの帰還をみせてやるよ」

口が勝手に動いている。

眼窩から突き出ていた眼球が、だらりと萎《しお》れ、垂れていた。手に入れた新しい視覚はもうない。残された目も閉じたままだ。

なのに、思いついたようにかび臭い部屋が見えた。

幼い頃に過ごした部屋だった。良い思い出など何もない。貧しい家に生まれ、育った。五歳の頃に巫病《ふびょう》に罹《かか》った。たびたび高熱を出し、意識を失う。そのたびに奇妙な言葉を喋り、勝手に動き回る。典型的な巫病の症状を繰り返した。巫病はその人間に魔術的な素養がある印だった。そのため呪禁官になるには巫病に罹った事の証明書を医者からもらう必要がある。しかし誰も彼女にそのことを教えてはくれなかった。ただ厄介者扱いされ、気持ち悪がられただけだった。やがて巫病が収まってからも、彼女の受難は終わらなかった。

母親は多情で、幾度も父親が代わった。母親の好みはろくでなしばかりだった。

彼女はまともな教育を受けることもなく、親たちのストレスのはけ口として日常的に虐待《ぎゃくたい》された。

彼女を救い出したのは一人の工業魔術師だった。彼は小学校の魔術医者を兼任していた。そして彼女に魔術の才能を見いだした。親を説得して全寮制の呪禁官養成所に通わせたのは、その工業魔術師だ。

魔術は彼女を虜《とりこ》にした。

学べば実力がつき、実力は新しい発見へと繋がる。人は裏切っても魔術は彼女を裏切らなかった。彼女は優秀な成績で呪禁官養成所を卒業し、晴れて呪禁官となった。

そして魔術研究への傾倒《けいとう》のあまり、呪禁局にあった禁断の呪法を体感したく、魔術書を盗み出して実践してしまう。

それがばれて呪禁局を追放されても、魔術研究を止めることはなかった。新しい魔術を学ぶのに躊躇はなく、そのためなら非合法な結社にも参加した。

最終的な彼女の夢はたったひとつ。禁忌《きんき》とされる死体蘇生術を知ること。

しかし今目の前にあるのは、魔術を知らなかった幼い頃の薄暗い部屋。

がたがたと引き戸を開く音がした。

三度目か四度目の父親が帰ってきたのだ。足取りが乱れている。酔っているのだ。外で喧嘩でもしてきたのか右目の上が腫れ上がっている。

逃げようとする彼女を捕まえ、片腕を持ってつり上げた。もう癖になっている肩が、あっさりと脱臼する。

いたいいたいいたいいたいいたい。

悲鳴は安普請《やすぶしん》のアパート中に聞こえているのだが、誰も助けには来てくれない。

つまりこれが私の人生なのか。

絶え間ない痛みが襲ってくる。

そりゃそうだ、下半身を押し潰されたんだから。

現在と過去が激痛で繋がっている。ミスカトニック図書管理委員会でも人体改造手術に耐えた。大人の暴力にも耐えた。だから今も耐えられるはずだ耐えよう耐え抜こう。

視野がぎゅうと狭まり、瞬く間に闇へと閉ざされた。

終わりだ。

これで終わったのだ。何も良いことはなく何も嬉しいことはなく、苦痛に苦痛をパイ生地のように重ねる人生。

そう思うと途端に身体がふわりと浮かび、落下した。

全くの闇の中だ。

落下感だけを感じている。

どこかへ吸い寄せられているようだ。堕天使が墜落したあの地獄の中心か。違う。そうじゃない。虚無《きょむ》だ。この下で待ち受けているのは空っぽの虚空だ。

失敗した。

このままでは生き返ることなどなく、何もかもが消え失せる。

駄目だ。駄目だ駄目だ。

最後の魔法はどうなったのだ。

私は来世へと繋がっていくのではないのか。何をどう間違えた。死にたくない死にたくない無に返るのは嫌だ嫌だ。

悲鳴を上げ助けを求めて伸ばした指先が冷たい何かに触れた。

それを摘まみ、取り、握りしめる。

ひんやりとしたそれは、確かあの時預けられた黒い多面体の……ああなるほどそういうことかそういううんめいなのか。

ローズはそれを口に含み、呑み込んだ。

意識が泥の中へと溶けていく。

考えるということが、流れ出ていく。

一人の人間であることが、崩れ溶け流れる人の終末。

消える、心、身体。

そして暗転。

＊

ギアは力なく肩を落とす。

為す術もなく、ガタノトーアは第三の円半ばまで来ていた。

幾度も幾度も繰り返し落雷を引き起こしてきた。落雷と落雷の間隔がだんだん拡がっているのは、疲労のせいだ。

腹の傷が開いて、大量の血液が流れ出していた。角田から買い取った霊符の効き目ももう切れたのかもしれない。土岐が自らの服を裂いて帯を造り、ギアの腹に巻いた。その間も雷法は続く。

そしてここに到り、ガタノトーアは自ら立ち止まり大きく口を開いた。

氷原のクレバスにも似た酷薄《こくはく》な亀裂から、雷光すらくすんで見える白光《はっこう》が迸《ほとばし》った。

目映《まばゆ》い光の束は、何もない空間にぶつかる。

ずん、と衝撃が走り、同時に数万人の和声が轟いた。

それは荘厳《そうごん》であり、神々《こうごう》しい。邪神の王が放つ高位魔術を祝福する歌声だった。

ねじれゆく空間が見えた。

波打ち収斂《しゅうれん》し拡散し、やがてそれは緑色の粒子《りゅうし》となって波紋を広げていく。

それは《門》だった。

ガタノトーアの巨体ですらくぐることが出来る、大きな空間の穴だ。

「奴が逃げる」

ギアは呟く。いずこかへと開かれた空間の奥行きを、その直感力で感じ取ったのだ。ガタノトーアはそこへと入る。そう思い、ギアはアイマスクを剥ぎ取ると、感じ取ったそれの方をそっと盗み見た。

そこに巨大な《門》が開いていた。

ギアはすべてを悟った。

ここでガタノトーアを食い止めなければこの世が滅びるのだ。

「土岐、良く聞け」

はい、とアイマスクをしたままの土岐が神妙な返事をする。

「俺は憑依体質だ。意味はわかるな。俺の身体に取り憑くものは恐ろしく強大な化け物だ」

「何が憑依するのですか」

恐る恐る訊ねる。

「地獄の君主にして蝿の王ベルゼブブだ。邪神どもの王ガタノトーアと戦うのには相応しい。が、その力はあまりにも大きく、俺にコントロール出来るかどうかがわからない。今からそれの力を借りるつもりだ。が、一度憑依されると、その後どうなるのか保証は出来ない。だから君にいざという時のために待機して欲しい」

「でもそんなものを相手に私……」

「敵に俺が倒されたのなら仕方ない。問題は敵を倒した場合だ。俺は俺の意志で元の身体に戻れるかどうかがわからない。だからベルゼブブが暴走仕掛けたとき、ベルゼブブを祓って欲しい」

「私が、エクソシズムですか」

「カトリックの宗教儀式をするわけじゃない。これを」

一枚の名詞を差し出した。角田の名刺だ。その裏に急いで書いたメモがあった。

「それは邪霊除去の言霊だ。まずは悪霊を祓う意志を明らかにし、迷いなきよう覚悟する。そして最初の祓詞《はらえことば》を大声で読誦《どくしょう》してくれ。その次に書かれている祓詞は声に出さず心の中で念じる。これを俺が元に戻るまで繰り返すんだ。その間決して俺の姿を見るな。わかったな」

「それでもとに戻らないときは」

「この世の終わりだよ」

今まで二度、ギアはベルゼブブに憑依されている。一度は十二歳の夏休み。この時は呪禁官が部隊で出動し、悪魔祓いを行った。二回目は養成所を卒業して一年目の年。危うく仲間を殺すところだったが、一度目で有効だったこの悪魔祓いの方法を試み、無事元に戻れた。

いずれも大きな犠牲を払っている。

しかし今は何があろうと、ガタノトーアが外の世界へと出ていくのを食い止めなければならない。どのような犠牲であろうと、ガタノトーアが外の世界へと出ていくよりはましだ。

ギアは目を閉じた。

憑依の引き金は「死」だ。今までの二回がそうだった。

一度目は蜂に刺されアナフィラキシーショック

を起こした時だった。近所の公園で友人たちと遊んでいたときにミツバチに刺された。チアノーゼを起こし震えながら救急車で搬送される途中で憑依された。救急車は大破し、県道を封鎖。呪禁局から総勢百名を超える中隊が送り込まれる騒動となった。

二度目は研修生の頃、「偽奥義書《にせおうぎしょ》事件」の調査で非合法結社に踏み込んだときのことだ。出合い頭に結社幹部に刺された。その場で一時間近く放置され、意識を失うと同時に憑依。証拠も含めて非合法結社を丸々消滅させた。

いずれの場合も死ぬ直前にまで追い込まれたときに憑依された。つまり今も、それと同じ状況に己を追い込めばいい。それがギアの考えたシンプルな作戦だ。

腹を押さえていた血塗れの布を引き剥がした。途中で霊符「治傷符」を引き剥がし、金属テープを剥がし取る。

傷口が剥き出しになった。

危ういところで腹膜に傷がつきかけていた。

ギアはその傷口に指を差し込む。そして内臓へと突き立てた。

激痛は、馴染みのものだ。

声一つ漏らさない。

が、噛みしめた歯ががりっと音を立てた。欠けたのだ。

ギアはさらに指に力を込める。

腹膜のわずかな傷が、めりめりと裂けていく。

腹圧で腸がはみ出てきた。

血と共に力が抜けていく。

流れる血が、足元に血溜まりを作った。ギアが何をしているか、土岐には見えない。だが生臭い血の臭いで想像はつく。

「ギア」

「手を出すな」

押し殺すようにそう言った。それ以上、喋ることも出来なかった。

命が流れ出て失せていくのを感じた。

意識が闇へと堕ちていく。

自分というものを支えていた何かが砕ける。

その時、身体の中で爆発が起こった。

血と肉と骨はすべて純粋なエネルギーと変化し、それが皮膚を押し破り身体からはみ出していく。

ずむっ、ずむっ、と音を立て光の肉腫が増殖していった。

体積は二倍から四倍。四倍から十六倍。そして三十二倍と増加していく。切りがない。限界がない。終わりがない。

すぐにガタノトーアの身長に追いついた。

その肌が闇に浸したように見る間に黒く染まる。

新しい肌は黒檀《こくたん》のように黒光りしていた。


思慮深く威厳に満ちたその顔が憤怒に歪んだ。

うるうると野太い声が漏れる。

大きく見開く目の上、額から二本のねじ曲がった角《つの》が伸びてきた。角には戯《たわむ》れるように紅蓮《ぐれん》の炎がまとわりつく。

その背に中央から亀裂が生じた。

そこから薄青いゼリーのような塊が押し出されてくる。それはすぐに透明な四枚の羽と化した。

葉脈《ようみゃく》のように赤く筋の入った四枚の羽が、大気を攪拌《かくはん》するように震える。

その間に異様に筋肉を発達させた腕と、長く鋭い爪の生えた指が完成した。

それらの変化はほんのわずかな時間で行われた。

ガタノトーアがその存在に気がついた。

頭の位置がほとんど同じだ。

今にも炎を噴き出しそうな目でガタノトーアを睨みつけた。

そして大地をも震わせ一声吼えると、跳びかかる。

高さは変わらないが、幅も奥行きもガタノトーアが圧倒的に大きい。その大半は交尾する蛇のように絡みつき蠢く触手だ。

その巨体に体当たりする勢いでぶつかり、顔面に正拳をぶつける。

濡れ雑巾を叩きつけるような音がした。

潰れた鼻から緑色の粘液が四方に散る。が、それだけだ。蚊に刺されたほども感じている様子はない。

すぐに反撃が始まった。

足元から触手が頭をもたげてきた。ガタノトーアを移動させてきた《脚》だ。十や二十ではない。大小合わせて百近くある触手が、ギアの身体を押し潰そうと次々に飛び掛かってきた。

腕を押さえ腰を締めつけ脚に絡みつく。ベルゼブブとなったギアの身体は、見る間に頭の先まで触手に埋もれた。

触手の塊の中から、みし、みし、と骨が軋む音がした。

勝負はあっさりと決まったのかと思えた。

が次の瞬間、爆発するように触手が千切れ飛んだ。

絡みつく触手を跳ね飛ばしたのは黒炭のように黒い翼だった。

黒く細かな毛が生えた翼は蝙蝠そっくりだった。サイズを除けば。広げれば一千メートル近いだろう。

触手の破片を振り払い、羽は激しく羽ばたきだした。

すると驚くべき事に、触手に包まれたギア／ベルゼブブの身体が浮かび上がった。空母が丸ごと宙に浮くようなものだ。いや、触手の重さを考えるとそれ以上だろう。ミ＝ゴウの翼と同じく、物理的な力によって身体を浮かせているのではない。これは幻獣同士の戦いなのだ。

引き留めようと絡みついた触手に力がこもった。それでもギア／ベルゼブブの上昇を止めることは出来なかった。それどころか、触手に引かれガタノトーアの身体までが浮かびそうになる。

とはいえさすがにそれは難しかったようだ。

重みに耐えかね、名残惜《なごり》しそうに触手はギア／ベルゼブブの身体から離れていった。

浮かびかけていたガタノトーアの巨体が、氷原に落ちた。

隕石《いんせき》が落ちたようなものだ。

爆発音と共に、水と氷が粉塵のように舞い上がった。

溢れた大量の水が大波になって波紋を広げていく。

轟音とともに砕けた氷が流される。

土岐は少し離れたところにいたのだが、押し寄せる水に足を取られ、切れるように冷たい波に身体が淩《さら》われた。

押して引く水流に翻弄され、それでも言いつけを守ってアイマスクは外さなかった。

そんな状態で流されてくる分厚い氷の板に当たらなかったのは、幸運としか言いようがない。

ガタノトーアのおぞましさから逃れるように、氷はひび割れ氷壁が崩れ、暗い水の中へと落ちていく。

触手を伸ばし、ガタノトーアは再び穴に落ちるのを免《まぬが》れた。

頭上を見上げ、腹に堪える低い声で吼える。

その腹を目掛けギア／ベルゼブブは着地した。

不規則にぶよぶよと動くその身体を踏みつけると、ガタノトーアに跨がった。

腕を振り上げる。

鋭い爪で喉を裂くつもりだ。

その巨体から考えると、物理的にあり得ないほどの速度でそれは喉へと振り落とされる。

がつ、と音がして爪が弾かれた。

鎧のように堅い皺だらけの皮膚は、ギア／ベルゼブブの爪を通さなかったのだ。

ガタノトーアの反撃が始まった。

触手を伸ばし、ギア／ベルゼブブの羽を絡め取る。

二本三本と絡まる触手が増えていった。

それを振り払われる前に、翼を大きくねじり引っ張った。

粘り着くような破裂音とともに羽が千切れていく。

今度叫び声を上げるのはギア／ベルゼブブの方だった。

叫びながら拳で顔面を殴りつける。

その腕に触手が絡みつく。

それでもなおギア／ベルゼブブは殴る、蹴る。

山と海が争っているようなものだ。

殴る度に大地が揺れる。

蹴り上げる度に氷原が砕ける。

共に叫べば氷片が吹き飛び吹雪になる。

太い触手が二本、ギア／ベルゼブブの脚に巻きついてきた。

そうやって足の動きを止めると、さらに二本四本と絡みつく。

幾本もの触手が、ぐいとギア／ベルゼブブの身体を持ち上げた。

そしてルアーを飛ばすように、風を切って身体を投げた。

片羽でバランスを取って着地しようとするのを許さず、触手で足を払い引きずり寄せていく。

足元まで引きずってくると、その上にのし掛かった。

触手で肩を押さえ、長い鼻を跳ね上げて肉の裂け目のような口を開く。

剣に似た純白の牙がずらりと並んでいた。

その牙を、ギア／ベルゼブブの首筋に打ちつけ噛みついた。

青黒い血飛沫が飛んだ。

逞しい顎が、ざっくりと裂けた首筋から肉を引き千切った。

露出した傷口から大量の血が流れ出た。

ギア／ベルゼブブが苦痛の声を上げる。

その首に触手が絡みつき締め上げる。触手の力に耐える筋肉はごっそりと噛み切られていた。

頸骨が折れればさすがのギア／ベルゼブブも息の根を止められるだろう。

巻き付く触手を、ギア／ベルゼブブは必死になってもぎ取ろうとした。

＊

まるで激流に呑まれた木の葉のようなものだった。

全くの闇の中、龍頭はそれでも喉元を通りさらに下へと降りていた。幸い周囲は柔らかい粘膜だ。揺れにさえ耐えられれば怪我をすることはない。もしかしたら、全身に貼り付けてある霊符の加護もあるかもしれない。

今自分がどこにいるのか、良くわかっていなかった。異星の、しかも神の内部がどうなっているのか、知っている者はどこにもいないだろう。

少し広いスペースに出てきた。粘膜にロッドを突き立て、何とか安定を保つ。

後は勘で動くしかない。

龍頭は人型の紙片を取りだした。

それに息を吹き掛け、禹歩と呼ばれる奇妙な歩き方をした。足の運びがすべて経文と同じ意味を持つ道教の秘技だ。こういった施術の前の予備儀式のようなものは、魔術の成功精度を上げるために行うのだが、達人《アデプト》と呼ばれる術者には、こういった魔術儀式を省略することが可能だ。元々の魔術的な完成度が高いので、少々精度が落ちても問題ないからだ。体術に関しては達人である龍頭だが、魔術に関しては基本に立ち返らないといざという時に失敗しかねない。

闇の中で慎重に儀式を終えると、下に紙人を置いた。まったく光のない中、その位置を間違えないよう慎重に置いた場所を記憶する。そして用意したペットボトルから水を一口含んだ。紙人を探しだし手にすると、紙人に水を吹き掛けた。

龍頭に見えてはいなかったが、掌に入る小さな紙人が、影のように大きく引き延ばされ、龍頭と変わらぬ大きさにまで拡がった。

厚みのないその紙人は、その場に立ち上がった。

これは道教の剪紙成兵術。文字通り紙を切って兵と成す術だ。

紙人は紙の弓と矢を持っていた。

「こいつの心臓を打ち抜け。心臓がなければ急所を射るんだ」

龍頭はそう命じた。

紙人はうむと頷き、矢をつがえる。

きりきりと弓を引く。

見えてはいないが、それでも龍頭にはすべてがわかっていた。頭の中に具体的な映像が浮かんでいた。

ぴんとはった弦。

その漲る力が龍頭にも伝わってきた。

その緊張が限界まで来たとき、紙人は矢を放った。

純白の矢は肉の壁の中へ吸い込まれ、消えた。

*

ギアは二度目の死へと近づいていた。
最初の死はベルゼブブの生に呑まれて消えた。
だが次の死は真実の終末だ。
首に巻きついた触手を引き剥がそうとするが、
鋭い爪も堅い皮膚にわずかな傷をつけるのが精一杯だった。
意志とは別に身体が動かなくなっていく。
スイッチを一つずつ消されているようなものだ。
腕が、脚が、だらりと垂れた。
すべてが終わる寸前だった。
突然ガタノトーアが叫び声をあげた。
触手の力がすべて失せる。

すぐに復活できたのは不死身とも言えるベルゼブブの力だ。

ギア／ベルゼブブは触手の塊から這い出てきた。

ガタノトーアは身動き取れないようだった。

だらしなく開いた口から呻き声と大量の粘液が吹き出ている。

ギア／ベルゼブブはその口の中に手を入れると、あっという間に下顎を引き千切った。

閉じることの出来ない口の中に腕を突っ込む。

泥をこねるような音を立て、二の腕まで喉の奥へと突っ込んだ。

そこで内臓を掻き混ぜ、掴み出して捨てた。

内側から首の骨を折る。

動かなくなった頭をネジのようにグルグルと回転させ、とうとう引き千切ってしまった。

生首を遠く割れた氷原の暗い穴へと捨て去る。

すべての触手が力なく垂れた。

それでもベルゼブブはその手を止めない。

殴り突き裂き、裂いた腹から内臓を引きずり出し、血泥の沼で触手を引き千切っていく。

その音と、ギア／ベルゼブブの荒い息遣いだけが聞こえていた。

何が起こっているのかわからない。

だが、もしや……。

土岐は覚悟してアイマスクを外した。

ガタノトーアを微塵にまで潰し、肉と血に塗れて暴れているベルゼブブが見えた。

勝負はついたようだ。

後はこの世界が水没する前に逃げなければならない。

そう思い見回して、《門》が消えようとしているのを知った。

エメラルド・グリーンに輝く《門》は、すでにベルゼブブを通すのも難しいサイズに縮んでいた。

ガタノトーアの死によって《門》を支えていた力が失せたのだろう。あの《門》が脱出の最後のチャンスなのだ。土岐は慌てて邪霊除去の言霊を読み上げた。

「アチメ・オーオーオー」

言われたようにできる限り声を張り上げる。

そして次の祓詞は心の中で念じた。

——登ります。トヨヒルメが御霊ほす、もとはカナホコ、すえはキホコ、もとはカナホコ、すえはキホコ。

やはりその言葉には音量以上の力があったのだろう。

ベルゼブブがその声に気がついた。

じろりと土岐を睨む
それを横目で見て、土岐は必死になって祓詞を繰り返す。

ベルゼブブが近づいてきた。

一歩で中程まで、次の一歩で土岐の横に来た。一歩毎に大地が揺れ、氷原がひび割れる。

次の一歩で、土岐を踏み潰せるだろう。

それでも、その最期の時まで詠唱する覚悟で土岐は祓詞を唱えた。

終わりはあっけなかった。

直立するギア／ベルゼブブの全身が急速に色を失っていく。流れていた血も、今は重油のようにただ黒い。

色は完全に消滅したのではない。

流れ出た色はギア／ベルゼブブの影へと移ったのだ。

色を失ったギア／ベルゼブブはさらに厚みも失い、影となって氷上に張り付いた。

そして本当の影は流れ出た色と厚みを得て、形を持ち肉体となった。

気がつけば氷の上に全裸のギアが横たわっていた。

土岐は駆け寄り、胸に耳を当てた。

力強い鼓動が聞こえた。ただ意識を失っているだけのようだ。腹の傷が綺麗になくなっていた。まるで生まれたばかりのように肌がつるりとしている。

ひとまずほっとして、土岐は小さくなっていく《扉》をちらりと見た。それが消え去るまでに《扉》にたどりつかねばならない。

土岐はギアを担ぎ上げようとしたが、身長も体重も差が大きくどうしようもない。仕方なく両腕を掴み、ずる、ずる、と引きずることにした。氷上は滑るので運びやすそうだが、滑るのはギアの身体だけではない。足元も同様に滑り、なかなか進めない。これでは間に合いそうもないが、諦めるつもりはなかった。

「裸はちょっと可哀想じゃないか」

えっ、と見上げると、そこに龍頭がいた。全身褐色の粘液に塗れている。

「結構臭いけど、これ貸してやるよ」

ぬるぬるした外套を脱ぎ、それをギアに着せた。

「じゃあ、行くぞ」

そう言うと、軽々とギアを肩に担ぎ上げた。

「走るか」

「はい！」

二人は全力で走り出した。疲れ切っていたはずの龍頭が、まったく疲れを感じさせない。土岐はついていくだけで必死だった。だがこれで間に合う。そう思うだけの速さを維持できていた。ところが……。

ガタノトーアの巨体からすれば、《門》はほとんど目と鼻の先にあるように見えていた。歩いても数分で辿り着く距離に思えた。錯覚だった。比較するものが巨大すぎて距離感がおかしくなっていたのだ。

《門》まで人の足では数分どころか数十分を要するようだった。

背後からは氷原に亀裂が拡がりつつあった。

剥落《はくらく》した氷壁が音を立て漆黒の湖面へと消えていく。

四方から響き渡るその音が、少しずつ大きくなっていく。

噴き上がる水飛沫は霧氷となり、視界を遮る。

「あ、あれ」

龍頭が指差した。

「角田だよ」

角田は歩いていた。

ゆっくりゆっくり、死期を悟った老人のような足取りで角田は歩いていた。

背負っているのはローズだ。

近づいた土岐が小さな悲鳴を上げた。ローズは下半身が潰されていた。

「生きてるよ」

角田が言った。

「絶対生きているよ」

ほとんど独り言だ。前を見て、呟きながら足を進める。そのことだけに集中している。

「胸が動いている。息をしてるんだ」

龍頭が言った。確かに幽《かす》かだが胸が上下していた。

「あ、あの大丈夫ですか。ローズさんは私に任せて下さい」

角田はのろのろと土岐を見た。

「あれ、あんた」

今ようやくそこに土岐がいることに気づいたようだ。そう言って周りを見回す。

「みんな、無事か」

「そうですよ」

土岐が答えると、しみ出るように笑いが浮かんだ。

火事場の馬鹿力もここまでだったようだ。

角田は膝から崩れると、そのまま尻をつけて座り込んでしまった。

「ほら、角田さん」

土岐は角田の背からローズを抱き上げようとした。

「あ、大丈夫。それは俺の仕事だから」

そう言って立ち上がろうとするのだが、生まれたての子馬のようにどうしても立ち上がれない。

「大丈夫じゃないよな」

龍頭が言った。

角田はゆっくりと頷いた。

「さあ、こっちに」

土岐はローズの身体を背負った。

「立てますか」

土岐に聞かれて角田は立ち上がった。

「俺は本当に……」

「さ、行くぞ」

暗い顔で何か言いかける角田を止めてそう言うと、龍頭は歩き出した。

みんなは決してゆっくりと歩いていたわけではない。それなりに必死に急いでいた。だが、誰も一人だけで逃げ出すつもりはなかった。それだけのことだ。

《門》はどんどん小さくなっていく。

途中で結果は見えていたが、それでもそこに辿り着くまで誰も諦めてはいなかった。

今目の前にあるのは硬貨ほどの大きさの《門》だった。人差し指一本ぐらいなら通り抜けられるだろう。

「まあ、仕方ないわな」

そう言って、龍頭はギアを氷原に横たえた。

「すみません」

その場に両手をついて土下座したのは角田だ。

「俺を残して行ってれば、みんな助かったかもしれないのに」

「ほんとめそめそした人間だな」

龍頭は感心したように言った。

「あたしならおまえを置いていくよ。でもな、おまえみたいな人間でも助けようと言い出す男がいてさあ、まあその馬鹿のためにもあたしは一人で逃げ出したり出来ないわけだよ」

「役立たずですみません」

「頭下げるぐらいですませる気はないんだけどね。それはここを出てからって事で」

神妙な顔で聞いているが、角田はここから誰も出られることはないと思っていた。

あっ、と土岐が声を上げた。

小さな《門》が今消えたのだった。

次にいつ《門》が開くのか、唯一知っているだろうローズは答えることが出来ない。

今この時、最後の可能性が消え去った。土岐はそう感じ取ったのだろう。

「あれ」

そう言うと龍頭は宙を見つめて何かに集中した。

「なにか？」と訊ねる土岐に、人差し指を唇の前に立てて黙らせた。

みんなが耳を澄ませた。

遙か遠くから、水中で音楽を聴くように、鈍く滲むように聞こえてくる声がある。

「迎えに来たんだ」

そう言ったのはギアだった。

「ギア！」

そう言ってそばにより、抱きしめるべく差し出した腕を、土岐は中途半端に途中で止めて立ち尽くした。


良かった良かった。

口の中でそう繰り返す。

半身を起こしたギアは、深い眠りから目覚めたばかりのように元気そうだった。

——至高の御名において。

さっきよりもはっきりとそれが聞こえた。

それは聖句だ。

呪禁官が出動するときに必ず唱和する聖句だった。ギアが声を揃える。

「父と子と精霊の力において」

——我は悪しきすべての力と種子を追い払う。

「我は悪しきすべての力と種子を追い払う」

何もない空間に、緑色の光が生まれた。

「《門》だ！」

大声を上げたのは角田だ。

ギアはその門の向こうから聞こえる聖句に合わせて唱和を幾度も繰り返した。

《門》はたちまちの内に人が潜り抜けられるほどの大きさに成長した。

そしてその向こうで聖句を唱和する何十人という呪禁官たちの姿が見えた。

「こういうことだよ」

龍頭は自慢げにそう言った。

＊

「だから俺は大丈夫だと言ってるだろう！」

嫌がる全裸のギアをストレッチャーに縛り付けた龍頭は、じゃあよろしく、と救急隊員に手を振って救急車から降りた。

「あっ、もしあんまり暴れるようなら鎮静剤を注射しちゃって下さい。頑丈《がんじょう》な人間だから象《ぞう》を眠らせるぐらいの量を射っても大丈夫なんで、気にしないでガンガン注射しちゃってください」

そう言ってバックドアを閉じる。

中から「いい加減にしろ、龍頭覚えてろ」とギアの怒声が聞こえた。

「はいはい、君もこれに乗って下さいね」

龍頭は土岐の背を押して《霊柩車》に乗せた。呪的災害現場にいた人間は、呪的感染の可能性を考えて一度は呪禁局の隔離施設へと運ばれる。

角田とローズは、すでに救急車で魔術医のところへ搬送済みだった。

「あの馬鹿、まだ《百葉箱》の後始末を手伝うつもりだったんだぞ」

土岐の隣に座り込んで龍頭は言った。

「凄いですよね」

そう答えた土岐の顔をじっと見つめる。

「……まあ、ある意味凄いわな。凄い馬鹿っていうか」

「あの、龍頭先輩」

「先輩ってわけじゃないけどな」

龍頭の抗議は受け流して土岐は言う。

「ちょっと質問良いですか」

「何でもどうぞ」

「あのですね、私はものすごい負けず嫌いなんですよ」

「ああそう」

まったく興味のない顔で龍頭は頷く。

「でね、よく言うじゃないですか。先に好きになった方が負けって。でもね、この負けず嫌いの私がですよ、それなら負けてもいいやって思ったりするようなことがあったりしたら、これって本当にその人のことを好きってことなんでしょうか」

「……あのね」

「はい、なんでしょうか」

「おまえ結構面倒な女だね」

「えっ、そうですか」

何をどうとったのか、土岐は嬉しそうにそう言った。

【生まれ変わりの実証か!?】

オカルト専門誌『ソロモンと鍵』内のコラム「不思議ライターMISAKIのオカルト最前線」より抜粋。

田倉さん(仮名)ご夫婦が、いつものように公園に出掛けていた時のことだ。一人娘の希美《のぞみ》ちゃん(仮)を幼くして交通事故で亡くしてから、休日は二人揃って必ず公園に行くことにしていた。娘さんといつも遊びに来ていた公園だった。ここに来て遊んでいる子供たちを見て、夫婦で希美ちゃんのことを話す。死んだ子のことばかり考えているのは不健康だと咎《とが》められるが、せめて自分たちがこうやって偲《しの》ばなければ、希美が寂しい想いをする。二人はそんな想いからこの習慣を続けていた。

その日も朝食後に近所を散歩し、昼前に公園のベンチに到着し休憩を取っていた。

そこに一人の中年男性が現れた。彼は車椅子を押しており、車椅子には片目に眼帯をした女性が座っていた。

「スーさんという方をご存じですか」

男はそう言った。

夫婦はその名に覚えがあった。失踪中の父親の渾名だったからだ。

「今からする話は大変奇妙な話ですが、どうか最後まで聞いて下さい」

男は名刺を渡し、そう言った。名刺の肩書は有名な呪具メーカーの営業部係長だった。

男はいきなり、車椅子の女が娘さんの生まれ変わりなのだと言った。これを信じろという方がおかしい話だ。まず年齢が合わない。希美ちゃんがなくなったのは四歳の時。それから二年しか経っていない。なのに車椅子の女はどう見ても二十歳《はたち》を過ぎている。

「からかわれているんだと思いましたよ」

田倉さんはそう言う。それでも話を聞いたのは、その女の目が真剣で、何かを訴えようとしている希美ちゃんの目に似ていたからだった

女は、私の中に希美ちゃんがいるのだと、自分の胸を叩いた。そして今から希美ちゃんに代わるから、話を聞いてやって欲しいと言った。

「あり得ない話でしょ。ところが、何故か嘘じゃないなと思ったんですよ」

その女の表情が一変した。

世俗《せぞく》が与える埃のようなものが一度に吹き飛び、無垢《むく》な幼女の顔になった。そしてその声に相応しい声で「パパ、ママ」と呼んだ。

「それだけですべてが真実だとわかりました。それは間違いなく希美の声でした」

夫婦は二人してその女を抱きしめ、涙を流した。

それから一時間近く、夫婦はその女と会話を交わした。どれだけ話しても、何を質問しても、女は希美ちゃんそのものだった。希美ちゃんしか知らないはずのことでも、女は迷わず答えた。

最後に女は希美ちゃんの声で言った。

「パパ、ママ。心配しないでね。二人とも大好き。もう帰らなきゃ。すごくきれいで、すごくたのしいところに行くの。じゃあ、さよなら」

それで終わりだった。車椅子を押してきた男は、人の役に立てて嬉しいですと涙ぐみながら言って、女と一緒にどこかへ行ってしまった。

「名刺を頂いているから、その男の人に連絡し

ようと思えば出来るんですけどね」
何故かその気にはなれないのだと、陽子さん（仮）は寂しそうに笑った。

この話が事実であるなら——今回の取材テープも合わせて、私の論文を呪禁局の研究機関に提出している——天国や地獄を含む死後の世界の存在がいずれは立証できるかもしれない。それがまたオカルト産業のさらなる繁栄に繋がるかもしれない。
だがここまで取材して思ったのだが、それが事実であるかどうか等と言うことは、あまり意味のないことなんじゃないだろうか。一番大事なのは、その夫婦がとても幸せな時間を迎え、そして何かから救われたということだ。死後の世界、生まれ変わり、そんな物語にそれ以上の何が必要なのだろうか。

今私はそう思うのだ。

誰でもわかる呪禁官

出た！

出ましたよ。

誰が待っていたか知りませんが、お待たせしました。

呪禁官シリーズの最新刊です。

ちなみに初めて手に取られた方のために説明しますと、舞台は科学と魔法が混在する以外はほとんど現代と変わらない世界。そこで魔術犯罪を取り締まるために生まれたのが呪禁官です。シリーズはその呪禁官であるギア（親子二代とも葉車という姓からギアと呼ばれている）の活躍《かつやく》が描かれます。

しかしこの呪禁官シリーズ。幾度も絶版になりつつ、不死鳥のように蘇《よみがえ》ってきたので、「えっ、どれが新刊でどれが絶版本の新装版なの？」という状況になってしまいました。

というわけで、現在入手可能なこのクトゥルー・ミュトス・ファイルズを中心に、呪禁官の歴史をちょっとだけ説明させて頂きます。

呪禁官シリーズの始まりは二〇〇一年に祥伝社ノン・ノベルから出た『呪禁官』です。つまり十五年にわたって書き繋いできたわけで、我ながら感慨《かんがい》深いものがあります。

一作目『呪禁官』は、呪禁官養成所の練習生葉車創作《はぐるまそうさく》、通称ギアを中心にした、四人の少年たちの友情と冒険の物語です。それまでぐしゃぐしゃどろどろな世界ばかり書いている印象だった私が、爽《さわ》やかな(いや、そりゃまあ、怪物とか死体とか血飛沫《ちしぶき》とかは出てきますけどね。それでも)正当派青春群像学園ドラマを書いたので、一部で驚かれたのでした。

これは二〇一五年に文庫化され、現在はキンドル版のみ存在しており、紙の本は残っていません。創土社からクトゥルー・ミュトス・ファイルズの一冊として二〇一六年に出た『呪禁官 暁《あかつき》を照らす者たち』は、この祥伝社版『呪禁官』の新装版で、若干《じゃっかん》手を入れ、ギアの友人針山宗明《はりやまそうめい》が大暴れするおまけの短編がくっついています。


次に祥伝社ノン・ノベルから二〇〇三年に出た『呪禁局特別捜査官 ルーキー』は『呪禁官』の続編にあたります。ギアは呪禁官養成所を卒業し、呪禁官の訓練生として龍頭《りゅうず》と共に職務を果たしていたのですが、トラブルに巻き込まれ、一時は呪禁官になることを諦《あきら》めかけます。その後さらに大きなトラブルに巻き込まれ、世界を救うために戦わざるを得なくなるわけですが。

これの新装版がクトゥルー・ミュトス・ファイルズから出ている『呪禁官 意志を継《つ》ぐ者』です。内容にも若干手を入れていますが、あとがき代わりに嬉々《きき》としてオカルト映画の話を書いています。それはそれでどうかと思います。

　さて、この次に出たのが『呪禁官　百怪《ひゃくかい》ト夜行《やこう》ス』です。創土社のクトゥルー・ミュトス・ファイルズの一作として二〇一四年に書かせていただくことになりました。

　これは凶悪な魔女軍団『アラディアの鉄槌《てっつい》』のリーダーである相沢螺旋香《あいざわねじか》を監獄グレイプニルへ護送する役目を預かったギアたちの物語です。護送車の中には一癖《ひとくせ》も二癖《ふたくせ》もある凶悪犯罪者たち。そして襲い来る『アラディアの鉄槌』の異形の信者たち。

　この作品の主人公もギアですが、葉車俊彦《としひこ》、つまり『呪禁官』の主役である葉車創作の父親です。要するにギアのパパ――ギア・パパが主役です。

　息子ギアに比べると最初から出来上がっているヒーロー無双《むそう》物語ですよね。それなりに敵も強力のノンストップアクションを目指しました。

　そしてこのギア・パパの物語の第二弾が今回出たこれ『地獄に堕《お》ちた勇者ども』です。

　今回のギアはユゴス星からの侵略《しんりゃく》を阻止するために地獄へと向かいます。敵は非合法魔術結社《プルートの息子》にミ＝ゴウ、地獄の獄卒《ごくそつ》に不死身の巨人たち。そして最後に現れるのは……。

　呪禁官世界の根源に迫る今回の話。さらにはギア・ジュニアの物語へと繋《つな》がる新しい登場人物……。それはそれとして前回『百怪ト夜行ス』と同様、ノンストップで最初から最後まで突っ走りますよ。果《は》たしてギアは再び世界を救えるのでしょうか。

というわけで、現在進行形の創土社版を作中の時系列に沿って並べるとこうなります。

まずはギア・パパのシリーズ——ギア・ジュニアが生まれる前の独身時代のパパが主役です——が二作。

1.『呪禁官 百怪ト夜行ス』

2.『地獄に堕ちた勇者ども』(本作ですね)

次がギア・ジュニアのシリーズ——もうすでにギア・パパは亡くなっています。

3.『呪禁官 暁を照らす者たち』

4.『呪禁官 意志を継ぐ者』

どれもこれも独立した物語として成り立っていますので、どこから読んでも大丈夫です。

特にギア・パパの二作とギア・ジュニアの二作は時間的にも大きく隔《へだ》たっており、どちらから手を着けてもまったく無問題です。

強《し》いて順番を気にするなら、唯一ギア・ジュニアシリーズは『暁を照らす者たち』から先に読んだ方が楽しめるかもしれませんね。

ええと、あっさり書いちゃいましたが『呪禁官 暁を照らす者たち』はパパ・ギアが亡くなるところから始まります。つまりパパ・ギアの最期《さいご》はもう決まっているわけです。ギア・パパのシリーズはその時間に向けて書き繋いでいるわけで、そう考えるとちょっとばかり切ない気持ちになりますが、本編はどれもひたすら物語を疾走《しっそう》するジェットコースター・アクションなのです。

書く順番としては『暁を照らす者たち』を先に書いたわけで、ギア・ジュニアが憧《あこが》れる立派なパパってどんな人間だったんだろうなあ。さぞやカッコイイ呪禁官だったんだろうな。せめてどこかでギア・パパを活躍させたかったなあ、と妄想《もうそう》を膨《ふく》らませていました。そんな私に、『呪禁官』シリーズ書いてみませんかと創土社からお話しがあったのです。渡りに舟とはこのことです。やりますやりますと小躍《こおど》りしながら大通りに走り出て市バスにはねられました。あからさまな嘘ですが。

こういうタイプのあとがきって昭和っぽいなあと思いつつ、書いていて面白いのでどんどん書いちゃいます。

このギア・パパシリーズのもう一つの楽しみは猫将軍さんの無茶苦茶カッコイイイラストです。今回四冊分イラストをじっくり観たのですが、挿絵《さしえ》も表紙もどれもこれも抜群《ばつぐん》にすんばらしいです。凶悪感溢《あふ》れる強い女や怪物愛を感じさせる異形の生き物描写は鳥肌《とりはだ》ものです。

祥伝社版の二作を描いてくださったのは米田仁士《よねだひとし》さん。『ＭＯＵＳＥ』を初めとして初期の牧野作品を彩り支えてくださった方です。こちらは格好良さと幻想味がほどよく配合された、これまた素晴らしいイラストで、少年ギアに相応《ふさわ》しい切なさ儚《はかな》さまで感じさせるのです。呪禁官シリーズは本当に装丁に恵まれていると思います。

長々と書き連ねてきましたが、とにかく読んでみてください。損はさせません。させないつもりです。ま、ちょと覚悟はしておけ……ほら、昭和でしょ。

それはそれとして、ギア・パパは今回も命を賭けて任務を果たそうと身体を張って苦戦します。

頑張れギア！

頑張れその他いろいろ！

そして頑張れオレ！

というわけで、最後にこれを。

汝《なんじ》、王国、峻厳《しゅんげん》と荘厳《そうごん》と、永遠《とわ》に、かくあれかし。

二〇一六年十月某日

牧野 修

《好評既刊・呪禁官シリーズ》

呪禁官　百怪ト夜行ス

凶悪な魔女集団『アラディアの鉄槌』のリーダー相沢螺旋香が逮捕され、すぐに呪禁官によって、魔力を封じる特殊な監獄グレイプニルへと送られることになる。だがその日の夜は魔女が最大の力を手に入れるヴァルプルギスの夜。日が暮れるまでに魔女を監獄まで送り届けなければ、彼女は強大な魔力を手に入れてしまう。護送車を襲う千の黒山羊たち。魔女相沢螺旋香の正体は、邪神シュブ＝ニグラスだったのだ。激戦の結果、結界を張った護送車から螺旋香が奪われるのは阻止したが、護送部隊はほぼ壊滅。生き残った呪禁官は葉車創作と龍頭麗華の二人だけだった。

著者：牧野 修　本体価格：1500 円

ISBN：978-4-7988-3014-8

呪禁官　暁を照らす者たち　新装版（旧題：『呪禁官』）

それは魔法と科学が共存する世界。魔法は日常的に一般の技術として使われていた。呪術的な犯罪を取り締まる呪禁官・葉車俊彦（ギア）は、相棒の龍頭とともに非合法呪具の密売の現場に踏み込み、命を落としてしまう。

その数年後、県立第３呪禁官養成学校には、仲間たちと訓練に励む葉車創作の姿があった。父と同じくギアと呼ばれて──。

現代呪術を否定するカルト科学者集団のテロ、父を殺した不死者の恐るべき計画に、ギアたちは巻き込まれていく。

魔術学園を舞台に広げられるオカルト青春ホラー。

著者：牧野 修　本体価格：1200 円

ISBN：978-4-7988-3032-2

《好評既刊・呪禁官シリーズ》

呪禁官　意志を継ぐ者　新装版（旧題：『ルーキー』）

「クトゥルー」と名づけられた世界初の霊的発電所周辺で呪的災害が頻発した。呪禁局特別捜査官に緊急出動命令が下る。
新人の葉車創作(ギア)は、災害の裏に魔法テロ組織サイコムウの暗躍を知る。その狙いが発電所の破壊と気づいた葉車たちは厳戒態勢に入る。そこへ狂信的な科学武装集団が侵入。世界の破滅を目論む邪悪な生命体と壮絶な魔戦が始まった…。
著者：牧野 修　本体価格：1200 円
ISBN：978-4-7988-3034-6

クトゥルー・ミュトス・ファイルズ
The Cthulhu Mythos Files

呪禁官シリーズ
地獄に堕《お》ちた勇者ども

2016年11月1日　第1刷

著　者
牧野 修

発行人
酒井 武史

カバーおよび本文中のイラスイラスト　猫将軍

発行所　株式会社　創土社
〒165-0031 東京都中野区上鷺宮 5-18-3
電話 03-3970-2669　FAX 03-3825-8714
http://www.soudosha.jp

印刷　株式会社シナノ
ISBN978-4-7988-3038-4　C0093
定価はカバーに印刷してあります。

ファントム・ゾーン　シリーズ　近刊予告

邪神街　下

樋口 明雄

本体価格・一〇〇〇円／ノベルズ
イラスト・末弥 純

人々の心にある恐怖が"屍鬼"として具現化し、殺戮のるつぼと化した御影町。わずかに生き残ったものたちの命がけの戦いが始まる。その中にはかつての彩乃の恋人、京介もいた。邪神に対抗できる唯一の存在といわれる"発現者"ミチルを救出すべく、深町彩乃は、"守護者"頼城とともに、生まれ育った町・御影町に潜入する。ミチルをさらった司祭も、かつては頼城が守護してきた"発言者"のひとりであった。だが、200年を生きた頼城の身体はすでに限界を迎えようとしていた。男から女へ、女から男へとその力を託されていく"守護者"。頼城の死をもって、彩乃は"守護者"として覚醒する。戦慄のスーパー・アクション・完結編。

2016年11月末刊行予定